Nicole Krieg

Rendezvous im Stocherkahn

Nicole Krieg

Rendezvous im Stocherkahn

Roman

Silberburg-Verlag

Nicole Krieg, 1972 in Mutlangen geboren, wuchs in Schwäbisch Gmünd auf. Nach dem Studium der Anglistik und Romanistik in Tübingen, Lyon und Nancy arbeitet sie als Lehrerin, Sprachdozentin, Dolmetscherin, Vocal Coach und Klavierlehrerin. Sie hat zwei Kinder und lebt in der Nähe von Reutlingen.

1. Auflage 2013

Umschlaggestaltung: Christoph Wöhler, Tübingen, unter Verwendung einer Fotografie von Wilhelm Mierendorf.
Druck: Gulde-Druck, Tübingen.
Printed in Germany.

ISBN 978-3-8425-1274-0

Raketenstern

Rainer stand in einem grünen Glitzerhemd an der Bushaltestelle und kam sich entsetzlich dämlich vor. Die Adelheid wird schon wissen, was sie tut, wenn sie mir solche Klamotten verpasst, dachte er, aber zum Glück sieht mich Wolfgang nicht.

Es war mitten in der Nacht und Rainer glitzerte unbehaglich unter einer Straßenlampe vor sich hin. Wie sollte er nun ins *Rocketstar* kommen? Kein Bus fuhr abends noch zu dieser Disco im Industriegebiet, wo er mit seiner Freundin Adelheid verabredet war. Er durfte sie im Übrigen so nicht nennen. Sie bestand auf »Addy«. Dabei passte der lange Name viel besser zu ihrer Königlichkeit. Ihm hatte sie die Abkürzung »Ray« verpasst. Rainer fand es total affig, wenn sie ihn »Ray« rief, konnte sie aber nicht daran hindern.

Ich muss wohl trampen, dachte Rainer resigniert, ich hasse trampen, das ist demütigend. Während er sich mit klotzigen Schritten in seinen Schuhen, die wie Raumschiffe aussahen, von der Neckarbrücke aus auf den Weg machte, grämte er sich zum bestimmt tausendsten Mal über seine Unmotorisiertheit. Irgendwann krieg ich diesen verfluchten Rocker dran, dachte er grimmig, während er weiterstiefelte. Wenn ihn die Schuhe wenigstens irgendwo hinbeamen könnten, aber nein, sie sahen nicht nur scheiße aus, sondern drückten auch noch, dass einem ganz anders wurde. Ihr einziger Vorteil war, dass die dicken Sohlen ihn bestimmt um vier Zentimeter größer machten, denn Rainer war mit seinen Einsdreiundsechzig ziemlich kurz geraten.

Wehmütig dachte er an seine Honda. Damals wohnte er noch in Düsseldorf bei seinen Eltern. Er hatte durch Zeitungsaustragen und sommerlanges Malochen in Fabriken das Geld für ein Motorrad zusammengespart. Noch heute ärgerte er sich über seine grenzenlose Naivität oder sollte man es »politische Korrektheit« nennen? Die Sache war die, dass kein vernunftbegabter Mensch von einem bärtigen Fettsack in Hell's-Angels-Kutte ein gebrauchtes Motorrad gekauft hätte. Doch Rainer war eben kein Mann von Vorurteilen. Als er den Kaufvertrag unterschrieben hatte und sich schon aufs Motorrad schwingen wollte, schrie der Dicke plötzlich »Halt!« und fuchtelte mit einem Schraubenschlüssel in der Luft herum. Rainer hielt eingeschüchtert inne. Er traute sich kaum, das Bein wieder auf die Erde zu setzen, tat es dann aber doch. Der Rocker beachtete ihn nicht weiter und machte sich hinten am Gepäckträger der Honda zu schaffen.

»Was machst 'n du da?«, fragte Rainer zaghaft.

»Wat ick da mache? Ick schraub die Halterung für mein Beil ab. Die brauchste ja wohl nich, oder?«, sagte der Rocker drohend.

Beil, dachte Rainer perplex, wozu fährt der ein Beil auf dem Motorrad spazieren?

»Nee, nee, brauch ich nich«, beeilte er sich zu versichern, »schraub das ma ab.«

Das Motorrad lief genau zwei Wochen. Schon nach fünf Tagen machte es Geräusche wie eine Nähmaschine, wurde immer langsamer und blieb dann schließlich stehen. Weder durch Zureden noch durch diverse Reparaturversuche war es wieder zum Leben zu erwecken.

Mittlerweile studierte Rainer in diesem süddeutschen Städtchen namens Tübingen und musste zu Fuß gehen. Zwar hatte er ein altes Fahrrad, aber damit konnte man sich vor dem *Rocketstar* nicht sehen lassen. Außerdem traf er sich ja mit Addy und konnte danach mit ihr im Porsche nach Hause fahren. Vielleicht ließ sie ihn auch endlich mal fahren.

Das *Rocketstar* befand sich in einem am Neckar gelegenen Industriegebiet ganz am Ende von Tübingen. Es war eine schwüle Juninacht. Schon als Rainer am Kino an der Blauen Brücke angelangt war, war er in seiner Polyesteraufmachung völlig durchgeschwitzt. Die Mückenstiche, die er sich zuvor beim Baden im Neckar zugezogen hatte, begannen wieder zu jucken. Nicht kratzen, ermahnte er sich selbst, sonst kannst du nicht mehr damit aufhören.

Vor dem Kino stand halb auf dem Gehsteig ein schwarzes Golf Cabrio, in dem bereits drei Blondinen saßen. Eine vierte war auf dem Weg zum Fahrersitz. Techno dröhnte aus den Autolautsprechern. Das könnte klappen, dachte er hoffnungsvoll, das würde mir ein paar Kilometer Fußmarsch und Blasen ersparen. Schnell ging er auf das Auto zu und fragte »Fahrt ihr zufällig zum *Rocketstar*?«

Fast hätte er »Raketenstern« gesagt. So hatte sein Freund Wolfgang vorhin naserümpfend die Disco genannt, als Rainer ihn dazu überreden wollte, doch mitzukommen. Dieser Wolfgang. Aber insgeheim musste Rainer zugeben, dass »Rocketstar« wahrhaftig der bescheuertste Namen unter der Sonne war.

»Klar, steig ein«, sagte eines der Mädchen und alle vier kicherten.

Sie ließen Rainer absichtlich über die eine drübersteigen, damit er in der Mitte der Rückbank zu sitzen kam. Rainer fand sich eingezwängt zwischen rundlichen rosa Beinen unter weißen Plastikminiröcken, die in hochgeschnürten weißen Plateaustiefeln endeten. Zerstreut und gegen den Konserventechno anschreiend führte er eine zusammenhanglose Unterhaltung. Wie sieht das denn aus, dachte er dabei, wieso müssen die jede Mode mitmachen? Dann sah er an sich herunter und fühlte sich endgültig wie im Zirkus. Wozu musste man sich das antun?

Irgendwann stand Rainer schließlich vor einer Stahltür, bewacht von zwei Kleiderschränken, die er bei sich Cerberus eins und zwei nannte. Die Blondinen waren ihm im Gedränge abhandengekommen, worüber er sich jedoch nicht weiter grämte. Die meiste Zeit hatte er eingezwängt zwischen zum Teil unsympathischen und zu einem noch größeren Teil dämlichen Technofans zubringen müssen.

Es schwäbelte um ihn herum. »Wo isch ’n dr Egges?«, schrie eine dauergewellte Brünette in Pumps weiter vorne in der Schlange.

»I woiß au net. Grad war er no näber mir …«, antwortete ein Schnauzbärtiger mit Holzfällerhemd.

Das waren die, die wegen ihrer Aufmachung von Cerberus eins und zwei sowieso nicht reingelassen werden würden. Tatsächlich gab es kurz darauf ein großes Gedränge, als der Mann mit zitterndem Schnauzbart die Dame an der Hand hinter sich her durch die Menge der Wartenden zog, begleitet von schadenfrohem Grinsen.

»Arschlecher!«, schrie der Schnauzbart, »ihr sen älle Arschlecher!«

Endlich war Rainer an der Reihe. Die beiden Türsteher öffneten die Stahltür, als gewährten sie ihm dabei eine besondere Gnade. Der Technorhythmus schob ihn fast wieder rückwärts zur Tür hinaus, dabei war er in dem Vorkorridor oder der Vorhölle, wie er diesen Flur nannte, noch gar nicht zu voller Lautstärke aufgelaufen. Die Tanzfläche wuselte wie ein Würmernest von schlangenartig zuckenden Körpern. Immer wieder verwandelte das weiße Stroboskoplicht das Ganze in eine geisterhafte Zeremonie mit weiß aufleuchtenden Gesichtern und abgehackten Bewegungen, wie ein makabrer hundertfacher Todeskampf auf einem riesigen elektrischen Stuhl. Der DJ stand erhöht über der ganzen Szenerie zwischen den Plattentellern. Mit seiner länglichen Glatze sah er aus wie eine Albinogurke.

Wie soll ich Addy in diesem Durcheinander finden, dachte Rainer mutlos. Die Bässe dröhnten derart, dass seine Eingeweide mitvibrierten. Das war beklemmend. Er ging am Rand der Tanzfläche entlang zu einer der Bars und bestellte ein Hefeweizen bei einer schwarzhaarigen Kellnerin, deren Brüste aus einem schwarzen Lackmieder quollen. Als er das Bier vor sich stehen hatte, fiel ihm ein, dass er nur mit dieser komischen Lochkarte bezahlen konnte. Er hatte vergessen, in welcher der vielen Taschen seiner Polyesterhose sie war, und nestelte fahrig an den Reißverschlüssen herum. Warum nur bestand Addy immer auf derart peinlichen Klamotten? Das Einkaufen mit ihr in diesem schwulen Super-Hyper-Laden war fast noch schlimmer als eine Politikvorlesung gewesen.

Die schwarzlederne Kellnerin beäugte ihn drohend. Gleich holt sie ihre Peitsche, dachte er panisch, doch da fand er zum Glück seine Karte. Die Kellnerin schnappte sie sich und knipste energisch mit einer Zange hinein, bevor sie sie ihm zurückgab.

Die Theke war von innen blau beleuchtet und das sonst so unschuldig gelbe Weizenbier strahlte in diesem Licht wie ein giftiger grüner Trank, zubereitet von einer heidnischen Druidin. Rainer ertappte sich dabei, wie sein Blick am Dekolleté der Kellnerin klebte. Es fehlten nur wenige Millimeter, dass die Nippel aus ihrem glänzenden Gefängnis hüpften. Er nahm noch einen großen Schluck und zwang sich, woanders hinzusehen. Das führte zu nichts, die Nippel saßen fest und das Ganze machte ihn nervös.

Vielleicht hätte ich doch lieber mit Wolfgang am Neckar bleiben sollen, dachte Rainer zweifelnd, denn da hatte er sich wohler gefühlt. Sie waren in der letzten Abendsonne am Neckar Richtung Hirschau von einem kleinen Stauwehr heruntergerutscht, hatten herumgespritzt und sich Perücken aus Algen umgehängt. Der Neckar erstrahlte im Abendlicht wie eine flammende Straße, die direkt zum Himmel führte. Als die Sonne hinter die Bäume sank und die Goldallee erlosch, setzten sich Rainer und Wolfgang auf den kleinen Kiesstrand und tranken jeder einen Sixpack.

Rainer stellte das Glas auf die Theke und das Bier wurde wieder grün. Er musste endlich Addy finden. Er umrundete die Tanzfläche. Keine Addy. Krampfhaft versuchte er sich daran zu erinnern, wie wohl Mandy und Sandy, Addys Freundinnen, ausgesehen hatten. Aber es half nichts, deshalb ging er erst mal aufs Klo, um etwas Ruhe zu haben. Aber auch hier hörte man die Bässe noch wummern und sie mischten sich mit dem Gestöhne aus einer Klokabine, deren Wände wackelten.

Rainer flüchtete. Die Klotür schwang hinter ihm zu und er stieg eine Wendeltreppe empor. Dort gab es auf einer zweiten Ebene eine Art Galerie, von der aus man von oben auf das Würmergewusel der Tanzfläche blicken konnte. Etwas abseits der Galerie waren verschiedene kleine Bars und Bistros mit Tischen und Sitzplätzen. Durch große Glasscheiben konnte man wie bei Aquarien ins Innere schauen. Die Münder der Leute darin bewegten sich wie Fischmäuler. Kellnerinnen und Kellner schwammen zwischen den Tischen und Stühlen umher.

Im dritten Glaskasten schließlich entdeckte Rainer Addy. Ihre Haut schimmerte im gelblichen Zwielicht. Sie saß an einem runden Tisch mit ihren Freundinnen und zwei Typen, die Rainer nicht kannte. Addy war die Schönste. Sie trug einen Minirock, den Rainer eher als Mikrorock bezeichnen würde. Was für göttliche Beine!

Rainer konnte sich nicht dazu entschließen, das Aquarium zu betreten. Wie ein Voyeur blieb er an der Glasscheibe stehen, um Addy zu beobachten. Er hatte sie schon immer gerne angeschaut, denn alles, was sie tat, war voller Grazie. Sie konnte das allerdings nicht leiden und fuhr ihn dann immer an. »Jetzt starr doch nicht so, haste noch nie gesehen, wie man sich eine Strumpfhose anzieht oder was?« Sie hielt ihn für einen unerfahrenen kleinen Trottel, doch genau das gefiel ihr auch auf paradoxe Weise: Sie, die Königin, genoss es, ausgiebig bewundert zu werden. Gerade sog sie einen roten Cocktail durch einen durchsichtigen Strohhalm und sah dabei sehr sexy aus. Der Typ neben ihr rückte derweil immer näher an sie heran und legte eine Hand auf ihren Oberschenkel. Sie ließ es sich gefallen. Plötzlich hatte sie ihre Königlichkeit verloren. Ihre Beine, zuvor noch übereinandergeschlagen, öffneten sich leicht, die schwarze Unterhose wurde sichtbar. Die Männerhand wanderte weiter nach oben. Rainer sah in Addys Gesicht und in die ihrer Freundinnen. Alle drei waren sehr stark geschminkt. Die Lippen leuchteten rot, orange und pink aus sehr hellen Gesichtern. Sie lachten und redeten und Rainer sah nur noch die drei sich bewegenden feuchtglänzenden Lippenpaare. Schnecken, dachte er entsetzt, widerliche rote Schnecken!

Da entdeckte ihn Addy, denn ein verirrter Laserstrahl hatte ihn getroffen und für die Aquariumbewohner sichtbar gemacht. Er sah, wie sich die Schnecke zu einem dünnen falschen Lächeln verzog. Hastig ging er zurück zur Treppe und rempelte beim Hinuntergehen mehrere Leute an.

Plötzlich hielt er inne. Wenn schon, dann richtig, dachte er. Um sich boxend stieg er die Treppe wieder hoch und betrat das Bistro. Der Mann hatte eine Hand inzwischen ungeniert unter Addys Oberteil, die andere verschwand unter ihrem kaum vorhandenen Rock. Rainer ging schnurstracks auf ihn zu. Addy erkannte ihn, blickte aber keineswegs schuldbewusst, der Typ grinste dämlich. Rainers Faust landete direkt über dem Grinsen auf der Nase, aus der dann auch gleich das Blut schoss.

Die Freundinnen kreischten, Addy schrie: »Hör auf, du hast ja ’nen Schuss!«, dabei hatte Rainer gar nicht vorgehabt weiterzumachen. Aber wenn man es sich recht überlegt, dachte Rainer, würde es diesem Arschloch nicht schaden, noch ein paar reingehauen zu kriegen.

Der Trottel presste sich eine Serviette auf die Nase, anstatt zurückzuschlagen, man sollte ihm noch eine reingeben, vielleicht würde er sich dann endlich wehren, denn so brachte das alles nichts. Gerade wollte er ausholen, als ihn zwei Muskelprotze, die ihn um mindestens anderthalb Köpfe überragten, von hinten packten und Richtung Treppe zerrten.

»Hier wird net romgschlägert!«, schrie ihm der eine ins Ohr.

»Du kommsch jetzt furt ond hosch außerdem Hausverbot«, legte der andere nach.

»Ich scheiß auf diesen Laden und auf euch Deppen scheiß ich gleich kreuzweise!«, schrie Rainer und unterdrückte einen Schmerzlaut, als ihm der Gorilla den Arm noch ein bisschen weiter umdrehte und ihn die Treppe hinunterschubste.

»Wo isch dai Kart?«, fragte einer der Vollstrecker, als sie unten waren.

Rainer wies mit dem Kinn auf seine Hose. Der andere Muskelprotz durchwühlte jede einzelne der Reißverschlusstaschen und Rainer empfand so etwas wie Genugtuung über dieses idiotische Kleidungsstück. Endlich hatte der Gorilla die Karte gefunden und reichte sie zusammen mit einem Fünfzigmarkschein, den er ebenfalls in Rainers Hose gefunden hatte, dem Mann an der Kasse, wo sie unterdessen angelangt waren.

»Zwanzig Mark«, sagte der, nachdem er die Karte in die Maschine gesteckt hatte. »Bhalt de Reschd«, sagte der Vollstrecker, »wer stehrt, zahlt meh.«

Rainer war plötzlich unendlich erschöpft, zu müde zum Protestieren. Ihm war alles gleichgültig. Die schwere Stahltür wurde geöffnet und Rainer vorbei an Cerberus eins und zwei ins Freie gestoßen.

»Mir wellet di hier nemme säha, denk dro!«

»Leckt mich am Arsch«, murmelte Rainer, aber das hörte keiner.

Immer noch stand ein Pulk von Leuten vor dem Eingang, die ihn anstarrten und ausgiebig verhöhnten. »Zwergenaufstand!«, rief einer, und: »Auf den sind bestimmt alle draufgetreten.«

In Rainers Innerem verkochte glühende Wut mit zäher Machtlosigkeit zu einer Pampe und verklebte seine Seele. Ihr seid alle solche Idioten, dachte er, als er mit finsterer Miene die Betontreppe emporstieg. Die immer noch laue Luft könnte gut tun, wenn das Glitzershirt nicht so widerlich jucken würde.

Er war dem Hades entflohen. Plötzlich drehte er sich um, um zu sehen, ob Addy ihm gefolgt war. Wie Eurydike. Sie war es nicht. Aber sie war auch nicht durch ihr Schicksal dort unten gelandet. Keine Giftschlange hatte sie gebissen, nein, sie war freiwillig in die Unterwelt gegangen, huldigte einem gurkenköpfigen Puppenspieler am Mischpult und ließ sich von einem Trottel, der nicht zurückhaute, befingern.

Rainer ließ die Treppe und die Wartenden hinter sich. Immer noch fuhren Autos vor. Er ging an Addys Sportcabrio vorbei. Der Parkplatz des *Rocketstar* war hell erleuchtet und obszöne Laserstrahlen tasteten nach den Sternen der Sommernacht. Er wusste nicht, wohin er gehen sollte. Wenn er zur Straße zurückging, um zu trampen, würden ihn die besoffenen oder mit Drogen vollen Raver bestimmt überfahren. Ohne darauf zu achten, bog er in die nächste Seitenstraße ein. Es war sowieso alles egal und eine Straße so beschissen wie die andere. Sogar hier in der industriellen Einöde brannten Straßenlampen, und er ging grünlich glitzernd vor sich hin. Diese bescheuerte Verkleidung! Mit einem Ruck riss er sich das Glitzerhemd herunter und warf es über den Zaun eines Fabrikgeländes. Schwul sah er damit aus.

Rainer trottete weiter. Die Straßen waren jetzt nicht mehr beleuchtet. Er setzte sich und lehnte sich mit dem Rücken an eine Betonmauer. Er dachte an Addy und fühlte sich elend. Die Kälte der Mauer durchdrang seinen nackten Rücken und er bekam eine Gänsehaut. Außerdem hatte er Hunger, obwohl ihm übel war vor Wut und Traurigkeit.

Die Sterne begannen allmählich zu verblassen und der Himmel wurde heller. Die Laserstrahlen verloren mehr und mehr von ihrer Leuchtkraft. Gegen die Sonne waren sie machtlos.

Bereitschaftsdienst

»Was? Du willst ein Jahr bei den Barbaren verbringen?«, rief der Großvater, als Florence ihm von ihrem Auslandsjahr in Deutschland erzählte. »Das sind Wikinger! Die schreien, sind fett und weiß, fressen rohe Hähnchen und Butter ohne Brot. Und wenn du nicht aufpasst, fehlt dir nachher ein Körperteil.«

Zur Demonstration fuchtelte er mit seiner rechten Hand vor ihrem Gesicht herum, an der seit dem Zweiten Weltkrieg zwei Finger fehlten. Dabei war sich Florence sicher, dass daran kein deutscher Soldat, sondern Opas Überheblichkeit schuld war. Bestimmt hatte er seine Handgranate zu spät losgelassen oder so etwas in der Art. Das würde er nur nie zugeben.

»Der Krieg ist aber seit fünfzig Jahren vorbei«, sagte Florence.

Diesen Satz musste man in der Familie ungefähr zwanzig Mal am Tag sagen. Keiner hatte mehr Lust auf Opas Heldentaten, die mit der Zeit immer spektakulärer wurden.

»Mit dir red ich kein Wort mehr!«, rief er nun. »Du Landesverräterin!«

Als Florence dann jedoch am Bahnsteig von Lyon-Perrache stand, kam der Opa doch noch in seinem stinkenden Renault, der nicht viel jünger als seine Geschichten war, angebraust und stellte ihn mitten ins Halteverbot. Er humpelte auf seinen Stock gestützt herbei und rammte Florence ein dickes Buch in den Rucksack.

»Da! Das sind die ›Contemplations‹ von Victor Hugo. Die wirst du brauchen bei den Wikingern. Die können nämlich keine Poesie. Die sind dämlich. Wenn man sich nur diesen

Kauderwelsch von Sprache anhört – ich kann nicht glauben, dass du da freiwillig hingehst!« Dann ließ er seinen Stock fallen und umarmte Florence, wobei sie sich zu ihm hinunterbückte.

Florence stach immer hervor mit ihren Einsdreiundachtzig, das war einfach keine normale Größe für ein Mädchen. Auch zu ihrer Mutter musste sie sich hinunterbeugen, ebenso zu ihrem jüngeren Bruder Grégoire.

Der grinste. »Da bei den Wikingern gibt's bestimmt einen deines Kalibers. Vielleicht findest du da einen, der keine Angst vor dir hat …«

»Halt die Schnauze, Crétin!«

Florence umarmte nun ihren Vater, den Einzigen, bei dem sie sich nicht bücken musste.

»Tschüs, Große«, sagte er, »pass auf dich auf!«

Es war ein Sonntagmorgen im Juni 1995 und Florence stand nach durchwachter Nacht im Zug nun in Tübingen am Busbahnhof in der zunehmenden Hitze und wartete auf einen Bus nach Waldhäuser-Ost, denn dort befand sich angeblich das Studentenwohnheim, in dem sie einquartiert werden sollte. Sie hätte sich gerne gesetzt, aber auf der Haltestellenbank lag ein Junge mit nacktem Oberkörper und einer schwarz glänzenden Hose mit vielen Reißverschlüssen und schlief leise schnarchend. Wenn hierzulande sogar die Clochards so gut aussehen, dachte Florence hoffnungsvoll, kann es ja kein so schlechtes Land sein.

Sie schaute auf die Uhr am Busbahnhof. Acht Uhr. Der Bus würde erst in zwanzig Minuten kommen. Florence betrachtete den Clochard, sein rührend jungenhaftes Gesicht mit den zerzausten dunklen Haaren, den schmalen Oberkörper. Die klobigen U-Boot-Schuhe an seinen Füßen passten irgendwie nicht zu ihm. Wer hat ihn da wohl hineingesteckt, fragte sie sich.

Ich sage, du sagst, ersiees sagt, ich sagte. Ich sehe, du siehst, ersiees sieht, ich sah, konjugierte Florence sinnlos vor sich hin, um sich für das Gespräch mit dem Busfahrer zu wappnen.

Der Bus kam, Florence hob ihren riesigen Koffer hoch und schleifte ihn zur Bustür, die sich schmatzend öffnete. Sie wuchtete ihn die schmalen Stufen hoch und stellte ihn ab.

»Gutön Morgön«, begrüßte sie den Busfahrer, »können Sie misch sagön, wo isch muss aussteigön? Isch muss su der Fischtenweg.«

»Wo na?«, fragte der Busfahrer griesgrämig, »Fichtawäg? I sag's no scho.«

Florence hatte kein Wort verstanden. War das Deutsch gewesen oder war sie einfach zu müde? Sie kramte in ihren Taschen nach deutschem Geld und reichte dem Busfahrer einen Zwanzigmarkschein.

»Ja haidenai, hent Se koi Kloigeld? Des ko i net wächsla«, sagte der Mann und gab ihr den Schein schlecht gelaunt zurück.

Florence sah ihn fragend an. War das etwa kein richtiges Geld?

»Ja, jetz gucket Se net so bleed, no fahret Se halt so mit, Kruzifix halleluja, i ko's net wächsla!«

»Wie bittö?«, wagte Florence zu fragen.

»Setzet Sie sich hin!«, unternahm der Busfahrer schreiend einen Versuch, hochdeutsch zu reden, und Florence gehorchte eilig.

Was hatte sie falsch gemacht? Der Bus startete und Florence fiel fast vornüber, denn sie hatte gerade erst ihren Koffer verstaut und saß selbst noch nicht. Sie war der einzige Fahrgast.

Was für ein unhöflicher Mensch, dachte Florence und sah aus dem Fenster. Der Junge ohne Hemd rannte hinter dem Bus her. Der Busfahrer sah es und beschleunigte.

»Monsieur!«, rief Florence empört, aber der reagierte nicht.

Ihr Mut verflog, ihre deutschen Sprachkenntnisse hatten sie in diesem Moment verlassen. Ich bin ein Feigling, dachte sie deprimiert. Gleichzeitig wünschte sie, sie besäße Zauberkräfte und könnte diesen Fahrer mit einem Fluch belegen, zum Beispiel, dass es ihn ein Leben lang im Hintern juckte und kein Kratzen jemals half.

Florence fuhr nicht gerne Bus. Das hatte mit einem Erlebnis zu tun, das erst wenige Monate hinter ihr lag. Da war sie nämlich zu so einem eintägigen Skitrip nach Val d'Isère gefahren. Der Bus startete früh morgens um halb fünf am Busbahnhof in Lyon. Florence hatte sich vorgestellt, die Fahrt schlafend zu verbringen, ausgeruht im Skigebiet anzukommen und dann den ganzen Tag fröhlich die Pisten herunterzuwedeln. Sie hatte jedoch nicht mit ihren Mitfahrern gerechnet. Die begannen schon zwanzig Minuten nach Fahrtantritt mit Tüten zu rascheln, Bierdosen mit lautem Zischen zu öffnen und Sandwiches auszupacken. Welcher vernünftige Mensch konnte morgens um fünf Thunfisch, Zwiebeln, Eier und Münsterkäse essen? All das geschah in ihrer unmittelbaren Nähe, doch das Schlimmste kam noch: Als der Bus zur letzten Etappe, einem Serpentinenpass, ansetzte, hatten die Mitfahrer bereits angefangen zu verdauen und rülpsten und furzten heimlich in die sowieso drückend überheizte Luft des Omnibusses. Seitdem hasste sie das Busfahren.

Und hierzulande schien es sich außerdem bei den Busfahrern um eine feindliche Spezies zu handeln, die der Landessprache nicht mächtig war.

Auf einer Brücke, unter der sich ein träger grüner Fluss durchwälzte, stiegen noch drei Leute ein. Sie wurden nicht angeschrien. Bonbonbunte Fachwerkhäuser säumten das Ufer und Florence hätte die Stadt schön gefunden, wenn ihr der Busfahrer einen anderen Empfang bereitet hätte.

Nach einem steilen Anstieg stand sie erneut mit ihrem Koffer an einer Haltestelle und wusste nicht weiter. Wo war nun der Fichtenweg?

Eine schwarz gekleidete alte Dame kam den Gehweg entlang. Ich muss es wagen, dachte Florence, auch wenn ich wieder nichts verstehe.

»Entschuldigön Sie«, sagte sie, »isch suchö den Fischtönweg.«

»Einfach die Treppen hier hoch und über die Brücke«, sagte die Dame.

»Vielön Donk«, sagte Florence erleichtert.

Das war endlich einmal ein Deutsch gewesen, wie sie es aus der Schule kannte.

In der immer zunehmenden Hitze schleppte sie den Koffer die Treppen zu der Fußgängerbrücke hoch. Wer hat behauptet, dass es in Deutschland immer regnet, dachte Florence schwitzend. Direkt hinter der Brücke stand das Haus, das sie suchte: Fichtenweg 15. Eines von mehreren braunen und schmutziggelben Hochhäusern, fast wie in Vaulx-en-Velin, einem Vorort von Lyon, wo man nachts nicht auf die Straße konnte. Florence hatte bislang bei ihren Eltern in einer geräumigen alten Villa außerhalb Lyons gewohnt und hatte nicht mit so einem Bau gerechnet, denn »Fichtenweg« hatte sich irgendwie nach Wald und Idylle angehört.

Die Eingangstür war angelehnt. Die warten schon auf mich, dachte Florence hoffnungsvoll. Sie trat in den muffigen Dämmer eines Vorraums. Ein Glaskasten und zwei zerkratzte und beschmierte Aufzugstüren. In dem Glaskasten sollte eigentlich ein Hausmeister sitzen, aber da war niemand. Ratlos stand sie davor. Auf einem Zettel stand: *Hausmeistersprechstunde Mo–Fr 8.00–9.00 Uhr.* Na toll, dachte Florence, soll ich bis dahin im Flur kampieren? Da fiel ihr Blick auf einen zweiten Zettel: *Bereitschaftsdienst: Haus 7.*

Vielleicht hätte sie doch den Beginn des Wintersemesters abwarten sollen wie jeder normale Student. Aber etwas hatte sie von zuhause weggetrieben. Es war eine innere Notwendigkeit gewesen.

In Frankreich waren die Prüfungen vorbei. Es gab für sie dort definitiv nichts zu tun außer ihre Mutter abzuwimmeln, die ihr ständig in solchen Madame-Boutiquen Blazer mit Goldknöpfen kaufen wollte.

Florence irrte vor sich hinfluchend und ihren Koffer hinter sich herschleppend durch Häuserschluchten, die unbewohnt schienen, bis sie endlich die Nummer sieben fand: Es war eines der drei größten Häuser, fast direkt neben dem, wo sie anfangs gewesen war. Etwas versteckt hinter einem Busch fand sie eine Tür mit Klingel. Nach dem dritten Läuten öffnete ein Mann mit senkrecht vom Kopf abstehenden grauen Haaren und zerknautschtem Gesicht in einem verwaschenen, ehemals roten Jerseyschlafanzug mit durchhängenden Knien. Der Mann blinzelte aus verquollenen Augen in die Sonne.

Florence nahm ihren Mut und ihre Grammatik zusammen: »Gutön Tag, können Sie misch bittö meinö Zimmer zeigön?«

»Was?? Am hälla Sonndig kommsch du bleede Metz drhär ond willsch en dai Zemmer?«, schrie der Mann.

Florence zog unwillkürlich den Kopf ein. Das musste so ein bellender Nazi wie in den Filmen sein. Vielleicht hat Opa doch recht gehabt, dachte sie mit wachsender Verzweiflung, ich bin im Feindesland! Eingeschüchtert hielt sie ihm den Zettel mit ihrer Zimmerzusage hin, den er ihr unwirsch aus der Hand riss. Der Bereitschaftsdienst verschwand bruddelnd wieder im Inneren des Hauses und kam in einem blau-weiß gestreiften Morgenmantel und mit einem großen Schlüsselbund zurück. Florence trottete hinter ihm her wie zur Hinrichtung. Sie fühlte sich schwach vor Hitze, Hunger und Müdigkeit und konzentrierte sich auf die blauen Streifen vor ihr.

Sie erreichten das Haus und betraten den Vorraum. Der Blau-weiß-Gestreifte drückte auf den Aufzugknopf. Während sie hochfuhren, erfüllte sein Mundgeruch den winzigen Raum und Florence war der Ohnmacht nahe.

Endlich hielt der Aufzug mit einem Ruck, der ihre sowieso schon gestörten Eingeweide vollends durcheinanderwarf. Neunter Stock. Florence schleifte den Koffer mit Mühe durch einen schmalen Flur, in dem Staub aufwölkte. Sie hielten vor einer Tür, der Bereitschaftsdienst öffnete sie und wies mit einer herrischen Geste in einem toilettengroßen Raum herum.

»Isch älles do. Wenn Se was heemached, missed Se 's zahla. Adee.« Mit diesen kryptischen Worten überreichte er Florence zwei Schlüssel und verschwand wie ein böser Geist.

Florence ließ den Koffer mitten im Zimmer stehen und sank auf das Bett, dessen Matratze so dünn war, dass man den Bettkasten unter dem Hintern spürte. Jetzt bloß nicht verzagen, sagte sie sich. Sie nahm den kleinen Rucksack, in dem ihr Reiseproviant verstaut war, vom Rücken und durchwühlte ihn. Nur noch eine fast geschmolzene Tafel Schokolade war drin. Ihre Mutter hatte ihr noch einen Camembert und luftgetrocknete Salami einpacken wollen, was Florence augenverdrehend verhindert hatte. Jetzt wäre sie froh darüber gewesen. Mütter hatten manchmal doch recht. Großväter auch.

Ex-Ray

Rainer schlug mit aller Kraft auf seinen Kleiderschrank ein, bis seine Fingerknöchel blutig waren. Als er innehielt, klopfte es an seiner Zimmertür.

»Ist alles in Ordnung?«, fragte sein Mitbewohner Thomas besorgt.

»Hau ab.«

Rainer hatte kein Bedürfnis, mit irgendjemandem zu reden, höchstens vielleicht mit Wolfgang. Addy hatte vor einer halben Stunde angerufen. Der Grabscher wollte Rainer wegen schwerer Körperverletzung anzeigen. Lächerlich, wegen einer blutigen Nase. Eigentlich sollte ich ihn und vor allem Addy anzeigen, wegen schwerer Seelenverletzung, dachte Rainer. Nach kurzem Überlegen öffnete er die Tür und holte sich das Telefon aus dem Flur. Das Kabel spannte zwar, reichte aber gerade. Es war schon kurz vor Mitternacht, aber einen guten Freund durfte man auch so spät noch anrufen.

Wolfgang meldete sich. »Hilfe«, sagte Rainer. »Trink ein Bier mit mir.«

»Was ist denn mit dir passiert?«

»Es ist aus. Seit gestern.«

»Was ist aus?«

Rainer wusste nicht, ob Wolfgang tatsächlich so blöd war oder nur so tat.

»Mit Addy ist's aus, du Schwachmat. Kommst du jetzt ein Bier trinken?«

»Wo denn? Ist schon spät, ist gleich alles zu …«

»Bist du mein Freund oder nicht? Der Grieche hier oben macht nie zu. Kommst du jetzt oder muss ich mich alleine besaufen?«

Zum Glück sagte Wolfgang zu, denn Rainer, der schon immer zu großem Selbstmitleid neigte, war fast den Tränen nah. So konnte das nicht weitergehen.

Im *Joker*, der griechischen Kneipe, die mitten zwischen den Studentenwohnheimen platziert war, saß ein merkwürdiges Gemisch aus Studenten in Hausschuhen, für die dieses Lokal ihr Wohnzimmer war, und Alkoholikern aus dem angrenzenden Hochhausviertel, in dem auch Rainer wohnte. Der Wirt mit dem Namen Triadaphilos kannte Rainer bereits von dessen nächtlichen Absackern zu Addyzeiten. Rainer war es nämlich in den ganzen drei Monaten ihrer Beziehung nicht vergönnt gewesen, bei Addy zu nächtigen. Ihre Wohnung war so eine Art Sanktuarium, aber für Rainer ein Alptraum: Alles weiß, weiße Wände, weiße Möbel, weiße Designerlampen, die schummrig auf bedrohlich fleischige Topfgewächse schienen, weiße Teppiche, über die er nie mit Schuhen gehen durfte. Er traute sich kaum, auf der weißen Couch Platz zu nehmen, er fühlte sich da wie ein Fremdkörper oder Schmutzpartikel. Die Pflanzen suchten ihn in seinen Alpträumen regelmäßig als menschenfressende Monster heim. Addys Bett war so breit, dass man auch zu viert bequem darin hätte nächtigen können. Rainer wurde mulmig bei dem Gedanken, dass sie das womöglich auch so praktizierte. Nur er, er hatte dort nie schlafen dürfen. Spätnachts, wenn er nach wildem Gewühle selig entschlummert war, hatte ihn Addy jedes Mal unbarmherzig geweckt und nach Hause geschickt. Sie könne keine anderen Personen neben sich beim Schlafen ertragen, hatte sie ungerührt verkündet. So wurde Rainer nach vollzogenem Beischlaf wie ein Spinnenmännchen verstoßen und musste halb dösend noch sein Fahrrad den Berg zu seiner Wohnung hochschieben. Um diese Demütigung zu mildern, war er dann jedes Mal im *Joker* eingekehrt, als Kontrastprogramm zu Addys Designhölle.

Die Einrichtung der Kneipe stammte wohl aus den frühen Siebzigern, dunkelbraunes Holzimitat und Lampen aus nachgemachten Wagenrädern, die ein grelles Licht verbreiteten, in dem die Alkoholiker noch fertiger aussahen, als sie es ohnehin schon waren.

Wolfgang war heute geradezu ekelhaft aufgekratzt, fand Rainer, als er ihm von der Nacht im *Rocketstar* und an der Bushaltestelle erzählte. Dass ihn der Busfahrer nicht mitgenommen hatte, erschien ihm als folgerichtiges Zeichen, dass sein Schicksal von dem Moment an, da er Addy beim Fremdgehen erwischt hatte, unter einem Unstern stand.

»Sei froh, dass du die Zicke los bist«, sagte Wolfgang ungerührt und ohne jedes Mitleid. »Die war doch albern. Und dass sie dich nicht Rainer, sondern Ray genannt hat …« Er hielt inne und grinste. »Jetzt bist du eben ihr Ex-Ray.« Er lachte über seinen eigenen Witz und wollte sich gar nicht mehr einkriegen.

»Was weißt du schon?«, blaffte Rainer in Wolfgangs Gewieher. »Du kennst sie kaum. Sie ist eine Königin – hast du gesehen, wie sie sich bewegt?«

»Ha – eine Königin!« Wolfgang wurde endlich ernst. »Weißt du, wie man das nennt, was du da veranstaltest? Du liebst ein Trugbild, die Vorstellung von einer Frau. Sieh dir doch die Fakten an: Sie ist nichts als ein Flittchen. Bestimmt hat sie's die ganze Zeit mit anderen getrieben, sobald du dich umgedreht hast. Warum durftest du nie bei ihr übernachten, he? Bestimmt hat der Nächste schon hinterm Haus gewartet. Komm, wir bestellen uns noch was Ekliges zu essen, dann geht's dir wieder besser.«

Das war schon immer Wolfgangs Patentrezept gewesen: Essen. Rainer kannte ihn seit der Grundschulzeit. Wolfgang war der einzige Mensch, der selbst mit vierzig Grad Fieber noch Appetit wie ein Verhungernder hatte. Dabei spielte die Qualität der Nahrung nur eine Nebenrolle. Die meisten Menschen wären bei so einer Ernährung mehr breit als hoch gewesen. Nicht so Wolfgang: Bei ihm hatte diese Diät eine Länge von zwei Metern fünf ohne die kleinste Speckrolle bewirkt.

Das Essen im *Joker* war geradezu unterirdisch schlecht. Der Salat bestand aus matschigem Dosengemüse und das Frittierfett für die Pommes und Kalamari wurde wahrscheinlich nur an Weihnachten gewechselt. Trotzdem kauften sich immer wieder Verzweifelte ihr Essen da, denn die Küche machte nie zu. Die Studenten waren außerdem nichts Besseres gewöhnt, schlimmer als Mensa ging es sowieso nicht, wie ja jeder wusste. Rainer wollte eigentlich ablehnen, aber Wolfgang hatte bereits das ganze Programm, Tintenfischringe, Pommes, Salat und Zaziki, geordert.

Soeben stellte Triadaphilos zwei Teller auf die Brandlöcher in der braun und rot karierten Tischdecke. Kurz darauf kamen die Platten mit dem Essen. Rainer merkte, dass er tatsächlich Hunger hatte, denn vor lauter Kummer hatte er weder eingekauft noch in der Mensa gegessen. Wolfgangs herzhaftes Zugreifen wirkte ansteckend auf Rainer, außerdem musste er sich ranhalten, um auch etwas abzubekommen.

Nach weniger als zehn Minuten hatten sie alles vernichtet.

»Mir ist schlecht, ich glaub, ich muss kotzen«, stöhnte Rainer.

Es tat gut, wenn es einem körperlich schlecht ging, das übertönte wenigstens die Seelenschmerzen.

»Keiner kotzt hier«, bestimmte Wolfgang. »Tria… Wie heißt der nochmal …?«

»Triadaphilos.«

»Triadaphilos, bring mal zwei Ouzo bitte!«

»Du willst mich umbringen, Wolfgang.«

»Klappe halten und Ouzo trinken.«

Gehorsam kippte Rainer den Ouzo und schüttelte sich. Danach sackte er in sich zusammen und sah aus wie eine liegengelassene Lumpenpuppe.

»Au Mann, du bist ja echt ganz schön fertig«, sagte Wolfgang nun doch etwas besorgt.

»Danke, dass du mir das sagst, sonst hätte ich es fast vergessen«, entgegnete Rainer dumpf.

Wolfgang war genervt. »Jetzt reiß dich mal zusammen. Sei nicht so ein Schlappschwanz. Es ist Sommer, bald sind Semesterferien, willst du ewig so weitermachen?«

Rainer stierte vor sich hin. »Was heißt da ewig?«, sagte er schließlich pampig. »Ist gerade mal einen Tag her.«

»Ein Tag ist genug«, entschied Wolfgang für Rainer und bestellte noch zwei Bier und zwei Ouzo. »Was muss ich tun, um dich aufzuheitern?«

»Besorg mir ne Frau, gib mir meine Gitarre und kauf mir ein Motorrad.«

Wolfgang griff nun über den Tisch und schüttelte den immer noch schlaffen Rainer durch. »War's das, du Waschlappen? Mann, bist du wehleidig!«

»Du hast mich gefragt, du Besserwisser!«, schnappte Rainer.

Wolfgang ließ ihn los. Plötzlich erhellte sich sein Gesicht. »Ich hab was für dich«, strahlte er.

Rainer starrte immer noch schlecht gelaunt vor sich hin.

»Aber nur, wenn du ein bisschen Begeisterung zeigst.«

»Na gut, ich bin begeistert«, sagte Rainer lustlos.

»Bei meinem Vater in der Garage steht ein altes Motorrad. Ist von irgendeinem Onkel, dessen Frau ihm verboten hat, weiter damit rumzufahren. Kannst es jederzeit ausleihen, du musst es nur noch putzen …«

Mikroben

Irgendwie hatte Florence den Sonntag überstanden und dabei festgestellt, dass sie ganz schön neurotisch war, vor allem in Grenzsituationen, und um eine solche handelte es sich, wenn sie ihr Zimmer betrachtete. Sie ekelte sich vor der Matratze, vor der Bettdecke und vor allem vor dem Kissen. All diese Gegenstände wiesen merkwürdige Flecken auf und rochen so muffig, dass einem ganz übel davon wurde. Man wusste ja nie, wo solche Flecken herrührten, es könnte natürlich Marmelade oder Nutella sein oder getrocknete Tinte, schließlich aß und schrieb man als Student ja des Öfteren im Bett, aber Florences Phantasie gab den diversen Besudelungen einen anderen Ursprung, womit sie wahrscheinlich nicht falsch lag. Mit spitzen Fingern bezog sie die Matratze und warf das sowieso viel zu warme Deckbett in den Schrank. Das Kissen war schlaff wie eine Windhose bei Flaute und hatte ein seltsames Format, das natürlich nie in die Nackenrollenhülle passen würde, die sie mitgebracht hatte. Sie warf es kurzerhand zu der Decke und stopfte einen Winterpulli in die Hülle. Morgen würde sie erst einmal einkaufen müssen. Aber nicht nur Bettwäsche, nein, auch Schwämme, Putzlappen und Scheuermittel, denn in jeder Ecke lauerten Staubflocken und Spinnweben. Florence hatte so gut es ging das ganze Zimmer auf Knien mit angefeuchtetem Klopapier ausgewischt, war aber damit nicht zufrieden, denn nun befanden sich überall kleine graue Klopapierwürstchen.

Das Schlimmste an ihrer neuen Wohnsituation waren jedoch Klo und Duschen, welche sich in ein und demselben Raum befanden, getrennt durch oben und unten offene Wände, was also einen gegenseitigen Austausch sowohl von Geräuschen als auch Gerüchen ermöglichte. Dieser Toilettenraum war wahrscheinlich seit der Errichtung des Hauses nicht mehr geputzt worden. Woher kamen nur die Gerüchte, Deutschland sei ein Muster an Sauberkeit und Ordnung? Das hier sah aus und roch wie eine Bahnhofstoilette, die man ins Hochhaus verfrachtet hatte. Bisher war sie nur zweimal hingegangen, als die Not zu groß wurde. Dabei hatte sie darauf geachtet, keinem ihrer Mitbewohner zu begegnen, sie hatte an ihrer Tür gelauscht, bis es still auf dem Flur war, was lange dauerte: Von allen Seiten schlurfte, sprach, lachte und pochte es. Dabei bedauerte sie nur eines: Durch die vorläufige Geheimhaltung ihrer Anwesenheit, die auf ihrer furchtbaren Angst vor Neuem und vor allem unbekannten Personen beruhte, hatte sie bisher das außen an der Klotür angebrachte Gedicht »Die Scheiße« eines gewissen Herrn Hans Magnus Enzensberger nicht in Ruhe lesen können.

Nun war es Montagmorgen und Florences Magen knurrte laut. Sie hatte eine unruhige Nacht verbracht, in verschiedenen Alpträumen wurde sie wahlweise von riesigen Milben gefressen oder von Busfahrern oder Hausmeistern in Naziuniformen erschossen. Beim Knall der Gewehre war sie dann jedes Mal mit Herzrasen erwacht, um kurz darauf im nächsten Alptraum zu versinken. Aus dem Flur und den Nachbarzimmern kam nun das erste Rumoren, auch in der Küche klapperte es. Es hilft nichts, dachte Florence, ich kann mich nicht für alle Ewigkeit vor ihnen verstecken, ich muss an die Front.

Sie atmete noch einmal tief durch und trat in den düsteren Flur. Aus der Küche drangen Stimmen.

Florence trat auf die Schwelle. »'alloh«, sagte sie unbehaglich und zog dabei die Schultern ein.

Das half natürlich nichts gegen ihre ein Meter dreiundachtzig, aber es war eine Manie, die sich Florence nicht abgewöhnen konnte. Auch war ihr im selben Moment bewusst, dass dieses wichtigste deutsche Wort ausgerechnet mit einem »H« begann, was sie nicht aussprechen konnte.

Alle Gespräche waren verstummt, alle Augen auf sie gerichtet, was ja eigentlich nicht so schlimm sein sollte, denn es handelte sich lediglich um drei Personen.

»Challo!«, rief ein großer Blonder mit Schnauzbart strahlend, »ich bin Viktorrr aus Rrrussland.«

Er rollte das »R«, was Florence irgendwie tröstlich fand. Es gab also auch andere, die mit der deutschen Phonetik nicht zurechtkamen. Es stellten sich noch Carla aus England und Günther aus Bayern vor, der Letztere rothaarig mit Brille, Seitenscheitel, Gesundheitslatschen und weißen Socken.

»Isch 'eißö Florence und isch komme aus Fronkraisch«, versuchte Florence ihren ersten deutschen Satz seit vierundzwanzig Stunden.

Die Wörter formten sich nur widerwillig in den Hirnwindungen, um schließlich wie Pferdeäpfel aus ihrem Mund zu plumpsen. In diesem Moment gurgelte ihr Magen in einer Lautstärke, die wahrscheinlich das ganze Hochhaus hörte.

»Florrrence chat Chungerrr«, stellte Viktor überflüssigerweise fest. »Du musst was essen.«

Auf dem Tisch stand ein Sammelsurium von Safttüten, Milchflaschen, Toast, Marmelade, angelaufenem Käse, angetrocknetem Schinken, Margarine voller Krümel und anderer Spuren und nicht zusammenpassende Tassen ohne Henkel. Teller schien keiner für notwendig zu halten. Es gab wohl auch keine brauchbaren, die verteilten sich in zwei Spülbecken mit angeschimmelten Resten drauf. Die Küchenwände waren wohl ursprünglich mal weiß gewesen, aber jemand hatte unbeholfene Regenbogen, Peace-Zeichen und wacklige psychedelische Muster in allerlei Farben draufgemalt. Der Herd war rot und braun verkrustet, der Fußboden voll schwarzer Schmiere, ein löchriges braunes Cordsofa stand an der Wand und daneben auf einem niedrigen Tisch zwei überquellende Aschenbecher. Das einzig Gute an diesem Raum war die Fensterfront, die auf einen Balkon führte und einen Ausblick über bewaldete

Hügel bis zum Horizont bot, der von einer kleinen Bergkette gesäumt war.

Viktor hatte bereits eine Tasse für Florence am Wasserhahn ausgeschwenkt und stellte sie nun auf den freien Platz neben sich. »Tee oderrr Kaffee?«

Nun befand sich Florence in einem Dilemma: Sie hatte tatsächlich unglaublichen Hunger. Gestern hatte es den ganzen Tag nur eine Tafel zerlaufene Schokolade gegeben. Außerdem mussten ihre Einsdreiundachtzig irgendwie versorgt werden, die funktionierten nicht durch Inhalieren von Blütenstaub wie bei manchen dieser zarten kleinen Mädchen. Aber Florences Angst vor Bakterien würde es niemals zulassen, hier etwas anzurühren oder gar zu schlucken.

Dachte sie.

Doch plötzlich machte es klick. Entweder war es der Überlebenstrieb, oder diese ständige Mikrobenneurose war nichts als eine Verlängerung der Angst ihrer Mutter und Florence hatte soeben die Verbindung, die geistige Nabelschnur, durchtrennt.

Sie ließ sich auf den orangefarbenen Plastikstuhl plumpsen. »Kaffee, bittö.«

Carla häufte ihr zwei Löffel lösliches Pulver in die Tasse und goss heißes Wasser aus einem verkalkten Stieltopf dazu. Günther schob ein Schälchen mit bräunlich verklumptem Zucker in ihre Richtung. Viktor bot ihr sein verschmiertes Messer zum Brotstreichen an. Der Kaffee schmeckte nach verbrannten Socken, der Toast nach Papier und die Margarine ranzig, doch trotzdem war Florence so leicht und wohl zumute wie noch nie in ihrem ganzen Leben.

Upfingen

Am darauffolgenden Sonntag fuhren Rainer und Wolfgang in dessen rostigem Passat von Tübingen, vorbei an Kusterdingen, über Reutlingen und Eningen durch Würtingen nach Upfingen.

Kein Wunder, dass die Schwaben alle einen am Helm haben, dachte Rainer, wenn ich das zu Hause erzähle, fragen die mich bestimmt, wo denn Dooflingen und Depplingen liegen. Als er es laut aussprach, sagte Wolfgang grinsend: »Damit liegst du gar nicht so falsch. Ein Nachbarort von Tübingen heißt Dußlingen …«

»Nee jetzt, echt? Da wundert mich nichts mehr …«

Als das Auto den kurvigen Albaufstieg durch den Wald hochbrummte, hatte Rainer plötzlich eine Idee: »Wolfgang, wir fahren zusammen mit dem Motorrad in den Urlaub!«

Wolfgang bremste abrupt und Rainers Oberkörper neigte sich im gespannten Gurt Richtung Windschutzscheibe.

»Was hast 'n du eingenommen? Hat dich die Addy vorsorglich noch mit irgendwas versorgt oder was? Weißt du, wie kurz und hart die Sitzbank von einer XT 500 ist?«

»Ach, Wolfgang, du bist so 'n Spießer. Die Karre ist für zwei Personen ausgelegt. Man muss auch mal was Ungewöhnliches im Leben machen! Was willst du sonst später deinen Enkeln erzählen, hm?«

»Ich und Enkel«, murmelte Wolfgang, »was für 'ne Schnapsidee …«

In Upfingen, einem Dorf auf der Schwäbischen Alb mit gefühlten zwanzig Häusern und vierzig Einwohnern, stand das alte Motorrad bei Wolfgangs Vater in der Garage. Rainer kannte ihn zwar, wunderte sich jedoch jedes Mal, dass so ein

»Dirfet mir au mol mitfahra?«, erdreistete sich der Dritte.

»Kennst du diese Dreikäsehochs?«, fragte Rainer in Richtung Wolfgang.

Er konnte mit Kindern nicht sonderlich viel anfangen und fühlte sich bedrängt.

»Nö«, sagte Wolfgang, begann dann jedoch einen schulmeisterlichen Vortrag über den Unterschied zwischen Motorrad und Moped.

Kein Wunder, dass er Lehrer werden will, dachte Rainer, da kann er immer schön klugscheißen. »Könnt ihr mal ’n bisschen Platz machen«, maulte er, »hier kann man sich ja nicht bewegen.«

Die Kinder wichen murrend ein paar Zentimeter zurück und einer flüsterte dem anderen zu: »Der Große isch nett, aber der Kloine isch bleed.«

»Das hab ich gehört!«, rief Rainer.

Mittlerweile hatte sich das Zuschauerfeld vergrößert. Spaziergänger in Kniebundhosen, Wanderstiefeln und Spazierstöcken blieben stehen und glotzten.

Ein älterer Herr mit einem olivgrünen Hütchen auf dem Kopf rief: »Ja Wolfi, bisch du au mol wieder do! Du bisch aber grauß worra! Wa machsch ’n du do?«

Rainer wurde das alles zu viel. Er beließ Wolfgang bei seinen Hinterwäldlern und ging um das Haus herum in den Garten, wo er sich auf eine knarzende Plastikbank setzte. So hatte er sich das irgendwie nicht vorgestellt.

Foss

Florence hatte ihr Einkaufsprojekt verändert. Auf der Liste stand nun ganz oben Brot, Käse, Butter und Kaffee. Scheiß auf die Mikroben, dachte sie, essen ist wichtiger als putzen. Außerdem hatte sie ja ihre Neurose soeben überwunden.

Im Supermarkt angekommen musste sie sich eingestehen, dass sie ein verwöhntes Gör war. Sie war bisher mit solchen Aufgaben nicht konfrontiert gewesen, das hatte entweder die Mutter oder die Haushälterin übernommen. Sie irrte ziellos durch schmale Gänge, las unzählige Etiketten und belud mit der rechten Hand ihren linken Arm, denn sie hatte kein Markstück für den Einkaufswagen gehabt. Jemanden um Wechselgeld zu bitten war nicht drin. Das war schon eher für Fortgeschrittene. Sie wusste nicht einmal, wie man »chariot« auf Deutsch sagte. In dieser Grenzsituation schlug nun die Neurose doch wieder durch. Ihr linker Arm war auf einmal sinnlos mit Putzmitteln überfrachtet und drohte unter der Last abzusterben. Florence schimpfte sich, gehorchte sich dann nach einer kurzen inneren Diskussion und ließ die Putzmittelflaschen in einen Auslegekorb mit hässlichen Klamotten plumpsen. Was hatten die überhaupt in einem Lebensmittel-Supermarkt verloren? Egal, jetzt musste Essen her.

Erst eine halbe Stunde später stand Florence wieder im Eingangsbereich des Ladens, in der Hand eine Plastiktüte – für die sie hatte bezahlen müssen! An der Glasscheibe neben der Eingangstür hing ein Durcheinander von handgeschriebenen Zetteln. »Zimmer gesucht!«, stand auf beinahe allen. Manche bemühten sich auch um originellere Formulierungen, was aber an der Aussage nichts änderte.

Ein Papier fiel Florence auf: Es zeigte ein Foto eines blonden Kindes mit riesigen blauen Augen. »Hallo, ich heiße Jan und bin eineinhalb Jahre alt. Wer passt auf mich auf? Bin ganz lieb. Also, neuer Babysitter, ruf doch an!«

Dieser Aufforderung kam Florence am Tag darauf nach. Man musste sich schließlich nützlich machen, was sollte sie sonst den ganzen Sommer über tun? Geld verdienen war auch nicht schlecht. Das wäre dann das erste Mal in ihrem Leben. Irgendwann sollte man schließlich damit anfangen, sie war immerhin einundzwanzig. In dem Alter hatten andere schon Kinder oder schufteten in der Fabrik oder beides. Ich kann mich nicht für alle Zeiten auf meinem großbürgerlichen Kissen ausruhen, dachte sie pathetisch.

»Was is das?«

Mit diesen Worten begrüßte sie das engelsgleiche Kind, das sie auf dem Foto gesehen hatte. Damit war sie, Florence, gemeint. Er hielt sie also für eine Sache, vielleicht für einen Turm oder eine Säule. Aber, dachte sie dann gleich hinterher, vielleicht kennt er den Unterschied zwischen wer und was noch nicht, er ist ja schließlich noch klein. Ihre Gedanken wurden unterbrochen, denn der Dreikäsehoch fuhr mit seinem roten Bobbycar direkt gegen ihre Schienbeine.

»Aiaiai«, entfuhr es Florence

»Jan!«, rief es von drinnen, »komm sofort her und bring die Frau mit!«

»Au mit«, echote Jan und Florence ging hinter ihm her in ein Wohnzimmer, dessen Fußboden nicht zu sehen war, weil ihn Spielzeug bedeckte.

Auf der beigefarbenen Couch saß eine zerzauste blonde Frau, die sich als Sabine vorstellte, mit einem Säugling an der Brust.

Nach kurzer Unterhaltung verschwand Sabine mit Jans kleiner Schwester in einem anderen Zimmer und Florence blieb allein mit ihm zurück. Sie stand da wie ein Fels oder eher ein Leuchtturm in der Spielzeugbrandung und harrte der Ereignisse, die nicht lange auf sich warten ließen.

»Maamaaaa!«, brüllte Jan und bollerte mit seinem Bobbycar gegen die Tür, hinter der seine Mutter verschwunden war.

Oh, là, là, dachte Florence, jetzt muss ich ran. »Komm, Jan«, lockte sie zaghaft und, wie sich herausstellte, völlig sinnlos, denn der Angesprochene wummerte weiter gegen die Tür, indem er sein Auto als Rammbock benutzte.

Ich muss ihn da wegholen, dachte Florence, ging zu ihm und hob ihn mitsamt dem Bobbycar wieder ins Wohnzimmer. Der Kleine hielt in seinem Geschrei inne und starrte sie an. Florence ging in die Hocke und starrte zurück. In den blauen Augen stand nichts als die überwältigende Frage: Wer war diese komische Frau? Warum hatte sie ihn weggetragen?

Florence lächelte. Jan starrte immer noch. Vorsichtig streckte sie eine Hand aus und bewegte die Finger. Nun starrte er auf die Finger. Florence beschleunigte den Fingertanz. Schließlich patschte er nach den zappelnden Fingern.

Schließlich erhob sich Jan von seinem Auto und fixierte wieder ihr Gesicht. »Buch aun«, sagte er endlich.

»Buch aun«, wiederholte Florence, denn sie wusste nicht, was das heißen sollte.

Jan grub aus dem Spielzeughaufen ein Bilderbuch aus. Er ging zu Florence, die mittlerweile ihre viel zu langen Beine zum Schneidersitz zusammengefaltet hatte, und setzte sich unter leisem Windelgeknister auf ihren Schoß. Pudriger Babyduft stieg von dem blonden Köpfchen in Florences Nase auf und sie erinnerte sich, wie sie ihren kleinen Bruder so gehalten hatte, obwohl sie damals selber kaum größer als er gewesen war. Sie drückte den Kleinen an sich und strich über die weichen, speckigen Ärmchen.

Jan schlug unterdessen das Buch irgendwo auf und zeigte mit seinem winzigen Finger auf die aufgeschlagene Kartonseite. »Haus!«, sagte er triumphierend.

Florence blätterte um. Das Bild zeigte einen Hund. »'und«, sagte Florence und dachte dabei noch, o je, von mir wird er kein gutes Deutsch lernen.

»Wauwau«, widersprach Jan.

Das nächste Bild war ein Frosch.

»Foss!«, rief Jan und begann auf allen vieren durch die Spielzeugflut zu hüpfen.

So sagt man also »grenouille« auf Deutsch, dachte Florence, das muss einem ein Anderthalbjähriger beibringen. An der Universität wissen sie ja nur, was Blankvers und Alexandriner heißt.

Auf diese Weise betrachteten sie das ganze Buch, bis Sabine zurückkam.

»Klappt ja super, Sie sind engagiert. Wie wär's mit morgen um drei?«

»Morgön ist gut. Isch werde da sein«, antwortete Florence.

»Dsüs«, sagte Jan und wedelte wild mit den Armen.

Auf dem Nachhauseweg freute sich Florence über ihren ersten Job und ihr erstes eigenes Geld. Sie war gespannt, was ihr ihre Mitbewohner heute für eine Kochvorführung bieten würden. Am Abend zuvor war es nämlich sehr lustig gewesen, da sparte man sich jegliches Theater oder Kino. Da hatte Carla, eine Engländerin, ihren Schwarm zum Essen eingeladen. Sie hatte eine Packung Miracoli gekauft, sich jedoch nicht weiter um die Kochanleitung geschert, sondern einfach die Spaghetti zusammen mit dem Soßenkonzentrat und dem Parmesan in einen großen Topf mit heißem Wasser geworfen. Diese Mischung hatte sie eine Stunde lang kochen lassen. Ihr Verehrer Thomas würgte tapfer zwei Gabeln des unglaublichen Gerichts hinunter, dann schob er den Teller von sich. Carla hingegen löffelte mit gutem Appetit den unansehnlichen Brei auf ihrem Teller.

»Carla«, sagte Thomas, »es ist wirklich nett von dir, dass du mich zum Essen einlädst, aber du hättest vielleicht erwähnen können, dass du nicht kochen kannst ...«

Carla schaute mit ihren wässrigen Augen unschuldig auf. »So du mag nigt mein Mahlzeit?«

»Das hier ist keine Mahlzeit!«, rief Thomas. »Weißt du, ich kann auch nicht kochen. Deswegen lasse ich es. Ich koche einfach nicht. Aber wenn man nicht kochen kann und dann noch jemanden zum Essen einlädt, ist das …«

Er konnte den Satz nicht beenden, denn die anderen, die auch herumsaßen und sich bisher ruhig verhalten hatten, um Carlas Erfolg bei ihrem Verehrer nicht zu gefährden, prusteten nun los.

»Des is doch guad!«, rief Günther schadenfroh, »mir hat sie das auch angeboten, als ich neu hier eingezogen bin. Das ist unser Initiationsritus!«

»Immerrrchin es ist nicht giftich«, relativierte Viktor, »in die rrrussische Arrrmee sagte mir ein Kamerrrad, ich solle nicht essen den Nachtisch, weil da Chorrrmone darrrin sind, damit die Soldaten nicht chabben Lust auf Sex …«

Florence lachte zwar ebenso, hatte jedoch andererseits ehrliches Mitleid mit Thomas. Sie teilte ihr Ratatouille mit ihm und er sah sie so dankbar an, als hätte sie ihn vor dem Verhungern gerettet. Kochen konnte sie nämlich, sie war auch eigentlich davon ausgegangen, dass das jeder können müsse, das gehörte doch zum Leben wie das Atmen! In ihrer Familie kochten alle, auch ihr kleiner Bruder und ihr Großvater, und bei Tisch drehte sich das Gespräch zumeist wiederum ums Essen, ob das Fleisch zart genug war und das Gemüse knackig und was man als Dessert geplant habe und was man wohl am nächsten Tag kochen könnte.

Carla und Thomas wurden trotzdem noch am gleichen Abend ein Paar. Die Liebe war eben doch stärker als der Magen.

Nun betrat Florence also wieder die Küche und dieses Mal war Viktor am Herd zugange. Er starrte auf einen Topf, in dem sich eine Packung Spaghetti zu einem zusammenhängenden Zopf verklumpte.

»Umrühròn wärö nicht schlescht«, meinte Florence und schnappte sich kurzerhand einen Kochlöffel, um die Spaghetti zu retten.

Dann reichte sie Viktor den Löffel, der immer noch in den Topf starrte.

»Und wie weiß ich, wann sind ferrtig?«

»Probierö sie.«

Viktor versuchte etwa fünf Minuten lang, eine Nudel aus dem Wasser zu fischen. Florence war in der Zwischenzeit in ihr Zimmer gegangen und als sie zurückkam, glotzte Viktor nach wie vor in den Topf, als wolle er ihn hypnotisieren.

»Wie soll ich nun das Wasserrr von den Nudeln trrrennen?«, fragte er mit Panik in der Stimme.

Florence begann zu kichern und wühlte unterdessen in dem Geschirrberg auf der Spüle nach einem Sieb. Als sie die Spaghetti darin abgoss, schaute ihr Viktor so andächtig dabei zu, als habe sie soeben den Verbrennungsmotor erfunden.

Sie hatten zwei Tische nach draußen auf den Balkon gestellt. In der Ferne grollte Donner und dramatische Wolken ballten sich über der Schwäbischen Alb zusammen. Die Aussicht war von hier oben im neunten Stock spektakulär. Florence war nie besonders gut in Geographie gewesen und hatte zuvor nicht gewusst, dass es hier in Süddeutschland so viele Berge gab. Umso besser, dachte sie, denn sie mochte keine Flachlandschaften. Eine Landschaft musste Höhen und Tiefen haben, als Metapher für das Leben sozusagen.

Nun saßen sie also alle draußen auf dem Balkon, Günther dicht neben Florence. Zu dicht für ihren Geschmack.

»Wer holt heute das Bier?«, fragte Hannah herrisch.

Hannah war ein Phänomen. Florence hatte sie erst am Tag zuvor kennen gelernt und wusste nicht so recht, was sie von ihr halten sollte. Sie war groß und stämmig, trug sackartige und verblichene Kleidung, karottenrot gefärbte kurze Haare und benahm sich pöbelhaft. Unter ihren Achseln wucherten dicke Haarbüschel, die Beine sahen aus wie Männerbeine.

»Ich kann gehen Bierrr kaufen«, bot sich Viktor an.

Münzen klimperten in seine Hand und er verschwand. Erst nach einer halben Stunde kam er wieder.

»Musstest du noch den Hopfen ernten?«, fragte Günther aufgebracht. »Wir sind hier am Verdurschten!«

Viktor grinste ein wenig glasig. »Ich chabe noch eine grrriechische Schnaps mit Wirrrt getrrrunken …«

Er drückte Florence eine kalte grüne Flasche in die Hand.

»Donke, Viktor, aber ich mag keinö Bier«, sagte sie.

»Du trrrinkst das«, beharrte er. »Sonst du kannst nicht mit uns Nastrrrovje machen.« Kurzerhand haute er die Flasche mit dem Kronkorken an die Tischkante und reichte ihr das offene Bier.

»Nastrrrovje!«

Die Flaschen stießen klirrend zusammen. Florence nahm einen vorsichtigen Schluck. Es schmeckte bitter. Sie verzog das Gesicht. Vielleicht sahen die Deutschen deshalb meistens so schlecht gelaunt aus, von so einer Brühe musste man ja ein verkniffenes Gesicht bekommen. Langsam wurde die grüne Flasche immer wärmer in ihrer Hand.

Florence lehnte sich etwas über das Balkongeländer. Es war ganz schön hoch. Einen Stock darunter ragte eine Hand mit einer brennenden Zigarette hervor. Florence goss etwas aus ihrer Bierflasche hinunter, da ihr das Zeug sowieso nicht schmeckte, und löschte die Kippe, nicht weil sie grundsätzlich etwas gegen Raucher hatte, sondern weil es sich gerade eben anbot. Die Hand wurde ruckartig zurückgezogen und ein Kopf erschien. Der dazugehörige Student schimpfte laut zu ihr herauf. Florence wich schnell zurück, damit man sie nicht erkennen konnte. Nun streckte Viktor seinen Kopf hinaus, um zu sehen, was los war, und prompt kam ein Wasserschwall vom Stockwerk darüber. Viktor war klatschnass und schaute verdattert nach oben.

»Wasserschlacht!«, brüllte Hannah und stapfte bereits in die Küche, wo sie eine große Schüssel füllte.

Das war die Kriegserklärung. Das vierzehnte Stockwerk war hierbei strategisch klar im Vorteil, das Erdgeschoss dagegen hatte die Arschkarte gezogen. Es gab auch Versuche, Wasser nach oben zu schütten, die jedoch scheiterten.

»Noch nie was von Newton gehört, eh?«, kommentierte irgendein Klugscheißer aus einem der oberen Stockwerke den misslungenen Angriff.

Daraufhin gab es Kriegstourismus in den vierzehnten Stock, die Aufzüge waren blockiert und die Treppen verstopft. Die Front verlagerte sich nun in die Küchen, aus Eimern und Töpfen schwappte es über Köpfe und Körper, zahlreiche T-Shirts wurden durchsichtig, teilweise waren keine Büstenhalter darunter, ein babylonisches Gejohle in den unterschiedlichsten Sprachen hob an, das Wasser stand mittlerweile knöchelhoch.

Plötzlich setzte ein Verstummen ein, die letzten Quietscher durchnässter Damen verhallten und ein Mann in gestreiftem Bademantel watete platschend durch die Fluten.

Der Bereitschaftsdienst!, fuhr es Florence durch den Kopf. Sie war sich jedoch gar nicht mehr sicher, ob es sich um denselben Unsympathen wie neulich bei ihrer Ankunft handelte. Vielleicht waren diese Bademäntel ja so eine Art Arbeitsuniform.

»Schbennet ihr eigendlich?«, schrie es aus den Streifen. »Ihr wisched jetzt sofort älles auf, sonschd dräh i's hoiß ond kalt Wasser ab!!«

Betreten schauten alle zu Boden. In allen Ecken flüsterte es: »Was hat er gesagt? What did he say? Was that German?«

»Mir müsset butzen«, übersetzte der einzige Schwabe des Stockwerks schließlich in normaler Lautstärke, »sonschd habet mir koi Wasser meh.«

Zögerlich fingen nun alle an, Wasser zu schöpfen und alte Lappen zusammenzusuchen. Florence half widerwillig. Ihre Neurose drohte wieder hervorzubrechen. Die Soße auf dem Boden war schlierig, Kippen dümpelten darin herum, heruntergefallene Essensreste und Gemüseschalen, Papierschnipsel und Tütenfetzen, Ekelzeug, das ihr während des Gefechts entgangen war.

Der Bereitschaftsdienst verschwand vor sich hinmurmelnd auf quatschenden Pantoffeln, um seine Mission in den anderen Etagen fortzusetzen. Florence stahl sich in seinem Kielwasser in ihr Zimmer und wusch ihre Hände und Füße mit ordentlich viel Seifenschaum. Für die Fußwaschung musste sie sich verbiegen wie eine Brezel, um auf einem Bein balancierend das andere ins Waschbecken zu bekommen. Danach zog sie sich Turnschuhe mit dicken Sohlen an und ging zurück in die Küche. Ihre Mitbewohner hatten es geschafft, die Fluten mitsamt ihrer Ekelfracht in alte Lumpen zu bannen. Gerade waren sie dabei, diese mit den Füßen Richtung Müllschlucker zu schieben. Florence reihte sich ein, geschützt durch ihre dicken Turnschuhe.

»Aha, Florence, die große Hilfe«, stichelte Hannah.

»Isch musstö zu die Toilette«, entgegnete Florence unschuldig, »und jetzt ihr seid schon fertisch.«

Schon während der Schlacht waren über der Alb schwarze Wolkenberge emporgequollen, die sich nun direkt über ihnen befanden. Viktor holte noch eine Runde Bier, Florence wollte jedoch lieber ein Glas Wein, sonst würde sie womöglich wieder einen Krieg anzetteln. Mit Wein würde das mit Sicherheit nicht passieren, der war ihr zu schade zum Weggießen. Sie saßen wieder alle auf dem Balkon und es donnerte bedrohlich. Carla schmiegte sich an Thomas, Hannah saß breitbeinig wie ein Bierkutscher auf einem Hocker und regte sich über die Macht des Bereitschaftsdienstes, also des Hausmeisters, auf.

»Alles muss man sich von dem gefallen lassen!«

Florence mochte den Hausmeister nicht und eigentlich lag es ihr fern, ihn zu verteidigen, aber irgendetwas an Hannah provozierte ihren Widerspruchsgeist. Außerdem hatte sie schon immer gern Gegenpositionen eingenommen.

»Oh, là, là«, warf sie ein, »'annah, du weißt nischt, wie sind die 'ausmeistör in Fronkraisch. Da darf man nischt einmal abön Besuch in die Simmer. Es gibt keine Stühle und Tische in die Küche, alle Studentön müssen essen alleine in die Simmer. Isch mag der 'ausmeistör auch nischt, aber er muss eben aufpassen, dass nischt alles geht kaputt.«

Wie zur Bekräftigung ihrer Worte knallte es plötzlich besonders laut und ein grünlicher Blitz zuckte durch den violetten Himmel. Die Berge traten als schwarze Schemen hervor. Alle verstummten, sogar Hannah. Einige Sekunden darauf fegte eine Sturmbö über den Balkon und warf den Mülleimer um. Eine Maus sprang quiekend hervor und verschwand in einem Hohlraum der braunen Eternit-Fassadenverkleidung. Regen prasselte los und Florence wusste nun, warum der Mülleimer so unpraktisch auf dem Balkon stand: Der hervorquellende Müll stank bestialisch, trotz des Sturms gerieten immer wieder Schwaden in ihre Nase.

»Puh«, rief Thomas, »wer hat hier geschissen? Was züchtet ihr denn da drin??«

Carla war geradezu in ihn hineingekrochen und die beiden verschwanden schließlich ineinander verhakt.

»Meine Bierrr ist leerrr«, stellte Viktor fest, »muss ich gehen zu Grrrieche und trrrinken eine Wodka oderrr Ouzo.«

»Hier stinkt's wie im Saustall«, bemerkte Hannah überflüssigerweise. »Das kommt davon, dass keiner den Mülleimer ausleert.«

So kam es also, dass Florence ausgerechnet alleine mit Günther auf dem Balkon zurückblieb, dem Typen, den sie von all ihren Mitbewohnern am wenigsten ausstehen konnte. Andrerseits hatte sie keine Lust auf die Einsamkeit ihres Zimmers und sie liebte Gewitter. Es war das erste Mal, dass sie eines mit einem solchen Panoramablick betrachten konnte. Sie nippte an ihrem Rotwein.

»Jo mai«, sagte Günther.

»Wie bittö?«

»Jo mai, des is koa richtiger Satz net. Des sogt man einfach so.«

»Ah bon.« Warum sagst du es dann, dachte sie.

»Des is holt a Kreiz mit dem Müll. Den muss man sortiern. Do gibt es einen Glascontainer, Oltpapier, gelber Sock und Kompost. Woißt, Florence, do sollte man einen Putzplan aufstellen, wo jeder sich einmol in dr Wochen um den Müll und das Putzen kümmert … Sollen wir das zusammen tun?«

Florence hatte es die Sprache verschlagen. Sie fragte sich, ob sie das richtig gehört hatte oder etwa von einem Glas Wein komplett dicht war. Wollte dieser Typ da ihr tatsächlich anbieten, gemeinsam den Müll zu sortieren?

Günther schaute sie so erwartungsvoll an, als habe er sie soeben in ein Fünf-Sterne-Restaurant eingeladen.

»Isch bin allergisch. Isch kann nischt sortieren Müll.«

»Und einen Putzplan aufstelln?«

»Isch putze nischt nach Plan, sondern wenn es ist schmutzig.«

Günther seufzte. Florence kippte den Rotwein und sagte schnell gute Nacht. Mit so einem Irren wollte sie nicht länger alleine bleiben. Die Gewitterfront war ohnehin weitergezogen und in ihrem Zimmer wartete ein Buch, das sie für ein Seminar im kommenden Semester gelesen haben musste, nämlich Goethes Faust.

Außerdem wollte sie unbedingt auch noch nachschauen, wie man »grenouille« auf Deutsch buchstabierte. So ähnlich wie »Foss«.

Backschdoikäs

Rainers Bafög reichte nicht, um davon Urlaub zu machen, es reichte genau genommen nicht einmal für seinen Lebensunterhalt. Dabei müsste doch jetzt mehr Geld in meinem Beutel sein, dachte Rainer. Ich muss keine Lochkarten mehr im *Rocketstar* bezahlen. Ich muss keine überteuerten und pappsüßen Cocktails mehr im *Caribbean* trinken und Addy dazu einladen. Und vor allem muss ich keine lächerlichen Outfits mehr kaufen!

Vermutlich landete das übrige Geld bei Triadaphilos im *Joker*, aber da war es besser investiert als an allen anderen Orten.

Am Tag zuvor war Samstag gewesen, *Rocketstar*-Tag. Rainer war den ganzen Tag um das Telefon herumgeschlichen in der Hoffnung, Addy rufe ihn doch wieder an, als ob nichts gewesen wäre. Immer wieder versank er dann auch in pathetisches Grübeln und verglich Addy mit der geraubten Persephone aus der griechischen Mythologie. Hades wäre dann in diesem Fall DJ Dozener, diabolisch genug sah er ja aus. Aber Rainer merkte schnell, dass diese literarischen Exkurse nichts taugten: Erstens war immer noch Sommer, obwohl Addy-Persephone in der Unterwelt weilte. Zweitens war sie nicht entführt worden, sondern ging freiwillig dort hin. Ich sollte sie vergessen, dachte Rainer, zum Glück muss ich heute arbeiten, dann komme ich auf andere Gedanken.

Er fuhr mit dem Bus in die Stadt, denn nach der Arbeit war er so müde, dass er sich den Berg mit dem Fahrrad nicht mehr zumuten wollte. Es war ein sonniger Abend und im Bus herrschten ungefähr vierzig Grad, durchdrungen von schweißigen Ausdünstungen. Rainer trug zu allem Überfluss eine Jacke, denn er wollte nicht, dass alle Welt sein Arbeits-T-

Shirt sah. Sein Arbeitsplatz war der allseits beliebte Biergarten *Neckarschorsch*. Rainer hasste ihn, sein Lohn war mager, aber was konnte man schon dagegen tun? Der Nachschub an billigen und willigen Studenten war unerschöpflich in Tübingen, da brachte es nichts, eine Revolution anzuzetteln.

Nun dampfte Rainer also im Bus unter seiner Jacke vor sich hin. Es ärgerte ihn maßlos, wenn er unpassend gekleidet war, seine Eitelkeit litt darunter. Normalerweise würde er jetzt in einem schmal geschnittenen weißen T-Shirt seine braunen und durchtrainierten Arme präsentieren, und obwohl er so klein war, würden die Mädels mit ihm flirten. Stattdessen trug er ein T-Shirt mit Biergartenwerbung in Elefantengröße, das so lang war, dass es ihm fast bis ans Knie reichte. Es sah eher aus wie ein Nachthemd. Der fette Lothar, seines Zeichens Geschäftsführer im *Neckarschorsch*, hatte für alle Mitarbeiter T-Shirts in seiner Größe bestellt. Rainer hatte den Stoffwust in die Hose gesteckt, das machte es jedoch auch nicht viel besser: Unförmig quollen schrumpelige Stoffmengen aus seinem Hosenbund und die Armausschnitte befanden sich auf Taillenhöhe. Deshalb also die Jacke.

Im Bus waren alle Schotten dicht, denn dort hatten die Omas das Sagen und bei denen zog es immer. Rainer jedoch war der Ohnmacht nahe. In einem verzweifelten Versuch sprang er hoch, um die Dachklappe zu öffnen. In dem Moment bremste jedoch der Busfahrer, Rainer stolperte und fiel vornüber in einen Einkaufskorb, dessen Besitzerin auch sofort zu zetern begann.

In jenem Augenblick höchster Erniedrigung sah er eine Erscheinung: Ein unendlich großes Mädchen erhob sich graziös aus ihrem Sitz, öffnete, fast ohne sich zu recken, die Dachklappe, lächelte ihn an und sagte mit dunkler Stimme: »Ist wirklisch viel su 'eiß 'ier!«

Rainer erhob sich in Zeitlupe und starrte sie an, doch da hielt der Bus. Sie winkte ihm noch zu und hüpfte hinaus.

Völlig verdattert blieb Rainer unter der nun offenen Lüftungsklappe stehen. Die Frau, in deren Korb er zuvor gelandet war, meckerte immer noch, aber an Rainer prallte alles ab. Der Bus überquerte den Neckar, da erst bemerkte Rainer, dass er schon hätte aussteigen müssen. Er tat dies an der nächsten Haltestelle und ging verträumt den Weg zurück.

Schließlich kam er durch den Biergartenkies schlurfend an seinem Arbeitsplatz an. Das Stimmengewirr und Gläsergeklirr drang nicht bis zu ihm durch. In seinem Kopf summte immer noch die Stimme der Französin: »Ist wirklisch viel su 'eiß 'ier …«

Doch jäh wurde er aus seinen süßen Träumen gerissen: »Los, Rainer, Jack auszieha, Fässer aus 'm Keller holla, aber dalli, 's isch älles läär!«

Das war Lothar und so sah die Wirklichkeit aus. In einem nachthemdartigen Kleidungsstück schwere Fässer schleppen, zusammen mit dem umständlichen Russen Viktor, der sich so dämlich anstellte, dass man es lieber alleine machte. Mechanisch verrichtete Rainer seine Arbeit, schleppte, zapfte, kassierte. Zum Träumen kam er nicht mehr, ständig wollte irgendjemand etwas von ihm.

Gegen elf Uhr nachts stand Wolfgang in der Schlange beim Ausschank. Rainer schenkte ihm heimlich ein Hefeweizen ein. Die Warteschlange drängte dahinter, so dass er sich nicht mit ihm unterhalten konnte.

»Warte bis zum Schichtende auf mich!«, rief er, »nicht weggehen!«

Wolfgang setzte sich gehorsam an einen Tisch. Um zwanzig vor zwölf wurde die letzte Runde ausgeschenkt, doch damit war die Arbeit noch lange nicht zu Ende: Alle Gläser und Teller mussten eingesammelt und gespült, der Müll weggebracht, der Kies geharkt und die Tische gewischt werden.

»En re Schdond komm i wieder, no isch älles ferdig, aber dalli!«, schrie Lothar über die Schulter.

Er machte sich vom Acker und genehmigte sich noch ein paar Absacker mit dem Thekenpersonal im Inneren der Kneipe, wo weiter ausgeschenkt wurde.

»Irgendwas mach ich falsch«, sagte Rainer zu Wolfgang, »immer bin ich am untersten Ende der Hierarchie ... puh, wie das stinkt!«

Er hielt einen riesigen orangefarbenen Plastikzuber in der Hand. Darin befand sich der Rest einer Pampe namens Obatzda, die hier als Essen verkauft wurde, irgend so ein mit rohen Zwiebeln vermatschter stark riechender Käse.

»Das muss in den Biomüll«, sagte Rainer, »ich hasse Biomüll, der stinkt noch schlimmer als das hier.«

»Gib mal her!« Wolfgang nahm ihm die Schüssel aus der Hand. »Hast du auch einen Löffel?«

»Wolfgang! Du willst das doch nicht etwa essen? Du wirst niemals eine Frau finden! Wenn du das isst, stinkst aus allen Löchern!«

»Ich hab Hunger und bin solo. Außerdem mag ich das. Das ist so was wie Backschdoikäs, das ess ich mit meinem Vater auch immer. Wo ist der Löffel?«

Rainer reichte ihm stumm einen großen Holzlöffel. Die anderen Studenten hielten in ihrer Arbeit inne und starrten auf den über zwei Meter langen Hünen, der eine stark riechende Pampe aus einem Waschzuber fraß.

»Das ist so himmlisch!«, schmatzte Wolfgang zwischen zwei Löffeln.

»That's a Wikinger«, stellte ein Ami fest.

»Errr hat vielleicht eine Hungerrrsnot durrrchlitten«, mutmaßte Viktor, der Russe.

»Hast du mit ihm gewettet? Was springt für dich dabei raus?«, fragte Gabi, eine kleine Blonde.

Rainer verdrehte die Augen. »Hiermit stelle ich euch meinen Freund Wolfgang vor, das heißt, bis jetzt war er mein Freund, ich weiß nicht, ob ich jemals wieder etwas mit ihm zu tun haben will, denn nun wird er stinken bis an sein Lebensende. Und nein, er ist nicht am Verhungern, der ist einfach nur verfressen, der tut sein ganzes Leben nichts anderes!«

»Den könnte man im Zirkus ausstellen«, schlug Gabi vor, »oder bei ›Wetten dass …?‹.«

»Is was?«, fragte Wolfgang, rülpste kräftig und reichte Rainer die leere Schüssel. »Jetzt brauchst du nicht mehr zum Kompost laufen.«

Sturm und Drang

Gegen vier Uhr machte sich Florence auf den Weg zu Jan, ausgestattet mit einem Taschenwörterbuch. Als sie klingelte, hörte sie von drinnen schon ein großes Gezeter. Die Mutter öffnete ihr. Sie sah übermüdet aus.

»Sie sind meine Rettung, Florence. Noch eine Stunde mit den beiden und ich hänge mich auf.«

»Loaas!«, rief Jan und kam mit seinen Schuhen in der Hand auf sie zu.

»Hallo Jan«, sagte Florence, »Freust du disch schon?«

»Suhe ansiehn. Ausdehn«, sagte er und: »Dadoa dehn!«

»Er will seine Schuhe anziehen, rausgehen und zum Traktor, also zum Bauernhof, gehen«, übersetzte die Mutter schreiend, denn das kleine Mädchen auf ihrem Arm weinte ununterbrochen.

Ebenso schreiend erklärte sie Florence, die sich ja noch nicht auskannte, den Weg. Sie sollte vorsorglich auch Jans Buggy mitnehmen, falls er müde würde und nicht mehr laufen wollte.

»Lassen Sie ihn aber ruhig so lange wie möglich selber laufen, dann krieg ich ihn heut Abend schneller ins Bett«, sagte die Mutter noch und verabschiedete sich erleichtert.

Florence wollte Jan die Treppe hinuntertragen, aber er bestand darauf, selbst zu gehen. Er hielt sich am Geländer fest und nahm jede Stufe einzeln. Es dauerte ganz schön lange, bis sie endlich unten waren, und Florence begann zu verstehen, warum Mütter immer gestresst waren: Wenn man eilig irgendwohin musste, war es bestimmt eine Tortur zu warten, bis das Kind hinterherkam. Da sie es aber nicht eilig hatte, genoss sie es, zuzusehen, wie der Kleine konzentriert Stufe für Stufe die Treppe hinabstieg. Unten im Flur stand der Buggy und Jan stieg schnurstracks hinein und machte es sich bequem.

»Dadoa dehn!«, rief er noch einmal.

»Du sollst aber selber laufön!«, sagte Florence.

»Nein, Baddy fahn!«, entgegnete Jan und schaute sie mit großen blauen Augen an.

Sie gab nach. Die Erziehung war ja schließlich nicht ihre Sache und wenn sie es sich gleich beim ersten Mal mit ihm verscherzte, würde er womöglich nie wieder mit ihr mitkommen wollen. Also schob sie ihn durch die Hochhaussiedlung.

Jan plapperte ununterbrochen: »Audo. Nomal Audo. Lastwaden. Mot.«

Das Letztere sollte wohl Motorrad heißen, denn gerade war lärmend eines vorbeigefahren. Florence stimmte Jan jedes Mal zu und er war zufrieden.

An einer Fußgängerampel überquerten sie eine Straße und ließen die Hochhäuser hinter sich. Die Straße war wie eine Grenze zu einer anderen Welt. Plötzlich waren da nur noch eine kleine Ansammlung alter Fachwerkbauten, Wiesen und Scheunen.

»Dadoa!«, rief Jan erfreut und kletterte aus seinem Wagen.

In einer großen Holzscheuer stand ein grüner Traktor, an dessen Front glänzende scharfe Messer hervorragten, die Florence Angst einflößten. Wenn einen so ein Ding auf die Hörner nahm … Schnell zog sie den protestierenden Jan von diesem Höllenungetüm weg. Er wollte schon ansetzen, um loszubrüllen, da kam ihm eine andere Idee.

»Will zu Tuh dehn.« Jan nahm Florences Hand und führte sie. »Bomm! Loaas! Tuh dehn!«

Er zog sie hinter sich her und sie versuchte, mit einer Hand den leeren Kinderwagen zu manövrieren. Vor einem großen Stalltor blieb er stehen.

»Will hoch!«

Sie hob ihn hoch, damit er ins Innere des Stalls sehen konnte, und schon kamen ein paar neugierige Kälber zu der halbhohen Tür gelaufen und versuchten, die Köpfe nach draußen zu recken.

»Deicheln!«, sagte Jan und streckte seine Hand aus.

Florence, die ja in der Großstadt aufgewachsen war, war das Ganze nicht geheuer und setzte ihn wieder ab. Das hätte sie nicht tun sollen. Aus weit geöffnetem Mund mit halbem Milchgebiss drang nun ein Gebrüll, das Florence die Schamesröte ins Gesicht trieb und ihr den kalten Schweiß ausbrechen ließ. Der Kleine hängte sich an ihre Hosenbeine, und weil sie sommerliche Shorts, die nur von einem Gummizug gehalten wurden, trug, rutschten sie ihr bis an die Knie. Ausgerechnet in dem Moment kam ein Jogger vorbei und der Bauer trat aus der Stalltür. Florence zog sich hastig die Hose wieder hoch, immer noch knallrot im Gesicht. Der kleine Zwerg brüllte noch immer und hätte die Hose wieder heruntergezogen, wenn Florence sie dieses Mal nicht festgehalten hätte.

Der Jogger sah sich noch einmal nach ihr um. Irgendwie kam er ihr bekannt vor und da fiel ihr ein, dass es der kleine Niedliche aus dem Bus war, der die Dachklappe nicht hatte öffnen können. Vielleicht erinnert er sich ja nicht an mich, hoffte Florence, wusste jedoch, dass das völlig utopisch war, denn wer vergaß schon eine Frau ihrer Größe?

Der Bauer kam heran und fragte grinsend: »Was will denn des Männle?«

Florence war noch immer rot angelaufen, das spürte sie bis in die Haarspitzen. Alle hatten ihren Hintern in Unterhose gesehen. Der einzige Trost war, dass sie heute Morgen nicht eine ihrer ausgeleierten Unterhosen angezogen hatte, die wäre sonst nämlich als Kollateralschaden mitsamt der Hose bis zu den Knien gerutscht.

Sie hatte Jan auf den Arm genommen, aber er schrie ununterbrochen: »Tuh deicheln, Tuh deicheln!!!«

»Gäbbet Se mol her!« Der Bauer streckte seine großen Hände aus und Florence reichte ihm Jan. »Dia Kälble mached gar nix«, erläuterte er, was Florence freilich nicht verstand, aber Jan war zufrieden.

Seine kleinen Patschehändchen fuhren auf den gelockten Kälberköpfen hin und her und er summte: »Tuh, Tuh, liebe Tuh. Madu was essen?«

Der Bauer reichte ihm etwas Heu, das er ihnen hineinwarf, dann schaute er zu, wie sie es verschlangen. Nun nahm ihn Florence wieder auf den Arm und der Bauer lüftete sein Cordhütchen, bevor er wieder in den Stall zurückging.

»Adele. Näggschd Mol wisset Se, dass dia Kälbla nix mached. Dann kenned Se Ihr Hos obhalda.«

Florence fühlte sich irgendwie schwach, um nicht zu sagen schwachsinnig. Sie verstand gar nichts, weder die Worte des freundlichen Landwirts noch Jans Gebrabbel, und kein Wörterbuch der Welt konnte ihr helfen.

Zu Hause in ihrem Zimmer ließ sich Florence aufs Bett fallen. Kein Wunder, dass Sabine immer so kaputt aussah.

Als sie fast am Einschlafen war, schreckte sie auf. Aus der Küche kamen grässlich scharrende Geräusche und Florence stand mühsam auf, um nachzusehen, was da los war. Carla und Hannah schoben Möbel an die Wände.

»Was wird das denn?«, fragte sie.

»High Tower! Du kannst gleich mithelfen!«, sagte Hannah, doch da trat schon ein ziemlich hoher und breiter Kerl in die Küche und rief: »I'll do it, that's not a girl's job.«

»Hi Joe«, sagte Carla.

»Was will denn der hier? Wir können das genauso gut.« Hannah war die Frauenbeauftragte des Studentendorfs und nahm Joe den Tisch wieder aus der Hand.

»What's wrong with her?«, fragte Joe.

Florence verstand noch immer nicht, was da veranstaltet wurde.

»J'en sais rien«, sagte sie zu dem Schrankmann, weil es sie ärgerte, dass er einfach davon ausging, dass alle Englisch sprachen.

»You're French, that's cool! Are you from Paris?«

Es war nicht so, dass Florence kein Englisch verstand, aber sie war nun auf Deutsch eingestellt, und selbst wenn sie gewollt hätte, wäre kein Wort auf Englisch zustandegekommen. Aber sie wollte sowieso nicht. Joe fühlte sich indessen überflüssig und versuchte erneut, Carla und Hannah einen Tisch aus der Hand zu nehmen.

»Lasst ihn doch«, sagte Florence, »etwas anderös kann er nischt, nischt einmal Deutsch sprechön.«

»Er soll lieber fragen, ob er kochen soll!«, rief Hannah böse. »Stell dir vor, ich lauf an einer Baustelle mit Arbeitern vorbei und sag zu denen, geben Sie mal den Presslufthammer her, das kann ich besser als Sie, das wäre doch genau dasselbe …«

Florence schwieg. Das war ihr alles zu kompliziert. Was war überhaupt ein Pressludingsbums? Wieso rückten die die Möbel weg und warum durfte ein Typ wie ein Schrank nicht dabei helfen und sollte stattdessen kochen, obwohl der, so wie er aussah, sogar das Wasser anbrennen lassen würde? Und was machten die da eigentlich?

»Was macht ihr da eigöntlisch?«, traute sie sich endlich zu fragen.

»Wir räumen alles weg for die Party heute Abend«, sagte Carla strahlend. »Hier in die Kuche tanzen wir.«

Soeben kam Günther mit einem Lautsprecher herein, hinter ihm ein Freund von ihm mit der Stereoanlage.

»Kann ich etwas 'elfön?«, fragte Florence. »Wer kommt 'eute Abend?«

»Wer kommt? Wer kommt, der kommt«, sagte Hannah, »ich wüsste noch von keiner Party, wo die Leute nicht einfach gekommen sind. Und was das Helfen betrifft: Vor dem Aufzug stehen Bierkisten. Die kannst du holen und die Flaschen in den Kühlschrank stapeln.«

Joe stand sperrig in der Tür und Günther kam mit seinem zweiten Lautsprecher kaum vorbei. Was für eine Verschwendung, dachte Florence, ich bin doch nicht blöd und schleppe Bierkisten, während der hier im Weg herumsteht.

»Joe, das kannst du machön«, sagte sie und verschwand flugs in ihrem Zimmer, noch bevor er »Yeah« sagen konnte.

Ich werde mich bilden, sagte sich Florence, ich will den »Faust« gelesen haben, bevor das Semester anfängt. Regen hatte eingesetzt und das Geräusch war angenehm monoton an der Fensterscheibe, während sie auf dem Bett lag und das Buch aufschlug. Sie fühlte sich in diesem winzigen Zimmer inzwischen so wohl wie noch nie zuvor in ihrem Leben. Jeden Tag stand sie auf und konnte machen, was sie wollte. Keiner erkundigte sich danach. Wenn sie Gesellschaft suchte, brauchte sie nur in die Küche zu gehen und beispielsweise skurrile Kochvorführungen betrachten. Sie konnte essen, wann und was sie wollte. Und das Lesen von deutschen Klassikern machte Spaß, wenn man nicht dazu gezwungen wurde. Auch wenn dieses Goethe-Deutsch schon ungemein verzwickt war.

Spüldusche

Von seinen Mitbewohnern war nichts zu hören. Rainer ging in die Küche. Inzwischen hatte er sich daran gewöhnt, in der Küche zu duschen, aber er war doch froh, wenn gerade keiner am Küchentisch saß und ihm dabei zusah. Gerade war er vom Joggen gekommen. Wer war diese geheimnisvolle Riesenfrau, vor der er sich neulich im Bus so blamiert hatte? Anscheinend hatte sie schon ein Kind. Ein tolles Kind, es hatte ihr genau im richtigen Moment die Hose heruntergezogen. Was für ein Hintern! Aber wenn sie schon ein Kind hatte, hatte sie wohl auch einen Mann … Das bringt alles nichts, dachte Rainer resigniert, sie ist sowieso viel zu groß für mich, in Turnschuhen so groß wie Addy in Plateauschuhen.

Rainer zog den Plastikvorhang zu, stellte das heiße Wasser an, setzte sich, wobei er die Beine hochlegte und die Füße an die Wand lehnte, und legte seinen Kopf auf den harten Rand. Eine Badewanne wäre schöner. Das Wasser rieselte über seinen Körper und gluckerte im Abfluss. Er hörte, wie seine Mitbewohner mit Geschirr hantierten und sich über den Dampf beklagten. Vorbei war's mit der Ruhe.

Als er sich abseifen wollte, merkte er, dass das Duschgel alle war. Er ließ seines immer in der Dusche stehen, während die beiden anderen ihres geizig mit in ihr Zimmer nahmen.

Rainer steckte den Kopf aus dem Vorhang. »Kann mir mal jemand Duschgel ausborgen?«

»Meins ist fast aus und ich brauch es heute selber noch«, sagte Michael.

»Meins ist von Davidoff, voll teuer und ein Geschenk von meiner Freundin, das kriegste nicht«, sagte Thomas.

»Ihr seid solche Ärsche! Dann gib mir wenigstens einer das Spüli«, rief Rainers Vorhangschlitz.

Thomas reichte ihm die Spülmittelflasche und Rainer seifte sich ein. Es schäumte wie wild, vor allem in den Haaren, außerdem roch es streng nach künstlicher Zitrone. Der Abfluss verkraftete die Schaummenge fast nicht und Rainer musste mit dem Gummistopfer nachhelfen. Nun fiel Rainer auch ein, dass er sein Handtuch im Zimmer vergessen hatte. Kurzerhand schnappte er sich das Küchenhandtuch und rieb sich damit ab. Thomas und Michael starrten ihn an, als er aus der Dusche stieg.

»Is was?«, fragte Rainer. »Wenn ihr mich schon wie einen Teller behandelt und ich mit Spüli duschen muss, kann ich mich auch mit dem Geschirrtuch abtrocknen.«

Er hängte das Tuch wieder an den Haken und marschierte platschend in sein Zimmer, wo er nicht mehr hörte, wie Michael sich aufregte.

»Und jetzt hängt er das Geschirrtuch, mit dem er sich gerade seine Eier abgetrocknet hat, wieder hin, als wäre nichts gewesen! Stell dir vor, wir hätten es nicht gesehen und unsere Kaffeetasse damit ausgerieben …«

Rainer juckte es am ganzen Körper. Das Spüli war wohl nicht gerade hautfreundlich. Er zog sich an, einfach nur Jeans und T-Shirt, da er ja jetzt an keinem Türsteher mehr vorbeimusste und keine Addy ihn mit hochgezogenen, perfekt gebogenen Augenbrauen mustern würde.

Für heute Abend hatte ihn sein Kollege Viktor auf eine Party eingeladen. Rainer hatte kurzerhand Wolfgang auch eingeladen, denn wer weiß, was das für eine Veranstaltung war, wenn so ein Chaot wie Viktor dazu einlud. Doch vorerst war es noch zu früh, um aufzubrechen, Wolfgang würde erst in einer Stunde kommen.

Er nahm Juanita – diesen Namen hatte er wie Freddy Quinn in seinem Lied »Die Gitarre und das Meer« seiner Gitarre gegeben – auf den Schoß und schlug den G-Dur-Akkord an. Von draußen rauschte der Regen an sein Fenster. Die alten Elvis-Liebeslieder fielen ihm wieder ein. Vielleicht hätte das Addy mehr beeindruckt als das Lied vom Gartenzwerg, dachte Rainer. Er hatte sie nämlich zu ihrem Geburtstag mit einer Darbietung von »Adelheid, Adelheid, ich schenk dir einen Gartenzwerg« überrascht und sich dabei selbstironisch eine Zwergenmütze aufgesetzt und eine grüne Schürze umgebunden. Adelheid jedoch fand ihn einfach nur peinlich und Rainer hatte sich nicht getraut, ihr den Gartenzwerg als Geschenk zu überreichen. Er stand nun in Düsseldorf im Vorgarten seiner Eltern und erinnerte ihn stets an seine humorlose Verflossene.

»*You are always on my mind …*«, sang er so inbrünstig, als gelte es sein Leben.

Es klingelte. Rainer spielte und sang weiter. Es klopfte an seiner Zimmertür.

»Herein!«, rief Rainer ungehalten, »wer stört?«

Wolfgang trat triefend ins Zimmer. »Na, du Möchtegern-Elvis, gehn wir zu der Party oder was?«

»Ach so, Party … ich glaub, ich bleib hier bei Juanita«, sagte Rainer weinerlich.

»Du spinnst ja. Ich bin doch gar nicht eingeladen. Du kommst jetzt mit.« Wolfgang warf einen herumliegenden Turnschuh nach Rainer.

Rainer schaute nun endlich von seiner Gitarre auf. »Wie siehst du denn überhaupt aus, Wolfi? Kommt so viel Wasser zu deinem kaputten Autofenster rein?«

»Nee, ich hab's mit 'ner Plastiktüte abgedichtet. Ich bin mit dem Fahrrad gekommen.«

»Was, mit dem Klapprad den ganzen Berg hoch bei dem Regen?«

»Ja, aber erstens kann ich dann saufen, zweitens muss ich keinen Parkplatz suchen und drittens geht's nachher bergab … Und jetzt kannst du mir ja vielleicht einen Fön ausborgen.«

Das mit dem Fönen war so eine Sache. Wolfgang blies seine blonden Stoppeln eine Minute lang mit Maximalhitze an und war fertig, aber Rainer hielt seinen Kopf erst unter den Wasserhahn, kämmte sich dann ausgiebig, schmierte Schaumfestiger und Gel auf seinen Kopf und stellte den Fön auf die niedrigste Stufe. Wolfgang setzte sich und betrachtete ihn zweifelnd. Als Rainer nach zehn Minuten immer noch herumwurstelte, wurde Wolfgang langsam nervös. »Was machst du da eigentlich? Ich glaub langsam, du bist ein Mädchen.«

»Ja, Mann, das Duschgel war aus und ich musste die Haare mit Spüli waschen und jetzt seh ich aus wie ein Wischmopp.«

»Du siehst genauso aus wie immer, jetzt lass uns endlich gehen!«

Auf dem Flur trafen sie Thomas und Michael. Thomas war von seiner englischen Freundin Carla eingeladen worden und Michael hoffte nun darauf, auch eine abzubekommen. Dafür hatte er auch seinen Schlafanzug abgelegt.

»Wo geht denn ihr hin?«, fragte Thomas.

»9. Stock, Haus 15. Big Party«, sagte Rainer knapp, denn er war immer noch sauer wegen des Duschgels.

»Wer hat euch denn eingeladen?«, fragte Thomas argwöhnisch, denn er vermutete Partyschmarotzerei.

»Mein Kollege Viktor. Gehn wir endlich?«

Sie gingen durch den Regen auf das große braune Hochhaus zu und Michael moserte vor sich hin, dass alle immer nur Typen einluden und die Typen dann noch ihre Freunde mitbrächten und dass dann immer Frauenmangel herrsche – dabei übersah er, dass er selbst auch zu der Kategorie gehörte.

Das Hochhaus saugte die Leute auf wie ein Schwamm und im Aufzug hörte man schon Musik.

Walpurgis

Um kurz vor neun legte Florence den »Faust« zur Seite. Was ist ein Walpurgis?, fragte sie sich, verschob die Suche nach einer Antwort jedoch auf später, denn in der Küche wurde es immer lauter. Zuvor war atonale Jazzmusik gedämpft durch ihre Tür gedrungen.

Jetzt hörte sie den Ami Joe dröhnend sagen: »Günther is such a party pooper. Can't you put on some real stuff?«

Carla kicherte schrill. Kurz darauf ertönten dicke Bässe und Michael Jacksons Klicklaute. Als Florence in die Küche trat, stand Günther schmollend mit seiner Jazz-CD an der Spüle.

»Ihr hobt's jo kei Ahnung.«

Die 70er-Jahre-Pendellampe war mit einem von Hannahs unzähligen Batikschals abgehängt und verbreitete rötliches Licht. Immer mehr Leute drängelten in die Küche. Ein Sektkorken knallte an die Decke und Carla drückte Florence eine Tasse, auf der »10 Jahre Tübinger Weihnachtsmarkt« stand, in die Hand und füllte sie mit Sekt. Günther steuerte mit zwei Bierflaschen und den Worten »Bier is viel besser gegen den Durschd« auf sie zu, aber Florence schüttelte den Kopf und trank den viel zu süßen Sekt. Joe wechselte die CD und drehte am Lautstärkeregler. *Sing hallelujah*, schrie es und alle hüpften und rissen die Arme hoch, wenn sie nicht gerade Getränke in der Hand hatten.

Da traten auf einmal vier Jungs in den rötlichen Schein. Einer war riesig und blond, ein anderer war Thomas, Carlas Freund, noch einer war etwas farblos und schwammig und einer war klein, dunkelhaarig, sportlich … Ihre Blicke trafen sich und er grinste. Florence wurde flammend rot, was in dem roten Licht jedoch nicht weiter auffiel. Hätte Jan heute Nachmittag ihr die Hose nicht eine Minute später herunterziehen können? Dann wäre ihr jetzt dieser schmachvolle Augenblick erspart geblieben. Als sie noch überlegte, wohin sie verschwinden könnte, wurde der kleine immer noch grinsende Jogger von Viktor zu einem Tisch gezerrt.

Was soll's, dachte Florence, schließlich ist er dafür vor meiner Nase in eine Einkaufstasche gefallen, das ist genauso peinlich.

Ihre Tasse war leer. Die herumstehenden Sektflaschen ebenso. Manche der Gäste tranken den Sekt direkt aus Flaschen, weil die Tassen und Gläser alle vergeben waren. Dann trink ich eben so ein ekliges Bier, dachte Florence, man muss sich daran gewöhnen, das ist Teil der deutschen Kultur. Sie bahnte sich den Weg durch die Tanzenden zum Kühlschrank.

Joe stand davor. Irgendwie hatte er ein Talent dafür, immer den Weg zu versperren. »D'ya wanna beer?«, fragte er und öffnete bereits den Kühlschrank.

»Ja, gernö. Kannst du nicht Deutsch sprechön?«

»Ick es habe versugt eine Jahr lang. Es geht nickt. It's too hard.«

Das waren ja Aussichten. Ein Jahr in Deutschland und das war das Ergebnis. Aber, so dachte sich Florence, nicht alle müssen sich zwangsläufig so dämlich anstellen wie dieser Ami. Florence nahm die kalte Flasche aus seiner Hand. Joe zog sie auf die Tanzfläche. *What is love, baby* ... Dabei musste man sich wenigstens nicht unterhalten.

Wolfgang, Thomas, Michael und Rainer zwängten sich durch einen engen Flur, der mit Leuten vollgestopft war. Sie betraten die rötlich beleuchtete Wohnheimküche. Thomas machte sich auf die Suche nach Carla und Michael lief ihm wie ein Hund hinterher in der Hoffnung, dass Carla und Thomas ihn vielleicht irgendwelchen Mädels vorstellen würden. Der riesige Wolfgang stand einfach nur herum und überblickte alles. Rainer schaute umher und traf den Blick der großen Braunhaarigen, deren anbetungswürdiges Hinterteil er heute schon hatte betrachten dürfen. Er grinste unwillkürlich. Vielleicht gab es nachher noch eine Möglichkeit, mit ihr ins Gespräch zu kommen, aber nun musste Rainer erst einmal Viktor finden, der hatte ihn schließlich eingeladen.

Jemand zog ihn am Hemd. Rainer drehte sich um. Wie ein Fels in der Brandung aus lauter Tanzenden saß Viktor auf einem Tisch an der Wand mit einer Flasche Wodka in der Hand.

»Hallo Rainerrr, mein Frrroind!«, rief er mit seinem rollenden R.

»Hey, Viktor, das ist Wolfgang. Wir haben auch was zum Trinken mitgebracht.« Rainer überreichte eine Flasche Sangria für eine Mark neunundneunzig, die er noch auf dem Weg in einer Tankstelle gekauft hatte.

»Und Frrrauen?«, fragte Viktor.

»Wir sind ohne Begleitung«, sagte Rainer.

»Na ja, kein Prrroblem. Da kommen noch Rrrussinnen …« Viktor sagte das in einem Ton, als ob er die Ankunft von noch einem Fass Freibier ankündigen wollte.

Er sprang vom Tisch zu drei Mädchen, die gerade zur Küchentür hereinstöckelten. Eine war hellblond, eine braunhaarig und die dritte dunkelblond. Alle drei waren stark rosa und lila geschminkt und trugen Stretchjeans mit Applikationen, komische Spitzenblusen in grellen Farben und spitze Pumps. Sie sahen aus wie aus einem Film von vor fünfzehn Jahren entlaufen.

Viktor stellte sie vor: »Das sind Lena, Anna und Lena.«

Den Rest der Unterhaltung bestritten sie auf Russisch. Eines der Mädchen schielte dabei ständig zu Rainer herüber.

»Komm, Rrrainerrr!«, rief Viktor und bugsierte ihn zu einer großen gläsernen Schiebetür, durch die frische Luft von draußen in den Qualm der Küche strömte.

Er drückte Rainer in ein Sofa auf dem Balkon und reichte ihm die Wodkaflasche. Die Russinnen quetschten sich zu Rainer auf das Sofa. Er nahm einen großen Schluck.

Als er sich umwandte, konnte er in den roten Schein der Küche sehen. Ein Junge mit Baseballmütze, wahrscheinlich Amerikaner, bediente den CD-Player und reichte der Großen ein Bier aus dem Kühlschrank. Thomas und Carla standen in einer Ecke und knutschten ausgiebig. Michael stand unnütz und unbehaglich ein paar Schritte daneben an die Wand gelehnt. In der Mitte tanzte ein Typ, wobei er Bewegungen vollführte wie einer, der einen dicken Baumstamm durchzusägen versucht, dabei die Beine aber kaum vom Boden abhob, um seine Birkenstocksandalen nicht zu verlieren. Andere lehnten mit Flaschen und Tassen in der Hand an den Wänden. Wolfgang wurde von einer Gruppe Mädels umtanzt, die ihm alle nur bis knapp über den Bauchnabel reichten. Er musste sich bücken, um sich mit ihnen zu unterhalten. Die Große zwängte sich gerade durch die Menge zur Tür. Rainer wollte Viktor nach ihrem Namen fragen, doch der reichte ihm gerade die Wodkaflasche, während die drei bunt bemalten Russinnen auf ihn einredeten.

Der Blick aus dieser Höhe war ergreifend. Tief unter ihm blinkten die Lichter der Stadt und in der Ferne konnte man in den letzten Resten des Tageslichts die massigen Gebilde der Schwäbischen Alb erkennen. Der Regen hatte wieder eingesetzt und die belanglosen Fragen und Antworten mischten sich in das Rauschen. Der Wodka machte die Sinne leicht und die Beine schwer und Rainer fühlte sich wunderbar. So war das Leben schön. Eine der drei Russinnen – Anna oder Lena? – spielte an seinem Ohr herum.

Die dritte Wodkaflasche kreiste und landete endlich bei Rainer. Viktor erzählte gerade, dass er sich am Morgen mit Günther unterhalten habe, und als er gesagt habe: »Du, Güntherrr, nächste Woche will ich mirrr ein Trrraum erfüllen und in die Stadt gehn und mirrr ein Combuttrrr kaufen«, habe jener Günther verstanden, Viktor wolle in die Stadt gehen und ein Pfund Butter kaufen, und hatte bei sich gedacht, die armen

Leute, die aus dem Kommunismus kommen, und hatte ihm seine eigene Butter angeboten.

Rainer begann zu kichern und konnte nicht mehr aufhören. Lena oder Anna hatte nun ihre Hände in seinem T-Shirt und er kicherte unaufhörlich. Sie flüsterte etwas in sein Ohr. Er verstand nur blubblubblubb, aber merkte, dass sie irgendwo mit ihm hinwollte. Schon leicht schwankend standen sie auf und sie dirigierte ihn Richtung Balkontür. Er grapschte noch einmal nach der Wodkaflasche und nahm einen kräftigen Schluck. Wummernde Bässe umgaben ihn und sie zog ihn durch eine feuchtschwitzende Masse auf einen engen Flur, wo er im dichten Nebel noch einmal die Große mit dem Wahnsinnshintern sah. Er wurde weitergezogen und geschoben und landete schließlich in einer dunklen Kammer auf einer weichen Matratze, die unter ihm wegrutschte.

Das Tanzen machte durstig und Florence schaffte es, die Hälfte ihres Biers zu trinken, bevor es warm wurde. Die Luft wurde immer dicker, obwohl die Balkontür offen stand. Günther näherte sich im Lokomotiventanzstil und wollte sie um die Hüfte fassen. Florence entwand sich ihm und verzog sich in den Flur. Was der da veranstaltete, das was alles andere als Tanzen. Und was waren das für komische Schuhe? Florence hatte schon viele Deutsche damit herumlaufen sehen. Das machte diese Treter aber nicht besser. Die Form erinnerte mehr an Schwimmflossen als an Schuhe und genauso bewegten sich die Leute dann auch darin, wie Watschelenten.

Im Flur standen rauchende Leute herum und unterhielten sich. Die ganze Zeit ging das Licht aus und an, da es an eine Zeitschaltung angeschlossen war. Florence lehnte sich an die Wand. Sie hatte ihr Bier in der Küche vergessen. Da kam Viktor mit einer Flasche Wodka vorbei und bot sie ihr an. Sie nahm einen kräftigen Schluck und bekam einen Hustenanfall. Hinter Viktor trudelte der Jogger herbei, geschoben von einer dieser Frauen in der unsäglichen Aufmachung, wobei er unverständlich vor sich hinlallte. So wollte sie nicht enden. Sie ging in ihr Zimmer und trank Wasser am Hahn, um den scharfen Geschmack des Wodkas loszuwerden.

Als sie es gerade wieder verlassen wollte, drängelte ein Typ ein Mädchen vor sich her zu ihrer Tür. »Kannst du uns dein Zimmer mal ausleihen?«

Florence war schockiert, sie kam aus einem behüteten Elternhaus. Als jedoch der Typ ihre Sprachlosigkeit als ein Ja deutete und das Mädchen auf die Tür zudrängte, rief sie: »Ihr seid verrückt, geht liebör auf die Klo!«, zog die Tür von außen zu und verschloss sie demonstrativ.

Das Pärchen schob ab, wobei sie Florence als dumme Zicke und prüde Kuh beschimpften. Das war ihr jedoch gleich, sie ging wieder in die Küche, wo inzwischen Hip-Hop-Musik lief. Ein großer Blonder tanzte auf sie zu – war er nicht zusammen mit dem kleinen Grinsejogger gekommen? Er war noch mal mindestens zwanzig Zentimeter größer als Florence. Cécile hatte in gewisser Weise recht gehabt: Hier gab es wenigstens einige männliche Exemplare in ihrer Größenordnung. Dumm nur, dass ihr genau diese Hünen nicht gefielen. Und die Kleineren trauten sich nicht. Der Blonde wurde von einer Spanierin von Florence weggezerrt.

Langsam leerte sich die Küchentanzfläche. Grüppchen und Pärchen hatten sich gebildet, manche saßen auf dem Balkon, andere auf den Küchenstühlen, wieder andere auf dem Fußboden im Flur. Die CD wurde gewechselt. Whitney Houston hob an und Joe kam auf Florence zu. Er hielt sie umschlungen und sang leise, aber falsch den Refrain in ihr Ohr: *»And I will always love youuuuuu …«* Seine Hände strichen ihren Rücken entlang und wanderten langsam nach unten.

Das muss ich mir jetzt nicht antun, dachte Florence, das ist wie mit dem Essen, man isst ja schließlich auch nur, was einem schmeckt. Wenn er wenigstens singen könnte. Sie löste sich aus der schraubstockartigen Umklammerung mit der Ausrede, sie müsse zur Toilette. Sie musste sogar wirklich. Sie ging durch den verqualmten Flur, ohne die dort herumlungernden Leute zu beachten.

Die Klobrille war total verklebt, leere Flaschen und Kippen lagen herum. Klopapier war auch keins mehr da. Es war entwürdigend und anstrengend, so zwischen Himmel und Erde schwebend zu pinkeln. Sie spülte, verließ die Toilette und ging in ihr Zimmer, das nur zwei Schritte schräg gegenüber von der Klotür lag, und schaute auf ihren Wecker. Drei Uhr zwanzig. Sie ließ die Tür einrasten und drehte den Schlüssel herum. Besser würde es jetzt nicht mehr werden.

Als sie schon im Bett lag, hörte sie gedämpft die Laute eines sich hemmungslos Übergebenden aus der Toilette. Dann das Kichern einer Frau und die Stimme des blonden Riesen, die in scharfem Ton rief: »Lass ihn doch wenigstens in Ruhe kotzen!«

Der hat es wohl wirklich übertrieben mit dem Alkohol, dachte Florence, vielleicht ist das der Wodka-Viktor. Morgen werde ich ihn fragen.

Sie konnte nicht einschlafen trotz der Müdigkeit. Die Kotzgeräusche waren verstummt, aber sie hörte immer noch Musik aus der Küche. Vielleicht war es das Gefühl, doch etwas von der Party zu verpassen. Das Kopfkissen auf die Ohren gepresst hoffte sie, die Geräusche auszusperren. Doch da war plötzlich ein anderes. Es klopfte heftig an ihrer Tür und Joes tiefe Stimme rief: »Florence, are you okay?«

Antworten oder still sein? Aufschließen oder sich verkriechen? Florence hatte nicht bedacht, dass Joe wusste, welches ihr Zimmer war. Er klopfte immer heftiger und rief ihren Namen und das klang sehr niedlich, so amerikanisch ausgesprochen. Sie rang noch zwei Minuten mit sich, dann verstummte das Klopfen.

Sie stand auf und öffnete das Fenster. Die Luft war kühl, aber wohltuend nach all dem Rauch und Schweiß. Es hatte wieder aufgehört zu regnen.

Erweckung

»Wo bin ich?«, dachte Rainer, als er aufwachte.

Es war hell und die Sonne schien. Er war in seinem Zimmer. Aber nicht in seinem Bett. Seine Knochen schmerzten. Er lag mitten auf dem Fußboden und war zugedeckt. Sein Kopf lag auf etwas Hartem. »Politik für Eingeweihte.« Was hatte es damit auf sich? Hatte er gehofft, dass der Inhalt dieses langweiligen Buches von Professor Doktor Müller auf diese Weise magisch in sein Gehirn eindrang? Er schlug die Decke zurück und sah an sich herunter. Er trug noch die Jeans und das T-Shirt vom vorigen Abend, Letzteres allerdings mit den Nähten nach außen. Die Socken hatte er auch noch an, aber keine Schuhe. Er schaute auf seinen Wecker. Zehn nach elf. Langsam erinnerte er sich. Wohnheimparty. Viktor. Wodka. Russinnen. Wie war er in sein Zimmer gekommen? Und warum hatte er eigentlich überhaupt keine Kopfschmerzen nach all dem Wodka? Ächzend erhob er sich, legte sich aufs Bett und schlief wieder ein.

Das Telefon klingelte. Rainer wühlte sich durch Schichten von Träumen, bis er endlich den Hörer abnahm. »Rainerrr, bist du es? Habe ich dich errrweckt?« Wodka-Viktor.

Rainer krächzte etwas Unverständliches.

Viktor ließ sich dadurch nicht beirren. »Du, Rainerrr, gerrrade ist Anna gekommen und frrragt, ob du mit ihrrr frrrühstücken willst. Außerrrdem chast du deine Schuhe chierrr verrrgessen …«

»Wer ist Anna?«

Viktor seufzte theatralisch und sagte neben dem Telefon etwas auf Russisch.

»Wenn du sie siehst, du dich erinnerrrst vielleicht. Sie chat dirrr letzte Nacht eine grrroße Gefallen getan.«

Es dämmerte bei Rainer, aber es war eine sehr zaghafte Dämmerung. Sehr viel Parfüm. Viel zum Anfassen im Vergleich zu Addy. Im Vergleich zu Addy? Der Vergleich weckte ihn erst richtig, aber sein Gehirn arbeitete immer noch zu langsam, um schnell eine Ausrede zu erfinden.

»Ich kann nicht frühstücken«, sagte er schließlich schlicht. »Ich bin krank.«

»Abrrr cheute Abend du musst mit mirrr arrrbeiten.«

»Bis dahin bin ich wohl wieder gesund. Sei nicht sauer, Viktor, die Party war echt super.«

Rainer ging aufs Klo. Er musste unbedingt Wolfgang anrufen. Hoffentlich war er da. Auf dem Flur traf er Michael im Schlafanzug, der niedergeschlagen wirkte.

»Was ist mit dir passiert? Hast du auch zu viel Wodka abbekommen?«

»Nein, gar keinen. Und auch keine Frau. Thomas hatte mir versprochen, dass er mir ganz viele vorstellt und was macht er? Knutscht den ganzen Abend rum, verschwindet irgendwann und ich guck in die Röhre …«

Rainer fühlte sich unbehaglich. Mitleid machte ihn immer verlegen. Was sollte er dem armen Michi sagen? Plötzlich kam ihm eine Idee.

»Du kannst an meiner Stelle mit Anna, der Russin von gestern, frühstücken«, sagte er strahlend. »Die freut sich über jeden.«

Den zweiten Satz hätte er sich lieber sparen sollen, aber Michael hatte ihn sowieso nicht wahrgenommen, denn seine Miene hatte sich erhellt. »Meinst du wirklich? Dann zieh ich mich jetzt mal um.«

Der ist ja wirklich verzweifelt, dachte Rainer. Er rief erst bei Viktor an, um Michael anzukündigen, und versicherte sich, dass Anna noch da war.

Dann wählte er Wolfgangs Nummer. »Wie bin ich gestern nach Hause gekommen?«, fragte er.

»Komm zu mir, ich mach uns was zu essen«, sagte Wolfgang am Telefon.

Rainer duschte und zog gleich sein *Neckarschorsch*-Arbeitsnachthemd an. So musste er nicht mehr vor der Schicht nach Hause gehen. Barfuß schnürte er durch die Wohnung auf der Suche nach seinen Turnschuhen, bis ihm einfiel, dass er wohl ohne Schuhe nach Hause gekommen sein musste, denn als er aufgewacht war, war er in Socken gewesen. Er öffnete seinen Schrank und die schwarzen Ufoschuhe aus *Rocketstar*- und Addy-Zeiten fielen ihm vor die Füße. Wie hatte er so herumlaufen können? Sollte er barfuß zu Wodka-Viktor laufen, um seine Turnschuhe zu holen? Aber dann würde er Anna begegnen.

Manchmal wünschte sich Rainer, er hätte mehr von seinem Krempel aus Düsseldorf mit nach Tübingen gebracht, dann gäbe es solche Knappheiten nicht. Zum Glück erinnerte er sich an seine verdreckten Joggingschuhe, die im Treppenhaus herumstanden.

Wolfgang wohnte in einem Zweizimmer-Apartment mit Terrasse in der Altstadt und hatte bereits den Tisch im Freien gedeckt für einen Brunch. Der alte wacklige Sonnenschirm schaffte gerade genug Schatten für zwei Stühle und einen Streifen des Tischs, wo leicht schmelzende Dinge wie Butter und Nutella stehen mussten.

Rainer stopfte mit Genuss Rührei mit Schinken in sich hinein. Während er noch kaute, fragte er: »Nun, Wolfgang, sag an: Wie bin ich nach Hause gekommen?«

Wolfgang schnaubte wie ein Pferd. »Wenn du wüsstest … Mir tut jetzt noch alles weh. Weggetragen hab ich dich von diesem Frauenzimmer! Sie hat dich nicht mal in Ruhe kotzen lassen! Ich hab dich angezogen, aber für die Schuhe hatte ich keine Nerven mehr. Die Socken hattest du übrigens noch an. Dann hab ich dich geschultert, wie in diesen Kriegsfilmen die Soldaten ihre Verwundeten oder Toten, und nach Hause gebracht. Du warst schlaff wie eine Gummipuppe ohne Luft und schwer wie Sau. Zum Glück hattest du deine Schlüssel noch in der Tasche …«

Rainer war betreten und gerührt ob dieses Freundschaftsdienstes. »Aber zur Strafe für so viel Arbeit hast du mich auf den Boden statt ins Bett gelegt …«

»Ich wollte dich eigentlich schon ins Bett bringen. Es war nur so, dass ich dich nach den drei Stockwerken erst mal vor der Wohnungstür abgelegt habe, um den Schlüssel aus deiner Tasche zu kramen. Danach hab ich dich unter den Achseln bis zu deinem Zimmer gezogen. Dort angekommen, hast du gefurzt, gegrunzt, dir dieses komische dicke Buch geschnappt, es dir darauf gemütlich gemacht und angefangen zu schnarchen. Ich wähnte dich bequem und hab dich halt noch zugedeckt. Wie eine Mutti …«

»Jaja, und jetzt auch noch Frühstück gemacht«, sagte Rainer, »also eigentlich sollte ich dich heiraten, keine Frau hat mich je so gut behandelt …«

»Das fehlt mir grade noch zu meinem Glück … Apropos Frau: Was hat dich eigentlich geritten? Die da gestern war schrecklich, sah aus wie eine Puffmutter … Dabei gab's auf der Party doch einige ganz ansehnliche Mädels …«

Rainer seufzte. »Du hast eben keinen Wodka zum Schönsaufen gehabt … Und stell dir vor, die Russin wollte mich heute schon zum Frühstück einladen! Ich hab das arme Schwein Michael hingeschickt, der war ganz traurig, weil Thomas ihn im Stich gelassen und ihm keine Mädels vorgestellt hat.«

»Aber *du* hättest dich nicht auf dieses Niveau herablassen müssen«, beharrte Wolfgang, »da waren zum Beispiel ein paar so süße Spanierinnen, und eine tolle Frau, fast so groß wie ich, Französin, oh, là, là, aber dann hat so ein Scheiß-Ami sie mir weggeschnappt.«

Rainer seufzte wieder. Er wusste, wen Wolfgang meinte. Sie war Wolfgang also auch aufgefallen. Was sollte er, der Zwerg, da schon ausrichten? Es war hoffnungslos.

Schwimmkurs

Die Musik vom vorigen Abend dröhnte immer noch in ihren Ohren. Florence war schon um halb zehn wach und konnte nicht mehr einschlafen. Alles war still und die Sonne schien. Sie wollte duschen. Aber als sie das Bad betrat, traf sie der Schlag. Nein, da würde sie nicht hineingehen. Sie ging ein Stockwerk tiefer aufs Klo. Dann ging sie in die eigene Küche. Der Fußboden war schwarz verschmiert, überall Kippen und Scherben und es stank nach billigem Alkohol aus den herumstehenden Flaschen und Gläsern. Florence machte sich Cornflakes mit Milch, wobei sie versuchte, die klebrigen Tische möglichst nicht zu berühren. Mit der Müslischale ging sie in ihr Zimmer. Die anderen würden bestimmt erst in zwei Stunden oder noch später aufwachen. Kompromiss, dachte Florence, ich putze das Bad, den Rest lass ich für die anderen. Vom Hausmeister hatte sie einen Kanister extra giftiges Putzmittel bekommen, das sie nun großzügig im ganzen Bad herumspritzte. Mit Gummihandschuhen bis zum Ellbogen machte sie sich ans Schrubben. Am besten wären für diese Arbeit auch Fischergummistiefel oder ein mikrobendichter Seuchenoverall gewesen. Jedenfalls war Florence nach ihrer Putzaktion urlaubsreif.

Viktor hatte ihr von einem Schwimmbad am Neckar erzählt, das sie nun nach einer Fahrt mit dem Bus und einem längeren Fußmarsch von der Neckarbrücke aus erreichte. Es gefiel ihr auf Anhieb: eine saftig grüne Wiese, Blumenrabatten, große alte Bäume, türkisfarbene Becken – kein Vergleich mit den Lyoner Betonschwimmbädern. Das Gras war immer noch feucht vom vielen Regen, als sie ihr Handtuch ausbreitete. Sie fischte den »Faust« aus ihrem Rucksack und suchte nach der Stelle, wo sie tags zuvor zu lesen aufgehört hatte.

Walpurgis – da war es wieder. Und natürlich hatte sie kein Wörterbuch dabei. Ich werde vielleicht beim Lesen herausfinden, was das ist, dachte Florence optimistisch. Oh Mann, was hat denn dieser Goethe geraucht, als er das schrieb? Halbhexen, Trödelhexen, eine Art wüste Orgie, und immer dieser schleimige Mephisto, ein großes Feuer …

Sie ging an ihrem gewohnten Strand entlang und die Hitze war erdrückend. Plötzlich hatte sie das Gefühl, verfolgt zu werden, und drehte sich um. Hinter ihr kam eine Hummerherde, rote wuselnde Hummer bis zum Horizont, der ganze Strand war rot. Der vorderste versuchte, mit seinen Scheren nach ihren Waden zu schnappen. In Panik wollte sie davonlaufen, aber ihre Füße gruben sich nur tiefer in den Sand. Die Hummer kamen näher und der vorderste starrte sie an mit seinen Stielaugen und seine Fühler und Antennen kitzelten schon an ihrem rechten Bein. »Warum wolltest du uns essen?«, murmelten die Millionen von Hummern und merkwürdigerweise sprachen sie deutsch. »Ich ess doch gar keine Meeresfrüchte«, wollte Florence rufen, aber ihre Stimme versagte.

Ihr ganzer Körper zuckte und sie wachte auf. Vor ihr grüne Grashalme. Florence drehte sich um, ihr Rücken brannte schon. Sie schnippte eine rote Ameise von ihrer rechten Wade. Was für ein Alptraum! Deutsch sprechende rote Hummer! Dabei waren die armen Biester eigentlich dunkelbraun und wurden erst rot, wenn man sie in kochendes Wasser warf.

Florence atmete tief ein. Sie war unendlich erleichtert, nicht mit ihren Eltern im Strandhaus zu sein. Jeden zweiten Abend ins Restaurant und dieses Meeresgetier auf riesigen silbrigen Platten. Knack die Schere ab, knack die Muschel auf, den Fisch seitlich aufschlitzen, der sie mit leeren Augen anstierte … Sie mochte das nicht essen und hatte es noch nie gemocht. Glibberige Austern, Berge von Gräten, Schalen, Scheren und Antennen als Abfall auf einem Teller aufgetürmt. Und trotzdem musste sie immer mit ihren Eltern, ihrem Bruder,

Onkel, Tante und Cousine in dieses Restaurant. Cécile ging ihr sowieso auf die Nerven mit ihrer Dauerdiät. Sie aß immer nur drei Garnelen und zwei Salatblätter, hatte aber die schlechte Angewohnheit, ständig von den Tellern der Tischgenossen zu probieren, vor allem von Florences Dessert. Florence bestellte sich immer zwei Desserts, erstens, weil sie eine Schwäche für alles Süße, Cremige hatte und zweitens, um den Fischgeruch zu übertönen. Sie hasste diese Kadaver und Karkassen auf dem Tisch. Ihre Eltern und die Tante hörten nicht auf, sie bekehren zu wollten. Die Kellner kannten sie auch schon und machten blöde Witze: »Einmal Fischsuppe ohne Fisch für Mademoiselle!« Dabei hatte Florence nichts gegen lebendige Meerestiere. Sie war meistens als Erste wach und schnorchelte noch vor dem Frühstück, wenn das Wasser klar war, um die Felsen. Schwarze Seeigel, bunte Fische, Anemonen, Muscheln und Krebse im stillen Blau. Wie konnte man so etwas essen? Florence fühlte sich diesen Wesen verwandt und im Wasser zu Hause.

Das erinnerte sie daran, dass sie eigentlich schwimmen gehen könnte. Sie erhob sich. Um sie herum hatten sich inzwischen mehr Leute niedergelassen und sie ging im Zickzack um die ganzen Handtücher zum Schwimmbecken. Sollte sie es wagen, einfach hineinzuspringen? Da vor allem ältere Damen mit blumenkohlähnlichen Bademützen gemächlich darin herumschwammen und sich dabei unterhielten, konnte es wohl nicht so kalt sein. Florence sprang hinein, bevor sie es sich wieder anders überlegte. Es war entsetzlich kalt. Sie schwamm, als wäre ein Hai hinter ihr her, um wärmer zu werden. Wie hielten die Omis das aus? Das sind Wikinger, dachte Florence, die baden wahrscheinlich auch noch, wenn Eisschollen auf dem Wasser treiben.

Nach einer Weile stieg sie wieder aus dem Wasser und legte sich wieder auf das Handtuch. Das Eiswasser hatte ihre letzten Energiereserven verbraucht und ihr Magen verlangte nach Essen. Sie kramte nach ihrem Portemonnaie und stellte sich am Kiosk in die Schlange für die Pommes Frites. Als sie zurück an ihrem Platz auf dem Bauch liegend gerade genüsslich ihre erste Fritte in die Mayonnaise tauchte, ertönte eine Stimme hinter ihr.

»En guada Appedid!«

Florence drehte sich um. Ein sportlicher Typ, braungebrannt mit behaarter Brust, neongrün und schwarz gestreifter Badehose, Schnurrbart und komischer Frisur, die Haare vorne kurz und hinten lang. Fehlten nur die Cowboystiefel.

»Hasch du was dagega, wenn i mi drzuleg?«

»Isch kann es Ihnen nischt verbietön«, sagte Florence, und in dem Moment fiel ihr ein, dass sie einfach hätte so tun können, als spreche sie kein Deutsch. Aber dazu war es jetzt zu spät.

»Gell, du kommsch aus Frankreich? Des han ich glei ghört.«

Nun bildete sich diese Schießbudenfigur auch noch etwas darauf ein, ihren Akzent einordnen zu können. Florence vermaß ihn prüfend. Mindestens fünfzehn Zentimeter kleiner als sie. Da gab es eine einfache Lösung für das Problem: aufstehen. Sie erhob sich, um den inzwischen leeren Pappteller in den Mülleimer zu werfen. Der schnauzbärtige Schwabe mit der unfehlbaren Menschenkenntnis starrte staunend auf ihre volle Länge. Als er gerade anhob, etwas zu sagen, sah Florence ihre Rettung nahen.

»Chigh Towerrr!«, rief es von weitem.

Schon aus hundert Meter Entfernung konnte sie zwei Gestalten inmitten der ganzen Menschen erkennen. Der eine war Viktor in einer komischen Hawaii-Aufmachung, die aus einem pinkfarbenen Hemd mit Palmen und Blumenmuster und einer Bermudahose aus dem gleichen Stoff bestand. Dazu trug er unpassenderweise braune Halbschuhe und graue Wollsocken. Begleitet wurde er von einem Vollbärtigen, den sie nicht kannte, der aber bestimmt auch aus Osteuropa stammte, denn so weiß im Gesicht waren nicht einmal die Deutschen. Er trug, im Kontrast zu Viktor, einen dunkelgrünen Wollpullover und eine dunkelblaue Hose. Die Vorstellung, bei der Hitze einen Wollpullover tragen zu müssen, jagte Florence eine Gänsehaut über den Körper. Beide hielten eine Norma-Tüte in den Händen.

»Wodka-Viktor!«, rief Florence von weitem und achtete darauf, den Clown in der neongrün gestreiften Badehose zu übersehen.

Irgendwie wäre ihr dieser kleine Jogger oder Joe als Retter lieber gewesen, aber da durfte man jetzt nicht wählerisch sein. Viktor war hocherfreut, sie zu sehen, und er und sein Freund beschleunigten ihre Schritte.

»Challo Florrrence«, begrüßte sie Viktor. »Das ist mein Frrroind Dimitrrri aus Russland.«

Dimitri reichte ihr schüchtern eine feuchte Hand. Beide kramten ausgefranste, schmuddelige Handtücher aus ihren Plastiktüten hervor und setzten sich zu ihr. Der schwäbelnde Hofnarr kam sich nun doch überflüssig vor und schlich betont lässig davon.

Dimitri behielt den Wollpullover an und Florence dachte, bestimmt bekommt er gleich einen Hitzschlag. Sie unterhielten sich über den vergangenen Abend und Florence fragte Dimitri, warum er nicht zum Fest gekommen sei. Er müsse sehr viel lernen, sagte er. Wahrscheinlich war er deswegen so weiß.

Viktor fühlte sich ziemlich cool in seinem Hawaii-Anzug. Nun fischte er noch eine Sonnenbrille aus der Tüte, mit der er dann aussah wie ein exotisches Insekt.

»'ast du keinö Kopfschmerzön?«, fragte Florence.

»Ich?? Von Wodka? Ich bin Rrrusse! Wieso soll ich Kopfschmerrrzen chaben?«

»Und wer 'at dann so laut gekotzt in die Klo?«

»Das warrr Rrrainerrr. Mein Kollege von Bierrrgarrrten.«

»Wer ist Rainör?«

»Das ist so ein kleinerrr Mann. Die Anna chat ihm zu viel Wodka gegeben.«

Florence schwante, dass es sich dabei um den Grinsejogger handeln musste, und fragte nicht weiter. Wenn der die Frauen betreffend so einen schlechten Geschmack hatte, sollte man sich ihn lieber aus dem Kopf schlagen.

Da es immer heißer wurde und jetzt auch noch ihr Gesicht und ihre dunklen Haare brannten, schlug sie vor, schwimmen zu gehen. Dimitri wollte sich erst noch umziehen. Er verschwand mit seiner Tüte in einem orangefarbenen Kegel mit Vorhang. Erst nach zehn Minuten kam er wieder heraus. Den Wollpulli hatte er ausgezogen. Die Hose aber hatte er anbehalten. Erst auf den zweiten Blick bemerkte Florence, dass es eine andere war; das jetzige Exemplar war auf Wadenhöhe abgeschnitten. Wollte er tatsächlich so schwimmen gehen? Er wollte.

Viktor zog nur das Hawaii-Hemd aus. Die Hawaii-Hose war auch seine Badehose. Die weiße Haut der beiden leuchtete zwischen den ganzen Braungebrannten. Die drei gingen über die große Wiese zum Schwimmbecken. Wir sehen bestimmt aus wie aus dem Zirkus, dachte Florence, die sich zwischen den beiden kleineren weißen Russen wie eine Massai fühlte. Die Leute schauten auch ziemlich komisch, als sie an ihnen vorbeigingen.

Da entdeckte Viktor die Rutschbahn. »Lass uns rrrutschen gehen!«, rief er begeistert und sie stellten sich als einzige Erwachsene in die Warteschlange vor der Rutschbahn.

Langsam ging es voran, dann Stufe um Stufe höher und die Kinder versuchten, sich an ihnen vorbeizudrängeln. Oben angelangt konnten sie das ganze Freibadgelände überblicken.

Dimitri war als Erster dran. Vorschriftsmäßig setzte er sich hin und fuhr gemächlich los.

»Du musst disch ’inlegen!«, rief ihm Florence hinterher, aber er hörte nichts.

Die Kinder hinter ihnen wurden ungeduldig und drängelten noch mehr.

»Was ist denn das für ein Opa!«, rief ein Knirps, drängte sich an Florence vorbei und stürzte sich mit Schwung auf die Rutsche.

Sogleich hatte er Dimitri eingeholt, der mit erschrecktem Gesicht nach hinten blickte, und schon in der nächsten Kurve rutschte der Dreikäsehoch an dem immer noch überrascht blickenden Dimitri mit seinen langen Hosen vorbei. Florence wollte auch nicht mehr länger warten, schwang sich auf die Bahn und drückte den Rücken durch, um möglichst wenig Reibung zu erzeugen. Sie war schnell und schob den immer noch gemächlich vor sich hinfahrenden Dimitri mit den Füßen vollends ins Wasser. Kurz darauf plumpste auch Viktor hinter ihnen hinein.

Sie standen im hüfthohen Wasser und vor ihnen platschten Kinder von der Rutschbahn. Sie konnten sich nicht entschließen, sich noch einmal in die Schlange zu stellen. Viktor fragte Florence, ob sie denn schwimmen könne. Was für eine Frage!

»Na ja, ich kann es abrrr nicht«, sagte Viktor.

»Ich auch nicht«, gab nun auch Dimitri zu. »Kannst du es uns nicht lehrrren, Florrrence?« Dimitri drückte sich meistens sehr gewählt aus.

Florence hatte noch nie jemandem das Schwimmen beigebracht. Für sie war es die natürlichste Art der Fortbewegung nach dem Laufen, wie konnte man so etwas nicht können?

Sie machte es vor. Die beiden Russen zappelten und wären wohl ertrunken, wenn sie sich im tiefen Becken befunden hätten. Also musste Florence mit beiden Händen unter Viktors Bauch fassen, damit er seine Schwimmbewegungen vollziehen konnte, danach machte sie dasselbe bei Dimitri. Er war ein besonders schwieriger Schüler und hatte offensichtlich Angst vor dem Wasser.

Nach einer Weile hatte Florence genug.

Da schwamm Viktor plötzlich ganz gemächlich grinsend an ihr vorbei mit den Worten: »Du bist eine gute Lehrrrerrrin, jetzt kann ich es …«

»Viktor! Du 'ast misch betrogön!«, schrie Florence und tunkte den immer noch impertinent grinsenden Viktor, so tief es ging.

»Deine Chände fühlen sich gut an«, keuchte er, als er wieder auftauchte.

Der arme Dimitri konnte allerdings wirklich nicht schwimmen, aber Florence sagte nur: »Das kann dir Viktor beibringön, der 'at so viel Talent.«

Inzwischen war es ihnen allerdings im Wasser recht kalt geworden und sie zogen es vor, an ihren Platz zurückzukehren. Die beiden Russen hatten sich knallrot verfärbt und glichen nun den Hummern aus Florences Alptraum. Sie verabschiedeten sich bald, denn Dimitri wollte lernen und Viktor musste zur Arbeit in den Biergarten.

Florence wollte noch bleiben. Die Sonne sank schon etwas tiefer und sie widmete sich wieder dem »Faust« mit seinem Walpurgis.

Arbeitskampf

Rainer zählte die Tage, manchmal, in besonders langweiligen Momenten, sogar die Stunden bis zum Urlaub. Er genoss es, mit dem Motorrad zur Arbeit und in die Uni zu fahren.

Wenn nur der Job nicht so öde wäre. Gerade stand er wieder einmal mit Viktor beim *Neckarschorsch* hinter der Theke und füllte ein Glas nach dem anderen. Viktor war aufgedreht, er quasselte und quasselte, als ob er ein Radio verschluckt hätte.

»Rainerrr, du bist doch mein Frrroind. Sag mirrr die Wahrrrheit: Warrrum du willst dich nicht mit Anna treffen? Bist du chomosexuell? Sie frrragt mich die ganze Zeit nach dirrr. Weißt du, die Anna ist ganz leicht zu pflegen. Ihrrr es macht auch nichts aus, wenn du noch anderrre Frauen chast, sie chat ja auch anderrre Männer. Abrrr diesen Michael, den du irrr da geschickt chast, also den wollte sie nicht. Abrrr außrrrdem sie kann kochen. Du musst ihrrr nur chin und wiedrrr eine Parrrfüm odrrr eine Chalskette schenken …«

An dieser Stelle unterbrach ihn Rainer, weil ihm etwas einfiel. »Is ja gut, Viktor. Also homosexuell bin ich nicht, nee, nee, wo kämen wir denn da hin … Aber ma ne andere Frage: Diese große Frau da auf deiner Party, also, hat die ein Kind oder was?«

»Haha! Chigh Towerrr! Sie chat doch kein Kind! Sie arrrbeitet als Kinderrrfrrrau in ihrrrerrr Frrreizeit.«

Rainer jubelte innerlich und dachte an die Szene auf dem Bauernhof.

Doch die Freude währte kurz, denn plötzlich sah er Addy mit so einer Art Arnold Schwarzenegger im Schein der Lichtergirlande stehen. Ihr Anblick traf ihn völlig unerwartet, denn hier im Biergarten rechnete er am allerwenigsten mit ihr. Sie trug hochgeschnürte schwarze Stiefel, wie stets einen sozusagen nicht vorhandenen Rock, ihre blonden Haare schimmerten und sie sah atemberaubend aus.

Rainer duckte sich hinter der Theke.

Viktor stolperte beinahe über ihn. »Rrrainerrr, was machst du auf Bodden?«

»Ich kann jetzt nicht aufstehen, Viktor, zapf du das Naturtrübe für mich mit.«

Rainer hockte neben dem Schlauchgewirr der Bierfässer und starrte in den Kies. Addy im *Neckarschorsch*, das passte wie Currywurst mit Schokoladensoße. Wahrscheinlich hat dieser Stecher sie dazu überredet, dachte er grimmig, von mir hat sie sich nie zu etwas überreden lassen.

»Was hockt 'n där do auf 'm Boda rom? Hosch du nex zom Schaffa? Schdohsch du auf, aber dalli!« Lothar, der Schichtführer, hatte Rainer in Kauerstellung entdeckt, packte ihn am Schlafittchen und schüttelte ihn. »Bisch du bsoffa oder was?«

»Lass mich los! Ich musste eine Bierleitung entwirren. Ich glaub, man muss ein paar Fässer holen, das mach ich gleich mal …«

»I glaub, du schbennsch, die Fässer sen älle vohl, du schdohsch jetz auf ond zapfsch des Bier!«

Nun war sowieso alles zu spät. Addy stand bereits mit ihrem Stecher in der Schlange. Alle hatten die Szene grinsend verfolgt. Rainer stand wie ein Wichtel neben dem Klops von Lothar und war zum Gespött des ganzen Biergartens geworden. Am breitesten grinste Addys Stecher.

Ich muss ihnen eine reingeben, dachte Rainer, erst dem Fettsack, dann dem Stecher. Lothar hielt ihn immer noch am T-Shirt fest. Rainer hasste es, angefasst zu werden. Er schnappte sich einen Steingut-Krug und zog ihn Lothar über den Schädel. Da Lothar aber so groß war, traf Rainer nicht richtig, der Krug glitt seitlich ab und landete ziemlich gebremst auf

Lothars dicker Schulter, was ihm ungefähr so viel ausmachte wie ein Fliegenschiss. Rainer schmetterte den Krug auf den Boden und versuchte, seine sinnlose Wut als Arbeitskampf zu tarnen, um nicht als kompletter Volltrottel dazustehen.

»Ihr seid Ausbeuter!«, schrie er, »wir armen Studenten schuften wie die Irren und kriegen nur elf Mark pro Stunde!« Er wandte sich an die immer länger werdende Warteschlange. »Und ihr Arschlöcher gebt uns fast kein Trinkgeld!«

Dic anderen Angestellten, auch Viktor, schauten betreten vor sich hin. Da die meisten aus dem Ausland kamen und sehr viel Schlimmeres gewohnt waren, waren alle mit dem Lohn hochzufrieden. Rainer stand auf einsamem Posten, musste es aber nun durchziehen. In dramatischer Gebärde zog er das unförmige *Neckarschorsch*-Nachthemd über den Kopf und warf es dem sprachlosen Lothar vor die Füße. Er spannte die Muskeln an, um wenigstens mit seinem Oberkörper Eindruck zu schinden, wenn das schon nicht mit seiner Körpergröße zu erreichen war.

»Ich kündige!«, sagte er feierlich und ging erhobenen Hauptes durch den knirschenden Kies Richtung Ausgang.

Irgendjemand begann zu klatschen und andere fielen ein in den Applaus. Wenigstens die Gäste sind solidarisch, dachte Rainer und fühlte sich etwas besser. Da fiel ihm ein, dass er dem Stecher ja noch hatte eine verpassen wollen, aber nun war er ja schon auf dem Rückzug. Er warf noch einen Blick über die nackte Schulter. Dieser Typ, das war doch einer der Türsteher vom *Rocketstar*! Es war wohl besser, sich nicht schon wieder mit dem anzulegen. Das bringt ja alles nichts, dachte Rainer, jetzt hat Addy schon Leibwächter bei sich.

Hundhaufen

Jedes Mal, wenn Florence zur verabredeten Zeit an Jans Wohnungstür klingelte, hörte sie seine trappelnden Schritte. Er öffnete ihr die Tür selbst, wozu er sich mit seinem ganzen Gewicht an die Klinke hängen musste, die dann quietschend zurückschnalzte. Florence nahm ihn sodann gleich auf den Arm und er drückte ihr einen feuchten Kuss auf die Wange, manchmal noch mit Schokoladeresten.

»Hallo Loaas!«, sagte er. »Will ausdehn. Will bielen. Bomm, Loaas, ausdehn!«

Seine Mutter holte ein Eimerchen, in dem sich eine Schaufel und einige Sandkuchenförmchen befanden, und Jan und Florence machten sich auf den Weg zum Spielplatz. Da es nicht weit war, ließ Florence den Kinderwagen zu Hause und nahm Jan an der Hand. Immer wieder blieb er stehen, um irgendwelche Dinge vom Boden aufzuheben. Er fand einen Pfennig, eine angelutschtes Himbeerbonbon, diverse Steinchen und eine Glasscherbe. Florence konnte im letzten Moment verhindern, dass er das Bonbon und die Glasscherbe aufhob. Es gab ein großes Geschrei und sie musste ihn hochnehmen und ein Stück tragen, damit er an etwas anderes dachte. Auf jeden Fall achtete sie nun immer darauf, keine Hose mit Gummizug anzuhaben, wenn sie zum Babysitten ging.

Am Spielplatz waren noch andere Kinder mit ihren Müttern. Jan machte sich jedoch nichts aus den anderen Kindern.

»Utschbahn fahn!«, rief er, als er die Rutsche erblickte.

»Kannst du schon alleine rutschön?«, fragte Florence.

»Nein, nicht alleine«, antwortete Jan nachdrücklich. »Loaas utsch auch.«

Also stieg sie mit ihm die schmale Leiter hoch. Die anderen Kinder spielten alle im Sand, aber als sie sahen, dass nun jemand die Rutschbahn benutzte, war es, als ob ihnen jetzt erst auffiel, dass eine solche vorhanden war. Plötzlich drängelten sich alle vor den Sprossen und die Mütter liefen hinterher. Florence setzte Jan zwischen ihre Beine und es ging abwärts.

»Nochmal!«, rief Jan, aber nun war die Rutsche besetzt.

Florence bemerkte, dass die Mütter ihre Kinder einfach dirckt auf die Rutschbahn hoben, anstatt jedes Mal die Leiter hinaufzuklettern und mit ihnen zu rutschen. Deswegen hatten alle so komisch geschaut, als sie zusammen mit Jan herunterrutschte.

Ha, ich weiß schon, warum die so böse dreinschauen, dachte Florence, die haben alle so dicke Ärsche, dass sie in der Rinne stecken bleiben würden. Nun verlangten bereits einige der anderen kleinen Kinder, die noch nicht alleine rutschen konnten, dass ihre Mütter auch wie Florence mit auf die Rutsche kamen. Florence wurde es unbehaglich. Die Frauen warfen ihr wütende Blicke zu und sie merkte, dass sie für eine sehr junge – und ledige – Mutter gehalten wurde.

Zum Glück hatte Jan nun eine andere Idee. »Will saudeln«, sagte er, nahm ihre Hand und zog sie zu den Schaukeln.

Es gab deren zwei, eine war für die ganz kleinen Kinder, die sich noch nicht selbst festhalten konnten. In diese setzte sie Jan und schaukelte ihn vorsichtig.

»Mehr!«, rief er und sie holte weiter aus, bis er vor Freude jauchzte.

Dann setzte sie sich selbst auf die andere Schaukel und begann ihrerseits hin- und herzuschwingen.

Jan schaute zu ihr herüber und sagte freudig: »Loaas saudel auch!«

Nun ereignete sich dasselbe Phänomen wie auf der Rutschbahn: Die anderen Kinder schienen erst jetzt zu bemerken, dass es eine Schaukel gab, und jeder wollte sofort drankommen. Schnell machte Florence die eine Schaukel frei, aber alle wollten auf Jans Schaukel. Florence versuchte, Jan zum Sandspielen zu überreden. Die anderen Mütter versuchten ebenfalls, ihre Kinder vom Schaukeln abzubringen. Florence hob den protestierenden Jan von der Schaukel.

»Neineinein, will noch saudeln«, rief er strampelnd, während Florence ihn und seinen Eimer zum Sandkasten schleppte.

Jan beruhigte sich allerdings schnell, als Florence ihm Kuchen buk und begann, den Sand zu einem großen Hügel aufzuhäufen. Ein Sandkasten war zugegebenermaßen doch um einiges trauriger als ein Strand. Schon nach vierzig Zentimetern Tiefe stieß sie auf Beton. Der Spielplatz war umgeben von Hochhäusern und plötzlich fühlte sich Florence sehr eingeengt. Vielleicht waren die Leute deswegen so mürrisch. Am Strand hatte man dieses Gefühl von Unendlichkeit. Man schaute auf die endlosen Wellen, den weiten Himmel, buddelte im Sand, bis Wasser hochblubberte. Hier dagegen musste man ja auf Dauer Depressionen bekommen: schlecht gelaunte Vorbildmütter mit breiten Ärschen und männerartigen Kurzhaarfrisuren, verzogene Gören und im Sandkasten stieß man gleich auf Beton.

Jan versuchte, den Sand mit seinen Händchen festzupatschen, wie Florence es tat. Der Sand trocknete jedoch sehr schnell und die Burg begann schon wieder zu bröckeln. Jan wusste nicht, was eine Burg war, deswegen bemühte er sich nach einer Weile auch nicht mehr, sie weiterzubauen. Schließlich stapfte er mitten in den Sandhaufen, den Florence mühsam aufgeschüttet hatte.

»Jan! Was machst du mit mein Burg!«

Jan war das egal. Er entfernte sich ein wenig und betrachtete sein Werk. Dann ging er zurück und hielt dem nun völlig unförmigen Gebilde ein Sandförmchen hin und machte Schmatzlaute dabei.

»Das is ein Hund«, sagte Jan erklärend, legte sich neben den Haufen und streichelte den Sand. »Der is danz lieb, der Hund. Der will was essen.« Er hielt ihm wieder ein Sandförmchen hin und schmatzte. Dann nahm er seinen Pullover, den ihm seine Mutter vorsorglich mitgegeben hatte, falls es kühler würde, und legte ihn auf den Sandhaufen. »Der Hund wäft jetzt.« Jan legte sich an die Stelle, wo der Kopf des imaginären Hundes war, schloss die Augen und machte Schnarchgeräusche. Florence musste lachen. So viel Vorstellungskraft sollte man noch einmal haben. Warum ging das verloren, je älter man wurde?

Sie wusste nicht genau, wie spät es war, da sie keine Uhr trug. Irgendwie musste sie es herausfinden, denn sie sollte Jan gegen halb sieben wieder nach Hause bringen. Die anderen Mütter waren mit ihren Kindern zum Teil bei der Schaukel, zum Teil bei der Rutschbahn, zum Teil schon weggegangen. So musste sie wohl wohl oder übel die Frau, die sie vorhin besonders böse angeschaut hatte, nach der Uhrzeit fragen. Die hat bestimmt eine Uhr, dachte Florence, wenn die ohne Uhr aus dem Haus geht, bricht ihre ganze heilige Ordnung zusammen.

Die Frau antwortete auf Florences Frage mit jenem triumphierend-abfälligen Blick, der besagte: So geht's, wenn man so jung schon Kinder hat und keine Ahnung von Organisation. Laut sagte sie: »Es ischd jetzt Viertel siebne«

Florence erschrak. Schon Viertel nach sieben!

»Schnell, Jan, wir müssen gehön nach 'ause.«

»Neineinein, will bei Hund beiben!« Trotzig blieb er im Sand liegen.

Was konnte man da tun?

»Dein 'und muss jetzt schlafön. Er ist müdö.«

Florence hob den Pullover auf. Jan riss ihn ihr aus der Hand.

»Hund zudedden!«, schrie er.

Was sollte sie Sabine sagen? Jans Pullover liegt im Sandkasten, weil er damit seinen Hund zudecken musste … Jan begann zu weinen. Er lag immer noch im Sand neben seinem Hund. Der große Weltschmerz hatte ihn ergriffen ob des nahenden Verlusts.

Florence suchte die Sandspielsachen zusammen und überlegte, womit sie den Hund zudecken könnte. Schließlich fand sie einen weggeworfenen zerfledderten Werbeprospekt, breitete ihn an Stelle des Pullis über den Hund und beschwerte ihn mit etwas Sand, damit er nicht wegflog. Jan streichelte den Sandhaufen noch einmal ausgiebig und ließ sich schließlich von Florence auf die Schulter nehmen.

Sie beeilte sich, da sie ja schon eine Dreiviertelstunde zu spät war. Als sie jedoch an der Apotheke vorbeikamen, an der eine elektrische Tafel die Temperatur und die Uhrzeit im Wechsel anzeigten, sah sie, dass es erst achtzehn Uhr fünfundzwanzig war. Diese blöde Kuh hat mich belogen, dachte Florence. Erst sehr viele Wochen später sollte sie herausfinden, dass die Schwaben die Uhrzeit anders ausdrückten als die meisten anderen Deutschen.

Eintopf

Rainer saß im Hörsaal. Er fror, denn der Saal war eine jener fensterlosen Gruften in der Mitte des Gebäudes, Sommer und Winter, Tag und Nacht von künstlichem Licht erhellt. Den Luftaustausch besorgte eine zugige Klimaanlage. Rainer war mit dem Bus zur Uni gefahren, weil Wolfgang das Motorrad gebraucht hatte, da sein Auto gerade in der Werkstatt war. Es war wieder einmal ein sehr heißer Tag und Rainer war leicht verschwitzt angekommen. Nun wartete er frierend auf das Ende der todlangweiligen Vorlesung.

Der Professor sprach von politischer Verantwortung. Manchmal war sich Rainer nicht sicher, ob er hierhergehörte. Drei Reihen vor ihm saß Hans, ein Kommilitone, mit dem Rainer einmal zusammen ein Referat vorbereitet hatte. Hans hatte ihm von einem Schlüsselerlebnis nach einer verpatzten Hausarbeit erzählt. Er hatte plötzlich nichts mehr gewusst und sich frei gefühlt und hatte dann eine Nacht bei den Pennern unter der Brücke verbracht. Aber, dachte Rainer, was bringt es, wenn man ein solches Schlüsselerlebnis hat, für einen Tag zum Penner wird, um dann doch wieder hier drin zu sitzen und diesem Professor Müller zuzuhören?

Rainer versuchte nun seinerseits, sich zu konzentrieren, indem er sich Notizen auf einem ziemlich zerfledderten karierten Block machte. Das ist wichtig, versuchte er sich einzureden, das kommt vielleicht in zwei Jahren in der Prüfung dran. Und in der Hausarbeit könnte man auch den einen oder anderen Satz fallen lassen, so wie der Professor es hören will, das macht einen guten Eindruck. Doch schon nach zehn Minuten wurden aus den Wörtern Zeichnungen. Er zeichnete eine Sonne und Palmen und das Meer. Dann machte sich der

Kugelschreiber selbstständig und zeichnete eine nackte Frau dazu. Schließlich folgte ein Motorrad.

Der Kugelschreiber glitt sanft aus seiner Hand. Als seine Stirn mit einem hörbaren Rums auf dem Tisch landete, schreckte Rainer hoch. Er schaute nach vorne. Der Professor schien außer seinem eigenen Vortrag nichts zu bemerken. Der könnte sich ein Zusatzeinkommen verdienen, indem er seine Vorlesungen auf CD als Einschlafhilfe bei Insomnie verkauft, dachte Rainer. Er versuchte, eine bequeme Sitzposition auf dem schaurig harten und steifen Klappstuhl zu finden. Im Hörsaal war es ein Vorteil, so klein zu sein. Der arme Wolfgang wäre hier eingezwängt wie in einem Schraubstock. Rainer hielt sein Blatt Papier prüfend auf Armeslänge von sich. Die Zeichnung war gar nicht so schlecht. Vielleicht hätte er lieber Kunst oder Grafik-Design studieren sollen. Wenn nur diese Vorlesung endlich vorbei wäre!

Plötzlich bohrte sich von hinten etwas in seinen Nacken. Er drehte sich um. Eine Bebrillte mit orange gefärbten, aber fettigen Haaren bedrohte ihn mit einem Bleistift. In ihrem Gesicht war der Hass, der sich in Jahrhunderten der Frauenunterdrückung angesammelt hatte, und entlud sich nun gegen ihn, Rainer, der es gewagt hatte, eine nackte Frau auf seinen Notizblock zu zeichnen.

»Musst du irgend einen Komplex kompensieren?«, zischte sie.

Was sollte ein vernünftiger Mann darauf antworten? Rainer gingen viele Möglichkeiten durch den Kopf: Sein allererster Gedanke war: »Wasch dir die Haare.« Sein zweiter: »Besprich das lieber in deiner Lesbengruppe.« Beim dritten Gedanken schweifte er bereits ab, er schaute wieder auf seine Zeichnung und war aufs Neue erstaunt, wie anatomisch brillant ihm der Frauenakt gelungen war.

»Jetzt bist du sprachlos, das hätt ich mir ja denken können. Das ganze Gehirn zwischen den Beinen.«

»Wasch dir die Haare«, sagte Rainer zerstreut und nur halb umgewandt.

Die Frauenrechtlerin zischte immer noch, aber Rainer kümmerte sich nicht weiter darum und klopfte erleichtert auf den Tisch als Anerkennung für Professor Pingels einschläfernden Vortrag, der soeben zu Ende war.

Es war Viertel vor eins. Man sollte etwas essen, dachte Rainer, am besten etwas Billiges, jetzt, wo ich arbeitslos bin und der Urlaub naht.

Die Mensa war nur zweihundert Meter entfernt. Heut ess ich Eintopf, beschloss Rainer, Eintopf macht satt und kostet nicht so viel wie Stammessen. Vielleicht gibt's heute lecker Milchreis mit Zimt und Zucker.

Das Mensaessen war an sich schon eine traurige Angelegenheit, aber der Eintopf war sozusagen der Gipfel an Tristesse. Zur Eintopfausgabe musste man ganz nach oben. Rainer legte seine Marke auf die Edelstahltheke. Er war der einzige Eintopfesser. Das ist doch gar nicht schlecht, dachte er, da muss man wenigstens nicht Schlange stehen. Beim Stammessen gibt's heute Schnitzel mit Pommes und Salat, wie einfallslos, und die Schlange steht die ganze Treppe runter wegen so 'nem ollen Schnitzel, da probier ich doch lieber eine örtliche Spezialität, Krautspätzle, das hört sich doch gut an, versuchte Rainer sich den Eintopf gut zu reden. Er konnte sich nicht recht vorstellen, was es mit Krautspätzle auf sich hatte.

Ein Mädchen im weißen Kittel mit einer Plastikduschhaube auf dem Kopf und Aidshandschuhen an den Händen langte mit einem Schöpflöffel in einen riesigen Zuber und matschte eine graugelbe Masse in einen Napf.

»Guten Appetit!«, wünschte sie.

»Danke«, sagte Rainer und ihm gruselte.

Mit dem Napf in der Hand sah er sich nach einem Platz um. An einem kleinen Tisch saß ein adrett gekleideter Afrikaner mit dem gleichen Eintopfnapf. Rainer fragte, ob er sich dazusetzen könne. Am Nebentisch aßen alle Schnitzel. Rainer hatte furchtbaren Hunger, aber die Pampe in seiner Schüssel sah nicht essbar aus. Der Afrikaner aß todesmutig. Aber in Afrika herrscht ja auch oft Hungersnot, dachte Rainer, da ist man froh über jede bescheidene Mahlzeit. Nimm dir ein Beispiel daran, ermahnte er sich, sei nicht so hochmütig. Mit einem Seufzer versenkte er seinen Löffel in der Matsche und führte ihn zum Mund. Total verkochtes Sauerkraut und klebrige Teigmasse vereinten sich zu einem unvergesslichen Geschmackserlebnis.

»Wer hat das erfunden?«, murmelte Rainer vor sich hin und zwang sich zu schlucken.

Der Afrikaner schob seinen halb vollen Napf von sich. »Das schmeckt schlecht«, sagte er, »ich dachte immer, meine Schwester kann nicht kochen. Aber da hatte ich das hier noch nicht probiert.«

Rainer hatte unterdessen tapfer noch vier Löffel geschafft. »Da muss man durch«, sagte er, »das ist deutsche Wertarbeit.«

Vor sich hin rülpsend ging Rainer nach dem Essen in der Gluthitze den Berg hoch. Bei jedem Aufstoßen offenbarte sich ihm von Neuem die unglaubliche Geschmackskomposition. Er hatte die ganze Schüssel leer gelöffelt. Das war tief in ihm verankert. Man muss seinen Teller leer essen, sonst regnet es, und für schlechtes Wetter will man ja schon gar nicht verantwortlich sein. Iss nicht weiter, hatte der Afrikaner ihn noch gewarnt, sonst bekommst du eine Vergiftung. Womöglich hatte er recht gehabt: Bestimmt gab es eine Mensamafia, die heimtückisch die armen Eintopfesser vergiftete, um die Unis für die Oberschicht freizuhalten.

Rainer war schlecht und er hatte Durst. Das T-Shirt klebte an seinem Rücken. Sein Weg nach Hause führte ihn jedes Mal an dem Ort seines Wodka-Absturzes, dem braunen Hochhaus mit der Nummer 15, vorbei. Bisher hatte er es immer verschoben, seine vergessenen Turnschuhe endlich wiederzuholen. Er hatte darauf gehofft, dass Viktor sie ihm zur Arbeit mitbringen würde. Aber nun war es aus mit Bierzapfen.

Hoffentlich ist diese Anna nicht da, dachte Rainer, und hoffentlich ist Viktor da.

Er stieg in den Aufzug. Es war dämmrig und kühl, als er im neunten Stock ausstieg und in den schmalen Korridor trat. Er klopfte an Viktors Zimmertür.

Keine Antwort.

Er klopfte wieder.

Nichts.

Schließlich ging er zur nächsten Tür und klopfte dort. Vielleicht wusste der Nachbar, wo Viktor steckte.

Die Tür öffnete sich und eine Flut von Licht schwappte in den düsteren Flur. Rainer war geblendet und sah im ersten Moment nur die Silhouette einer sehr großen Frau. Dann erkannte er sie. Auch sie erkannte ihn und wurde rot.

Nach einigen Augenblicken löste sich endlich seine klebrig-trockene Zunge. »Weißt du, wo Viktor ist?«

»Vikt*or*?« Sie betonte die letzte Silbe. »Er ist nischt da. Soll isch ihm etwas von dir sagön?«

»Ich habe meine Schuhe bei ihm vergessen und wollte sie holen …« Rainer fühlte sich entsetzlich dämlich. Gab es einen dümmeren Satz unter der Sonne? Wer vergaß schon seine Schuhe?

Die Große trat in den Flur und öffnete Viktors Zimmertür. Ein zweiter Lichtschwall ergoss sich in den Korridor. Sie trug abgeschnittene Jeans. Ihre Beine waren braun und schienen niemals zu enden. Die Spitzen ihrer Haare, die etwas unordentlich aus einer Spange herausragten, leuchteten kastanienbraun in der Sonne.

»Du kannst suchen deinö Schuhö in Viktors Zimmer. Er schließt nie ab.«

Rainer starrte zerstreut in ein muffiges Durcheinander von Bettzeug, Klamotten, leeren und halb leeren Flaschen, ungespülten Gläsern und Büchern.

»Willst du, dass isch dir 'elfö bei die Suche? Viktor ist sehr unordentlisch. Wie sehön deine Schuhö aus?«

Rainer sah sie an. Er konnte sich auf einmal nicht mehr erinnern, wie seine Turnschuhe aussahen. Eigentlich war es auch unwichtig. Aber irgendetwas musste er sagen. Er schaute abwechselnd von dem Mädchen zu dem Durcheinander. Plötzlich sah er seine Schuhe halb verdeckt von einem gelben Lappen in der Ecke stehen.

»Ich sehe sie«, rief er freudig und zog die Schuhe unter dem Lappen hervor. »Danke, dass du mir geholfen hast.«

»Isch 'abö gar nischts gemacht«, sagte das Mädchen. »Wie 'eißt du? Damit isch Viktor sagön kann, dass du warst 'ier.«

»Rainer.«

»Enchantée, Rainör. Isch bin Florence.«

»Danke noch mal«, sagte Rainer hilflos mit seinen Turnschuhen in der Hand. »Ich geh dann ma' wieder.«

»Tschüss«, sagte die Große und die Sonnenschleuse schloss sich.

Rainer blieb allein und verdattert im dämmrigen Flur zurück.

Jazz im Keller

Für diesen Abend hatte Günther Florence zu einem Jazz-Konzert eingeladen. Florence machte sich nicht viel aus Jazz und noch weniger aus Günther. Dieser kleine Rainer ging ihr nicht aus dem Kopf. Nun hatte sie sogar mit ihm gesprochen, aber irgendwie lief immer alles falsch. Wahrscheinlich war er eingeschüchtert durch ihre Größe. Ihr trieb es dafür jedes Mal die Schamesröte ins Gesicht, weil ihr Jan vor ihm die Hose heruntergezogen hatte. Er war so niedlich gewesen, wie er da unbeholfen in seinem verschwitzten T-Shirt nach seinen Schuhen Ausschau gehalten hatte. Vielleicht ist das nur so eine Art Mutterinstinkt, dachte Florence zweifelnd, warum gefallen mir immer die Kleinen?

Sie beschloss, Günthers Einladung anzunehmen, vor allem deshalb, weil er vorgeschlagen hatte, vor dem Konzert noch in den Biergarten zu gehen. Florence wusste von Viktor, dass Rainer auch dort arbeitete und hoffte, ihn zu sehen.

Als Günther und Florence in den Biergarten kamen, sahen sie Viktor, wie er mit einem großen rechteckigen Kunststoffkorb die leeren Krüge und Gläser von den Tischen abräumte. Als er die beiden bemerkte, grüßte er nur flüchtig. Er hatte wohl viel zu tun. Also holten sie sich Getränke und setzten sich an einen der orangefarbenen Biertische auf eine unbequeme schmale Bank. Florence nippte an ihrer Cola und ließ den Blick kreisen. Keine Spur von Rainer, dachte sie enttäuscht. Günther sprach über Jazz. Florence nickte hin und wieder zerstreut und hörte nicht auf, sich nach Rainer umzusehen.

Um halb neun begann Günther nervös zu werden und drängte zum Aufbruch. »Bold fongen's an zu spuin«, sagte er. »Des dürf mer net verpossen.«

Rainer spricht als Einziger weit und breit richtiges Deutsch, dachte Florence. Ich habe alles verstanden, was er gesagt hat. Na gut, er hat nicht viel mehr gesagt, als dass er seine Schuhe vergessen hat, aber wie er das gesagt hat …

»Du redst heut net viel«, sagte Günther vorwurfsvoll, während sie durch enge Gassen mit alten Fachwerkhäusern gingen.

Florence versuchte, sich zusammenzunehmen. Nun, da sie Rainer nicht gesehen hatte, war ihr die Lust auf einen ganzen Abend mit Günther vollends vergangen.

»Isch muss viel zu'ören«, sagte sie. »Isch lernö beim 'ören.«

Das fasste Günther als Aufforderung zu ungebremstem Weiterreden auf. Er erzählte von dem Bassisten, der nachher spielen würde, als ob es sich dabei um den Königin von England handelte, bis sie an einem eher unscheinbaren Lokal ankamen.

Günther sprach mit dem Mann, der am Eingang an der Kasse saß. Die Band würde erst später spielen, da bisher nur wenige Zuhörer da waren, also holten sie sich an der Bar etwas zu trinken und sie setzten sich vor das Lokal auf die niedrigen Fenstersimse vor den kleinen schmutzigen Fenstern. Nach und nach kamen Leute, die sich Karten für das Konzert kauften, sich dann aber auch mit ihren Getränken ins Freie setzten, denn es war noch sehr warm und noch nicht einmal dunkel draußen. Günther hatte bereits zwei Eintrittskarten von dem Bassisten bekommen. Er war ungemein stolz darauf, ihn zu kennen, und als der Musiker mit seinem Kontrabass ankam, ging Günther auf ihn zu, um ihn zu begrüßen. Der Bassist hatte jedoch nur ein kühles Kopfnicken für ihn übrig.

Leider drangen nun erste schräge Akkorde nach draußen, was bedeutete, dass man nun hineingehen musste. Alle drängten in die düstere Höhle, nur Florence trödelte herum. Die Luft war schlecht. Große schwarze Lautsprecher auf Stelzen starrten bedrohlich ins Publikum. Dazu ein Schlagzeuger, ein

E-Piano und der unsympathische Bassist, die mit dem ersten Stück begonnen hatten. Günther schien neben Florence in Ekstase zu geraten und sie verstand nicht, warum. Falsch, dachte sie. Ganz falsch. Das ist nicht meine Musik. Sie musste gähnen und schaute sich um. Hoffentlich hatte es keiner von den Musikern gesehen, Florence und Günther standen nämlich ganz vorne. Aber die Leute von der Kapelle waren hochkonzentriert, oft mit seltsam entrückten Gesichtern bei besonders schiefen Akkorden.

Eigentlich, dachte Florence, spielen die nicht für das Publikum, sondern für sich selbst. Wir müssen quasi dafür bezahlen, dass die ihr Hobby ausüben können. Lediglich die Lautsprecher kommunizieren, aber nur in eine Richtung. Sie schaute nun direkt in die Gesichter der Musiker. Alle waren in sich gekehrt, keiner nahm Blickkontakt zu den Zuhörern auf, nicht einmal versehentlich. Obwohl sie die Musik nicht mochte, merkte Florence, dass die Leute Virtuosen auf ihren Instrumenten waren. Warum, dachte sie, machen sie dann nicht schönere Musik? Gerade spielte der Bass ein Solo. Dann der Pianist. Irgendwann erst, nach einer Ewigkeit, wie es Florence schien, kamen sie wieder auf das Thema, mit dem sie begonnen hatten, zurück. Florence hatte es in der Zwischenzeit schon vergessen gehabt. Heimlich versuchte sie nun, einen Blick auf Günthers Armbanduhr zu werfen. Sie verdrehte den Kopf, um das Zifferblatt richtig sehen zu können. Erst kurz vor zehn. So eine Langeweile. Wieder Applaus. Die Luft war unerträglich, die Musiker schwitzten.

Das zweite und dritte Stück unterschieden sich in Florences Wahrnehmung nicht vom vorherigen. Keinem kann das ernsthaft gefallen, dachte sie und schaute sich um. Blasse Leute, manche in Batikhosen und Jesuslatschen, andere pseudointellektuell mit hässlichen Brillengestellen und ganz in Schwarz und Grau gekleidet, die so taten, als verstünden sie etwas von Musik, dabei konnten sie nicht einmal den Takt mitklopfen.

Günther schaute kurz zu Florence herüber. »Gfallts dir?«, fragte er freudig, denn er hatte ihre abwesende Philosophiermiene wohl für Versunkenheit gehalten.

»Na ja«, gab sie zur Antwort.

Sie hatte herausgefunden, dass das die Deutschen oft sagten. Es war unbestimmt und man musste sich nicht festlegen.

Endlich war Pause. Die Musiker erhoben sich. Der Bassist stellte seinen Kontrabass an die Wand und die Eingangstür wurde wieder aufgerissen. Alle strömten zur Bar, um sich mit Getränken zu versorgen, und dann nach draußen. Die besten Plätze auf den Fensterbänken waren sofort belegt, also setzten sich Florence und Günther auf den Bürgersteig. Viele Leute standen einfach nur herum. Florence nippte an ihrem Bier, das Günther ihr besorgt hatte. Es kam in einem seltsam geformten hohen Glas daher und schmeckte nicht ganz so bitter wie das, was sie bisher probiert hatte. Eine Cola wäre ihr trotzdem lieber gewesen. Oder Wein.

Die Leute von der Band hatten sich auch zu den Gästen gesellt und ließen sich beweihräuchern. Günther hatte sich erhoben und drückte sich um den Bassisten herum wie ein japsender Hund vor seinem Herrchen. Wie kann man sich vor so eingebildeten Leuten so demütigen, fragte sich Florence. Günther wies mit dem Kinn in ihre Richtung. Der Bassist schaute zu ihr herüber und verzog das Gesicht zu einem hochmütigen Lächeln. Florence starrte finster zurück. Das kalte Glas wurde langsam wärmer in ihrer Hand. Eigentlich, dachte Florence, habe ich keine Lust, noch einmal in diese Spelunke hineinzugehen und die abgefahrene Musik von diesen eingebildeten Idioten anzuhören. Nach und nach drängten wieder alle nach drinnen. Die für eine halbe Stunde offene Tür hatte nicht vermocht, auch nur einen geringen Luftaustausch zu bewirken. Die dicke Luft stand wie eine zähe Masse im Raum, wie ein fester Körper, der nicht durch die enge Tür hindurchpasste. Florence holte ein letztes Mal tief Luft, bevor sie in das Halbdunkel der Kneipe trat. Günther hatte sich wieder ganz vorne platziert. Dort war die Luft noch schlechter. Die Musiker stimmten erneut ihre Instrumente, der Schlagzeuger zählte ein und wieder betrieben die großen schwarzen Lautsprecher ihre einseitige Kommunikation.

Florence hielt sich an ihrem Bierglas fest. Das ockergelbe Getränk war schon lauwarm, aber wenigstens hatte sie nun etwas zu tun gegen die Langeweile, sie konnte immer wieder das Glas zum Mund führen und etwas trinken. Wahrscheinlich, dachte sie, rauchen die Leute nur, weil sie nervös sind oder ihnen langweilig ist und sie ihre Hände beschäftigen müssen. In solchen Momenten wünschte sich Florence manchmal auch, Raucherin zu sein. Erst das Paket herausholen, die Zellophanfolie entfernen, falls es eine neue Schachtel war, dann das Alupapier wegreißen, dann eine Zigarette herausholen, ein Feuerzeug in allen Taschen suchen, die Kippe anzünden, inhalieren. Oder, noch besser, Zigaretten selber drehen, da konnte man sich in besonders öden Situationen gleich einen Vorrat basteln. Ihr blieb nichts anderes, als an ihren Haaren herumzunesteln, dumm nur, dass sie heute keine Spange trug, die man auf- und zuschnappen lassen konnte.

Nach zwei Stücken, die sich wiederum kaum unterschieden, war Florences Bierglas vor lauter gelangweilter Verzweiflung leer und ihr war schwindlig. Sie sagte zu Günther, dass sie ein bisschen frische Luft brauche, und drängte sich zur Tür. Die Leute machten unwillig Platz. Draußen setzte sie sich auf die Fensterbank. Die Luft war lau. Die Gasse war sehr eng und mit Kopfsteinen gepflastert. Auf der gegenüberliegenden Straßenseite befand sich ein Fachwerkhaus, dessen Giebel überhing, und man hatte das Gefühl, das Haus stürze jeden Moment auf die Gasse. Es wird schon nicht gerade heute, wenn ich hier sitze, über mir zusammenbrechen, dachte Florence. Das wäre noch unwahrscheinlicher als ein Lottogewinn.

In den Ritzen zwischen den Kopfsteinen wuchsen dickes grünes Moos und kleine Blattpflänzchen. Als Kind hatte sich Florence immer gewünscht, so klein wie ein Käfer zu sein, damit eine Blumenwiese wie ein riesiger bunter Urwald für sie wäre, so wie für die Wichtel in den Märchenbüchern, die ihre Häuser in ausgehöhlten Fliegenpilzen hatten.

Was Rainer wohl gerade machte? Wieso war sie überhaupt hierhergekommen? Sollte sie jetzt Tag und Nacht im Biergarten sitzen und hoffen, dass er irgendwann Dienst hatte? Das war alles irgendwie deprimierend. Und da drinnen in dem dunklen Loch stand ein Günther und erwartete von ihr Begeisterung über eine Musik, die Florence nicht als Musik bezeichnen würde, sondern als Tonexperimente, die sie nicht hören wollte.

Ihre Gedanken wurden plötzlich unterbrochen, als sie sich von Entenfußsandalen und spitzen Robin-Hood-Schuhen umgeben sah. Ein komisches Gefühl, tiefer als alle anderen zu sein und nur auf deren Füße zu schauen. So musste Jan wohl die Welt sehen. Dicht neben ihr standen zwei ziemlich große Füße in braunen Lederschuhen und sie hörte den Mann fragen: »Ist das nicht deine Freundin, äh, wie heißt du noch mal?«

»Günther«, hörte Florence seine Stimme unterwürfig oberhalb seiner breitgetretenen Entenfußsandalen sagen.

»Willst du sie mir nicht vorstellen? Sie sieht so einsam aus«, sagte die erste Stimme wieder.

Florence merkte jetzt erst, dass über sie gesprochen wurde, klappte sich zu voller Länge auseinander und sah sich Günther und dem hochnäsigen Bassisten gegenüber, der leider etwas größer als sie war.

»Florence, das ist Ralf, der Bassist von Jazz Sensation. Ralf, das ist Florence, meine französische Nachbarin.«

Ralf streckte ihr die Hand hin. Das war gut so. In Frankreich hätte sie mit ihm jetzt Wangenküsschen austauschen müssen, worauf sie überhaupt keine Lust hatte. Ralf. Was für ein blöder Name. Fast wie Alf.

»Du kommst aus Frankreich? Sehr schön. Wie hat dir das Konzert gefallen?«

»Isch 'abö fast gar nischt zuge'ört, weil isch war 'ier draußön«, sagte Florence.

»Ihr war a bissl schlecht«, sagte Günther entschuldigend, denn er befürchtete wohl, dass der bewunderungsgewohnte Ralf sonst gekränkt sein könnte. Florence ärgerte sich über Günther und über sich selbst, dass sie überhaupt hierhergekommen war und nicht im Biergarten gewartet hatte, ob Rainer vielleicht noch aufgetaucht wäre.

»Isch mag kein Jazz«, sagte sie bissig.

Günther wurde rot und trat sie vors Schienbein.

Der Bassist zeigte sich unbeeindruckt und lächelte überheblich und lüstern in Florences Richtung. »Du brauchst eben noch Anweisung. Komm doch mal zu mir, ich habe eine riesige Jazzplattensammlung, dann zeig ich dir, wie das alles entstanden ist. Ich geb dir meine Karte.« Er nestelte in seiner Hosentasche herum.

Günther stand stumm daneben.

»Ist nischt nötig«, sagte Florence. »Isch brauche keinö Anleitung für Musik. Wenn isch 'öre Musik und sie gefällt mir nischt, dann sie gefällt mir auch nischt mit Anleitung.«

Bei sich dachte sie noch, so einen Scheiß können sich auch nur Deutsche ausdenken, Musik hören mit Anleitung!

Ralf drückte ihr seine Visitenkarte in die Hand. »Ruf mich an«, sagte er und drehte sich zu seinen Bewunderern um. Günther bedachte er mit keinem Blick.

Florence ließ die Karte achtlos auf den Boden fallen. Was für ein Kotzbrocken.

Stocherkahn

»Kannst du stochern?«, fragte Wolfgang Rainer, als sie einmal wieder bei Triadaphilos saßen.

»Was soll das für eine blöde Frage sein? Stochern? Worin? Im Essen oder was?«

Wolfgang verdrehte die Augen. »Rainer, du wohnst nun schon ein Jahr in Tübingen. Du weißt, was ›Stochern‹ bedeutet.

»Ach so. Ähm, ich hab's noch nie gemacht, aber das kann ja nicht so schwer sein. Und warum willst du das wissen, hm?«

»Weil ich meinen Geburtstag auf dem Stocherkahn feiern will. Und damit ich selber nicht die ganze Zeit stochern muss, dachte ich, du könntest mich ablösen. Aber wenn du es noch nie gemacht hast, vergiss es.«

»Wie, ›vergiss es‹? Natürlich kann ich das!«

Wolfgang seufzte. Rainer war einfach nicht zu helfen.

»Woher hast du überhaupt einen Kahn?«, fragte Rainer nun, »sag bloß nicht, von so fechtenden Verbindungshirnis, dann geh ich nämlich nicht mit.«

»Die Fachschaft Sport hat einen, du Miesmacher. Ah, da fällt mir ein, ich lad sowieso auch Klausi und Domi ein, die können stochern.«

»Klausi und Domi. Supi«, flötete Rainer, »und welche Mädels?«

»Da kommen schon welche. Vergiss nicht, dass ich auch Romanistik studiere. Frauenquote 85 Prozent.«

»Na dann is ja gut. Darf ich auch jemanden mitbringen?«

»Klar. Aber bitte nicht diese Träne da, die bei dir wohnt, ich hab seinen Namen vergessen, der alle Frauen anstiert, als wär's ne Peepshow, und das Maul nicht aufkriegt …«

»Michael? Keine Sorge. Der kommt bestimmt nicht mit.«

Rainer hatte einen Plan und betete zur Jungfrau Maria, dass er funktionierte.

Als Florence den Hörer abnahm, hörte sie zuerst nur ein lautes Räuspern und dachte, dass irgendein Knallkopf sich einen Scherz erlaubte, doch dann erkannte sie die Stimme, die sie aus dem lautesten Geräuschgewirr noch herausfiltern könnte, die etwas wie: »Hallo, hier is Rainer« nuschelte.

»Rainör? Schön, disch zu 'ören.«

Stille.

»Rainör?«

»Ähm, ja, sorry, ähm …«

»Wolltest du spreschön mit Viktor?«

»Ähm, was? – Viktor … ähm … nöö … also, eigentlich wollte ich dich zu Wolfgangs Geburtstag einladen …«

»Gernö. Wer ist Wolfgong?«

Florence grinste so breit, dass es beinahe ihr Gesicht sprengte. Ihr Herz klopfte wild und sie war froh, dass sich gerade niemand außer ihr im Flur befand und sie dieses Gefühl auskosten konnte.

Rainer unterdessen haute sich mit der Faust gegen die Stirn und schnitt Grimassen. Sie muss mich für den letzten dahergelaufenen sprachbehinderten Vollpfosten halten. Adieu, dachte er, das war's.

»Rainör? Bist du noch da?«

»Ähm, ja.«

»Rainör, wann ist die Geburtstag? Und wo?«

»Ähm, also, das ist, also, ähm, übermorgen. Samstagabend. Am Neckar. In einem Stocherkahn.«

»Was ist ein Stocherkahn?«

»Ein Kahn, den man stochert.«

Rainer war der Ohnmacht nahe. Was war mit seinem Gehirn los? Reiß dich zusammen, ermahnte er sich, du versaust es gerade.

»Ein Stocherkahn ist ein Boot. Ein komisches langes Holzboot.«

»Très bien. Isch liebö Bootö!«

»Also prima, ich hole dich übermorgen um halb acht ab.«

»Très bien. Isch freuö misch.«

Rainer legte den Hörer auf. Er konnte noch nicht fassen, dass es geklappt hatte. Eigentlich hatte er geplant, Viktor anzurufen und ihn zusammen mit Florence einzuladen. Die Möglichkeit, dass sie ans Telefon ging, hatte er gar nicht bedacht – aber so war es noch besser. Ein wohliges Gefühl breitete sich in ihm aus. Er warf das Telefon auf sein Bett und machte einen Luftsprung.

Florence unterdessen ließ sich auf ihr Bett fallen und rief sich jede einzelne Silbe dieses niedlichen Rainer-Gestammels wieder und wieder ins Gedächtnis. Er hatte ihre Frage nach dem Gastgeber, jenem Wolfgang, nicht beantwortet, aber das war sowieso nebensächlich. Hauptsache, Rainer würde da sein. Sie seufzte laut, doch plötzlich sprang sie vom Bett hoch wie ein Teufelchen aus der Schachtel und riss die Schranktür auf. Sämtliche Klamotten landeten auf dem Bett oder dem Fußboden. Es war nicht viel. Eben nur das, was in den Rucksack gepasst hatte.

Am Samstag klopfte es fünf vor halb acht an Florences Zimmertür. Sie war noch in der Unterhose. Erstens hatte sie sich trotz der geringen Auswahl für kein Outfit entscheiden können, zweitens hatte sie es nicht für möglich gehalten, dass jemand so pünktlich sein konnte und sogar noch früher als angekündigt kam. Das war ihr in Frankreich noch nie passiert. In Panik öffnete sie die Tür nur einen Spalt, vergewisserte sich, dass da tatsächlich Rainer stand und rief: »Isch bin noch nischt fertisch, isch misch beeilö.«

Diese Stimme! Dieser Akzent! Und Rainer meinte, einen flüchtigen Blick auf eine nackte Schulter erhascht zu haben. Am liebsten hätte er sich mit Gewalt Zutritt verschafft, um an Ort und Stelle über sie herzufallen. Aber das tat er natürlich nicht. Das konnte man heutzutage nicht mehr machen. Vielleicht wäre das damals in der Steinzeit noch gegangen. Da war die Zeit auch noch kostbarer gewesen. Man hatte eh nicht lange zu leben gehabt, und während des bisschen Lebens musste man zusehen, dass man sich vermehrte. Warum hatte man überhaupt die Zivilisation erfunden? Womöglich fiel in den nächsten Stunden ein Meteorit auf die Erde, löschte alles Leben aus und man hatte den Moment verpasst, die schönste Frau der Welt in den Armen zu halten.

Er hörte, wie es drinnen raschelte, und stellte sich vor, wie sich Florence ein Höschen überstreifte, den BH zuhakte … Die Reaktion in der Hose erfolgte prompt und Rainer zwang sich, an eine Müller'sche Politikvorlesung zu denken. Er legte die beiden Motorradhelme auf den Boden, um die Hände frei zu haben. Ein Motorrad war schon etwas Tolles. Da mussten die Mädels schon dicht ranrutschen, ob sie wollten oder nicht, und die Arme um einen legen …

Als plötzlich die Tür aufgerissen wurde, erschrak er. Wieder stand Florence mitten im Licht, dieses Mal in goldener Abendsonne, und sah noch hinreißender aus als sonst, wenn das überhaupt möglich war.

»'allo Rainör«, sagte sie, beugte sich zu ihm herunter und küsste ihn auf beide Wangen.

Er wurde knallrot. Theoretisch wusste er schon, dass die Franzosen das so machten, aber es hatte ihn nun doch überrascht.

»Hallo Florence«, brachte er endlich heraus. »Alles klar?«

Sie ging noch einmal ins Zimmer zurück und holte eine Flasche Rotwein, die sie in ihren Rucksack steckte.

»Für dein Freund.«

Rainer konnte einen Blick auf das Kämmerchen werfen, das ihm wie das Allerheiligste erschien. Ein ordentlich gemachtes Bett, auf dem Schreibtisch ein paar akkurat gestapelte

Bücher, nur ein Blümchenkleid hing unaufgeräumt über dem Stuhl. Wie bekamen Frauen das immer hin?

Florence verschloss die Tür. Sie trug wieder ihre abgeschnittene Jeans, ein gelbes T-Shirt und Turnschuhe.

»Du siehst toll aus«, sagte Rainer.

»Dankö. Aber isch 'abe nischts anzuziehön. Ist alles in Fronkraisch …«

»Aber du hast doch was an«, meinte Rainer wie immer spitzfindig.

Und dachte bei sich: leider!

Er hob die beiden Helme auf. »Wir fahren mit dem Motorrad, wenn's dir recht ist.«

»Na klar! Isch bin schon longe nischt mehr Motorrad gefahrön. Isch freuö misch!«

Sie standen vor dem Aufzug, der irgendwie nicht kommen wollte. Dafür kam Viktor mit einer Edekatüte durch die Korridortür.

»Hallo Frrroinde! Rrrainerrr! Florrrence! Wohin geht ihrrr?«

»Su einö Geburtstag. In einöm Boot.«

»Das ist gut. Ich komme mit.«

Entschlossen trat Viktor mit ihnen in den Aufzug, dessen Tür sich soeben öffnete und Carla ausspuckte.

Rainer blieb stumm vor Empörung. Hatte er richtig gehört? Wer hatte diesem Trottel im Hawaiianzug geläutet?

Doch schon schloss sich die Schiebetür und der Fahrstuhl ratterte nach unten. Florence warf Rainer einen entschuldigenden Blick zu. Es brodelte in ihr.

Dann sagte sie lauter als gewöhnlich: »Aber Viktor, du bist nischt eingöladön!«

»Macht nichts«, entgegnete Viktor fröhlich, »ich kenne Rrrainerrr, ich kenne dich. Ich habe Wodka. Das genügt.«

Zur Bekräftigung hob er die Tüte hoch, aus der es leise klirrte, also mussten mindestens zwei Flaschen darin sein. Lief der etwa sein ganzes Leben mit Wodkaflaschen spazieren, falls es was zu feiern gab?

Rainer schwieg. Wieso musste immer etwas schiefgehen? Aber er beschloss, sich den Abend nicht verderben zu lassen. Heute würde er Florence näherkommen und niemand würde ihn davon abhalten. Und er würde dieses Mal mit Sicherheit keinen Wodka trinken. Er dankte seinem Schöpfer, dass er das Motorrad hatte und dass da nur zwei Leute draufpassten. Vielleicht würde sich Viktor ja auf dem Weg zur Anlegestelle verlaufen.

»Rutsch ganz dicht an mich ran«, sagte Rainer, nachdem er die Maschine gestartet hatte. Zum Glück war sie nach dreimal Treten angesprungen. Das wäre ja sonst wieder voll peinlich gewesen. »Und die Hände um meine Taille.«

Er spürte Florences Becken an seiner Hüfte und ihre Hände an seinem Bauch. Konzentrier dich auf die Straße, ermahnte er sich, denn er fühlte sich von wohligen Schaudern durchdrungen.

»Also, los geht's!«

Klickend rastete der erste Gang ein und Rainer fuhr schwungvoll um die Kurve. Genau so musste das sein.

Wolfgang war schon von weitem zu sehen. Er lud Bierkisten in einen Stocherkahn an der Anlegestelle vor dem ehemaligen französischen Offizierskasino. Einige Leute saßen schon darin.

Rainer war mit Florence nicht direkt zum Neckar gefahren, sondern hatte erst noch einen kleinen Umweg über Hohenentringen gemacht und es genossen, wie sie beim Bremsen noch weiter auf ihn draufgerutscht war.

Zwei Schwäne watschelten über die Halbinsel, die anderen schliefen schon mit verdrehten Hälsen und dem Kopf unter dem Flügel. Der Neckar floss friedlich Richtung Stuttgart an diesem warmen Sommerabend, so wie er es immer tat.

Rainer streifte Florences nackten Arm. »Siehst du den langen Lulatsch da mit den Bierkästen? Das is Wolfgang.« Rainer ging auf ihn zu und boxte ihn in die Rippen. »Alles Gute,

Mann. Ich hab kein Geschenk für dich. Ich kauf dir ein Bier im Urlaub. Oder zwei. Da haste wenigstens was von.« Er haute ihm zur Bekräftigung noch auf die Schulter, wozu er sich schon ziemlich recken musste.

»Kein Ding, Raini. Ich weiß ja, von wem's kommt«, grinste Wolfgang. Auch er boxte Rainer in die Rippen. »Wen hast du denn da mitgebracht?« Er wies auf Viktor, der sich nicht verlaufen hatte und mit seiner Tüte näher kam.

»Viktor aus Russland kennst du ja schon.«

»Aloha!«, sagte Wolfgang und prustete los ob Viktors Hawaiiaufmachung. »Ist schon Karneval?«

»Und das«, unterbrach ihn Rainer, »ist Florence aus Frankreich.«

Wolfgang hörte auf zu lachen. »Enchanté!«, rief er enthusiastisch und küsste Florence auf die Backen.

Sie drückte ihm schnell die Bordeauxflasche in die Hand. Danach sagte Wolfgang noch ungefähr zehn Sätze auf Französisch, so genau konnte man das bei dieser Sprache ja nicht identifizieren, und Florence antwortete etwas kürzer, aber Rainer fühlte sich plötzlich minderwertig. Zwar hatte er damals in der Schule auch Französisch gelernt, es seitdem jedoch gründlich verdrängt. Wolfgang, der große blonde Sonnyboy, punktete gerade bei der Frau, die Rainer über alles verehrte, und Rainer verstand fast nichts von diesem gallischen Kauderwelsch.

Doch da drehte sich Florence strahlend zu ihm um und fasste ihn an der Hand. »Komm, Rainör, lass uns ge'ön in der Boot – wie 'eißt er noch mal?«

Rainer starrte sie nur fasziniert an und spürte seine Hand in ihrer.

»Rainör? Wie 'eißt der Boot?«

Er schüttelte sich und sein Gehirn arbeitete wieder, wenn auch nur zu zwanzig Prozent. »Stocherkahn.«

Rainer stieg zuerst in das schwankende Boot und ließ Florences Hand nicht los. Sie setzten sich nebeneinander. Viktor stieg so umständlich zu, dass der Kahn in Schieflage geriet, sich dann jedoch wieder aufrichtete. In der Mitte des Kahns befand sich ein Holzkohlengrill.

»Ihr seid alle selber groß!«, rief Wolfgang vom Ufer her. »Macht euch bekannt. Ich kann mich nicht um alles kümmern.«

Rainer sah sich flüchtig um. Es waren mit ihm, Viktor und Florence ungefähr fünfzehn Personen an Bord, eigentlich zu viele für den Stocherkahn. Manche Sportkommilitonen Wolfgangs kannte Rainer flüchtig vom gelegentlichen Fußballspielen, die Mädchen aus der Romanistik gar nicht, aber er hatte sowieso nur Augen für Florence.

»Okay, wir sind vollzählig. Klausi, kannst losfahren.«

Wolfgang stieg in den Kahn, löste das Seil und Sportstudent Klausi stieß sie vom Ufer ab. Er war barfuß, hatte seine Jeans hochgekrempelt und trug weder Hemd noch T-Shirt. Bei jeder seiner Bewegungen spielten seine wohldefinierten Muskeln. Rainer warf einen kurzen Blick auf Florence. Sie schaute nicht zu Klausi, sondern zu ihm, was ihn sehr rührte. Ich seh sowieso mindestens genauso gut aus, dachte er.

»Sodele«, sagte Wolfgang. Da ein Großteil der Anwesenden Schwaben waren, hatte er auf Dialekt umgeschaltet. »Schee. Jetzt machet au des Bier uff.« Er holte die Flaschen unter den Holzbrettern hervor und gab sie in beide Richtungen durch. »Glei gibt's au no Essa. Ihr sollet ja net läba wie d' Hond …« Er kramte weiter unter den Sitzen und beförderte mit Fleisch und Würstchen gefüllte Tüten hervor.

»Was ist mit Wolfgong passiert?«, flüsterte Florence in Rainers Ohr. »Isch ihn kann plötzlisch nicht mehr verste'ön!«

Rainer wurde von wohligen Schauern durchdrungen. Sie sollte weitermachen mit ihrem Mund so nahe an seinem Ohr!

Auch er näherte sich ihrem Ohr. »Das ist bei dem so. Der kann Schwäbisch und Hochdeutsch. Französisch auch. Und kochen. Eigentlich kann er alles außer Fußball spielen. Darin ist er richtig schlecht.«

Florence kicherte, was sehr süß klang. Wie gern hätte Rainer seine Hand auf ihren nackten Oberschenkel gelegt, wagte es aber nicht.

»Prost!«, sagte er stattdessen und stieß mit ihr an.

Der Kahn glitt leise plätschernd flussaufwärts Richtung Neckarinsel. Klausi stach die Stocherstange souverän in den Flussgrund und ließ sie danach mit eleganten Bewegungen wieder durch die Hände gleiten, um sie erneut anzusetzen.

Was soll daran so schwer sein, dachte Rainer, das kann ich auch.

»Sodele«, meldete sich Wolfgang wieder, »jetzt mache mr mol a Feierle.« Er riss ein Streichholz an und hielt es an ein Stück Zeitungspapier unter der Holzkohle.

»Einö Feuör auf der Boot«, sagte Florence, »das ist verrückt. So etwas isch 'abe noch nie gese'ön. Wir werdön allö ertrinkön!«

»Keine Angst. Der Neckar ist hier zwischen knie- und hüfttief. Für dich eher knietief«, antwortete Rainer mit einem erneuten Blick auf diese unendlich langen Beine.

Inzwischen waren sie auf Höhe der Insel angelangt und fuhren an der Neckarmauer entlang. Andere Stocherkähne kamen ihnen entgegen, einige Passagiere waren schon ganz schön angeheitert.

»Ihr habt aber ziemlichen Tiefgang!«, rief ihnen einer zu. »Ihr müsst Ballast abwerfen. Das Bier und die Mädels zu uns!«

Der ganze Kahn johlte.

»Halt dai Gosch!«, schrie eins der Mädchen zurück. »Mir wissed scho, warom mir net bei eich Seggel mitfahret!«

»Apropos Fahra«, warf Klausi ein, »ko mi mol ebber ablösa? I will au mol a Bier drenga.«

Rainer überlegte. Einerseits würde er Florence gerne mit seinem, wie er fand, recht beeindruckenden Oberkörper imponieren, andrerseits wollte er auf keinen Fall seinen Platz neben ihr aufgeben. Womöglich würde sich da sonst dieser Klausi hinzwängen. Nee, nee, das durfte man nicht riskieren.

Doch da war sowieso schon Domi aufgestanden und hatte die Stocherstange übernommen. »I lass mai Hemmed o«, verkündete er, »i ko ed mit so ma Sixpack wie dr Klausi aufwarta.«

»Puuh!«, rief eins der Mädchen und die anderen stimmten ein. »Feigling!«

»Also, ihr hen's so wella.« Domi reicht Wolfgang die Stange, öffnete zwei Hemdknöpfe und zog es sich mit einer lasziven Bewegung über den Kopf. »I han halt innere Werde«, sagte er und klatschte sich auf seinen behaarten Bauch, »des ko ed jeder von sich behaupta.«

Alle applaudierten und jubelten und Domi stocherte daraufhin mit wackelnder Wampe besonders kraftvoll gegen die Strömung an. Auf dem Grill zischten inzwischen rote Würste und Schweinesteaks. Einige der Mitfahrer waren schon bei der zweiten Runde Bier. Rainer hielt sich zurück. Er hatte zwar seines auch schon beinahe leer, sah aber, dass Florences Flasche noch fast voll war. Er wollte nicht wieder so einen schlechten Eindruck wie auf der Wohnheimparty machen. Außerdem war er ja mit dem Motorrad da und wollte Florence sicher nach Hause bringen.

»Was studierst du, Rainör?«, fragte sie ihn gerade.

»Politikwissenschaft und dazu Anglistik im Nebenfach.«

»Willst du dann Lehrör werdön?«

»Lehrer? Ich? Ähm, nee, also, das kann ich mir nich vorstellen …« Er lachte laut auf. »Ich als Lehrer …«

»Wieso? Die Kinder werdön disch mögen. Und die Mädchen werdön sisch alle in disch verliebön …«

Florence rückte näher an Rainer heran. Ihre Beine berührten sich und sie schaute ihn direkt an. Grüne Augen, aus denen Funken sprühten.

Rainer wurde rot und dachte, verflixt, wieso sind hier so viele Leute?

»Wurschd isch ferdig!«, rief Wolfgang. »Wer will?«

Der Moment verflog. Rainer, der eigentlich immer Hunger hatte, fühlte seinen Magen wie zugeschnürt. Trotzdem stopfte er eine Wurst in ein Brötchen und ließ Senf darauftropfen. Er hielt es Florence hin. »Willst du? Wurst à la Wolfgang?«

»Ja, gernö.« Florence biss hinein und verbrannte sich die Zunge. »Aiaiaia! Er ist su 'eiß!«

Rainer grinste. »Sagt ihr in Frankreich ›ai‹, wenn euch was wehtut? Wir sagen ›au‹ …«

»Ihr seid ebön verrückt«, entgegnete Florence und lächelte zurück.

»Ablösung bidde!«, schrie Domi. »I will au a Wurschd!«

»Na dann geh ich ma«, sagte Rainer, »einer muss es ja machen.«

Er zog die Schuhe aus, weil das anscheinend so üblich war bei den Stocherern, dass man da barfuß stand. Mit einem kurzen Seitenblick vergewisserte er sich, dass Florence zu ihm schaute, und zog sich das T-Shirt über den Kopf. Die anderen Mädchen pfiffen und johlten, Florence strahlte ihn an und Rainer griff nach der Stange.

»Bist du sicher, dass du das tun willst?«, raunte Wolfgang leise und plötzlich wieder hochdeutsch.

Das hätte Rainer zu denken geben sollen.

»Klar«, antwortete er, »bin mindestens genauso sportlich wie ihr Heinis.«

Dann steckte er den Stab in den Neckarkies und versuchte das Boot vorwärtszuschieben. Es machte aber eine halbe Drehung. Er zog die Stange, die sich ein wenig verkeilt hatte, umständlich und viel zu langsam wieder heraus. Währenddessen drehte sich der Kahn weiter und trieb in die falsche Richtung flussabwärts. Rainer schwante nun, dass er wieder einmal ein Opfer seiner Selbstüberschätzung geworden war. Und er sah sich wie von außerhalb. Es war absolut lächerlich, wie er da an der Stocherstange hing und den Hintern herausstreckte, um dem Gewicht des Boots Herr zu werden.

»Du musch den Stecka ganz päb näber dem Boot naischdecha«, riet ihm Klausi.

Nun sollte man noch wissen, was »päb« heißt, dachte Rainer, verdammt, konnten die mal richtiges Deutsch reden?

Wieder zog er die Stange mühsam aus dem Wasser und spritzte dabei alles in einem Meter Umkreis voll. Wieso hatte das bei Domi und Klausi so einfach ausgesehen? Sie waren mittlerweile fast zwanzig Meter abgetrieben. Andere Stocherkähne überholten von rechts und links, blöde Kommentare der Insassen inklusive.

Rainer brach der Schweiß aus. Sie befanden sich wieder auf der Höhe des Hölderlinturms. Er traute sich nicht, in Florences Richtung zu schauen. Er hatte keinen Blick für die lauschige Abendstimmung, das romantische gelbe Haus mit dem Erker, wo der arme Hölderlin seine letzten Jahre verbracht hatte, den Sonnenuntergang, die grünen Zweige der Trauerweiden. Voller Wucht rammte er die Stange in den Flussgrund, und zwar weit entfernt von der Bootswand, denn so hatte er »päb« interpretiert.

Sogleich bemerkte er seinen Irrtum. Die Stange verhakte sich in den Flusskieseln, Rainer hing wie ein Mehlsack daran, das Boot entfernte sich immer weiter von der Stange, die wie ein riesiger Zahnstocher mitten aus dem Neckar ragte, seine Arme wurden zu kurz, er ließ erst eine, dann die andere Hand los, vollführte noch ein paar unfreiwillig lustige Verrenkungen auf den von seinen vorherigen verzweifelten Versuchen glitschigen Holzplanken, bis die Schwerkraft schließlich gewann und er in den Neckar platschte.

»Der Stocherer bleibt bei der Stange!«, schrie es unnötigerweise aus einem vorbeifahrenden Kahn voller Mützen- und Bändelträger, gefolgt von Hohngelächter.

Kurz darauf saß Rainer mit triefender Hose wieder neben Florence und versuchte, nicht zu zittern. Wolfgang stocherte. Er wäre vor Schmach am liebsten auf dem Grund des Neckars geblieben, aber nun war es eben so. Die Stimmung war bombig und ging auf seine Kosten. Es blieb ihm somit nichts anderes übrig, als das Ganze mit Humor zu nehmen.

»Du heddsch di säha solla«, prustete Ramona, »dai Gsicht, bevor du engüldig em Neggar versongga bisch, hahaha!«

Ich könnte ihn auffressen, dachte Florence unterdessen, wie er so dasitzt und sich die ganze Zeit in die Haare fasst und er so eine Gänsehaut hat, dass ihm alle Härchen abstehen. Doch was sollte sie sagen? Sie wusste, dass Männer sehr empfindlich waren, wenn sie sich blamiert hatten, vor allem, wenn andere Männer dabei waren.

»Wie kalt ist die Wassör?«, fragte sie schließlich.

»Schon ziemlich«, antwortete Rainer, »könnte wärmer sein. Aber ich bin ja ein harter Kerl, ne. Hat man ja gesehen. Wie eine Eins hab ich den Kahn gesteuert, eigentlich heiß ich Käptn Iglo …«

Sie begann zu lachen.

Erleichtert fiel er ein und sagte: »Weißt du, man nennt mich auch Rainer den Ruderer …«

Wolfgang hatte unterdessen das Stochern übernommen und sie souverän bis zur Spitze der Neckarinsel manövriert.

»So, dohanna lega mer gschwend a. I wart no auf 'n Kumpel. Wer will, derf ausschdeiga.«

»Aussteigen ist gut«, sagte Rainer, erhob sich und reichte Florence die Hand. »Mademoiselle, darf ich bitten? Magst du ein wenig spazieren gehen?« Er zog sie zu sich heran. »Auch wenn ich gerade ein bisschen glitschig bin.«

»Das macht nischts. Es ist Sommör.«

Florence warf einen flüchtigen Blick auf Viktor, ihren »Hund«, ob er ihr nicht wieder hinterherlief, um alles zu vermasseln. Doch endlich einmal strahlte ihr Glücksstern: Er war in ein Gespräch mit Ramona verwickelt.

Rainer hatte sein T-Shirt immer noch in der Hand.

»Ist dir nicht kalt?«, fragte Florence. »Ich meinö, du siehst sehr gut aus ohne 'emd, aber …« Sie wurde ein bisschen rot.

»Ich muss erst noch trocknen …«

Sie gingen dicht nebeneinander und Rainer ergriff wieder ihre Hand. Mittlerweile waren sie im bewaldeten Teil der Insel gelandet. Rainer spürte Florences Wärme an seiner immer noch kühlen Haut.

»Wollen wir uns setzen?« Er wies auf einen querliegenden Baumstamm.

»Gernö.«

Sie saßen noch nicht einmal eine Sekunde, da hatte Rainer schon seine Arme um sie geschlungen und küsste sie.

Endlich, dachte Florence, bevor sich ihr Gehirn abmeldete und sie ihre Augen schloss. Rainer schmeckte ein bisschen nach Bier, genau wie sie selbst. Sie ließ ihre Hände über seinen Rücken gleiten und spürte, wie er wärmer wurde.

Er hielt ganz kurz inne und sah ihr in die Augen. »Tut mir leid, ich kann nicht aufhören …«, sagte er, nahm ihr Gesicht in beide Hände und küsste sie wieder …

Keiner von beiden wusste, wie lange sie da saßen und irgendwann lagen, sie merkten nicht, wie die Dämmerung die Farben verblassen ließ und dass man nach ihnen suchte. Wenn sie uns doch nie gefunden hätten, dachten beide unabhängig voneinander später, wieso konnten die uns nicht einfach in Ruhe lassen, dort, im Seufzerwäldchen, das diesen Namen nicht umsonst schon vor langer Zeit bekommen hatte?

Domi und Klausi brachen durchs Unterholz. »Aha. Do sen ihr also«, polterte Klausi.

»Jetz isch guad mit derra Knutscherei«, sekundierte Domi, »jetz fahr mr zruck. Willsch du vielleicht nomol stochra, Rainer?«

Beide lachten.

Rainer fühlte sich wie aus dem Paradies vertrieben. Langsam löste er seine Arme von Florence, richtete sich auf und fuhr sich durch die Haare.

»Ihr seid einfach nur scheiße«, murmelte er, »aber meinetwegen, dann gehn wir eben.«

Er reichte Florence die Hand, um ihr aufzuhelfen. Mit entrücktem Blick zupfte sie Grashälmchen von ihrem T-Shirt. Sie konnte nichts sagen. Warum mussten solche Momente so schnell vergehen?

Als sie sich dem Kahn näherten, sah Rainer schon von weitem einen sehr breiten Rücken im letzten Dämmerlicht, der zuvor nicht da gewesen war.

»Hallo ihr zwei Hübschen«, rief Wolfgang, »darf ich vorstellen? Das ist Joe aus Colorado, mein Tenniskumpel.«

Rainer spürte, wie Florence ganz leicht zusammenzuckte.

Sie stiegen ins Boot. »Hey Joe«, sagte Rainer, »ich bin Rainer.«

»'allo Joe«, sagte Florence.

Rainer bemerkte sofort, dass sie sich kannten, und außerdem, dass Joes Augen aufleuchteten, als er Florence sah. Sie saß nun zwischen Joe und Rainer, der sich sofort wieder zu klein fühlte. Joe überragte Florence um einen Kopf, sie wiederum Rainer um anderthalb. Aber sie ließ seine Hand nicht los.

»Abfahrt!«, schrie Klausi.

Entgegen seiner Ankündigung steuerte er nicht Richtung Innenstadt, sondern weiter flussaufwärts.

»Die Zeit des Wodkas ist gekommen«, verkündete Viktor geschwollen. Die pinkfarbenen Palmen seines Hawaiianzugs leuchteten im Zwielicht und er holte die erste Flasche aus der Tüte. »Werrr möchte?«

»I han au Cola ond Saft zom Mischa«, warf Wolfgang ein, »dann schmeckt's ed so schdreng.«

Pappbecher wurden verteilt. Rainer lehnte ab und machte sich noch ein Bier auf.

Florence hingegen nahm einen Becher und Viktor schenkte ihn ihr fast halb voll. Sie füllte mit Cola auf. Das war ihr Abend. Sie fühlte sich leicht wie Luft, lediglich Joes Anwesenheit fühlte sich wie ein unnötiges Gewicht an. Sie würde sich jetzt betrinken, um weiterzuschweben, und Rainer war neben ihr und hielt ihre Hand.

»Prost, Rainör«, sagte sie und schaute ihm in die Augen.

»Prost, Florence.«

»I'd rather have a beer«, trompetete Joe. »I love German beer.«

Warum war Joe nur gekommen? Wieso suchte er ihre Nähe? Auch Rainer war seit Joes Ankunft irgendwie verkrampft. Keiner der beiden sagte etwas, was aber im allgemeinen Gelächter und Geplapper nicht weiter auffiel. Florence hatte Durst und leerte ihren Becher in drei Zügen. Viktor schenkte ihr sogleich nach, erhöhte dabei die Wodkadosis und vergaß auch die Cola nicht.

»Das ist Wodka, Florence«, sagte Rainer und es kam belehrender heraus, als er beabsichtigt hatte. »Das ist voll das harte Zeug.«

»Isch weiß, chéri. Abör isch 'abö Durst und die Lebön ist kurz.«

Rainer drückte ihre Hand und nahm einen Schluck aus seiner Bierflasche. Florence trank aus ihrem Becher. Sie fand es rührend, dass Rainer sich um sie sorgte, aber er musste doch nicht so übertreiben, das waren doch keine Drogen, das schmeckte eigentlich vor allem süß, erst im Abgang etwas scharf, wie der Hustensaft, den ihre Mutter immer kaufte.

»How are you doing, sweetie?«, wandte sich Joe an Florence.

Wieso nennt er sie »sweetie«, dachte Rainer, was soll das?

»Du nicht sollst redön Englisch«, wies Florence Joe zurecht.

Sie leerte den zweiten Becher und hielt ihn Viktor wieder hin. Ihr Kopf pendelte schon etwas unsicher hin und her.

»Willst du nicht lieber deine Cola jetzt mal ohne Wodka?«, fragte Rainer besorgt.

Er erinnerte sich mit Schrecken daran, wie schlimm man sich nach zu viel Wodka fühlte. Außerdem wollte er unbedingt da weitermachen, wo sie vorhin unterbrochen worden waren, und dazu durfte sie nicht willenlos sein.

»Sodele, jetzt fahra mr aber echt zruck!«, rief Klausi und wendete den Stocherkahn.

Gott sei Dank, dachte Rainer, dann bin ich endlich diese ganzen Schwachmaten los. Ich werde Florence nach Hause bringen. Vielleicht darf ich ja sogar noch mit zu ihr rein. Aber falls sie zu betrunken ist, lieber nicht, sonst denkt sie anderntags, ich bin ein Schwein.

Seine nasse Jeans klebte an ihm. Er wünschte sich zurück auf die Insel, allein mit Florence, wo ihn weder Kälte, kleiderschrankgroße Amis noch schwäbelnde Sportstudenten störten.

Florences Hand wurde schlaffer. Er schaute zu ihr. Ihr Blick war abwesend, ein Auge schielte nach Norden, das andere nach Osten. Sie saß zusammengesackt auf dem Holzsitz. Ihr Oberkörper schaukelte bei jeder Bewegung des Kahns. Rainer fand sie zum Anbeißen. Wieso konnte er all die anderen nicht einfach über Bord werfen?

»Viktor, encore, s'il te plaît …« Ihre Zunge gehorchte ihr zwar nicht mehr so richtig, aber sie hielt Viktor ihren leeren Becher hin.

»Florence …«, setzte Rainer an.

»Rainör!«, sagte sie schnippisch und grinste betrunken, »du bist nischt meinö Vatör!«

»Zum Glück nicht«, seufzte Rainer, »das wär ja sonst Inzest oder so …«

Florence erhob ihren wieder vollen Becher: »Santé, chéri!« Nachdem sie den Becher abgesetzt hatte, kippte sie zur Seite. Allerdings zur falschen. Sie lag nun quer auf Joes Schoß.

Untergang

Florence erwachte am Sonntag gegen Mittag niesend und mit dröhnendem Schädel in einem viel zu großen karierten Herrenhemd. Ihr Hals tat weh und die Nase lief. Sie wusste nicht, wie sie hierhergekommen war. Die letzten Erinnerungsfetzen waren nasse Kälte, dann ein Gefühl wie damals als Kind, wenn sie auf einer Familienfeier eingeschlafen war und ihr Vater sie hochgehoben hatte, aber vor allem ein unendlich enttäuschter Blick von Rainer. Was war geschehen? Sie quälte sich zur Toilette, dann zurück in ihr Zimmer zum Waschbecken, um mit Zahnbürste und Zahnpasta diesem grauenvollen Geschmack in ihrem Mund ein Ende zu bereiten. Viktor war einfach eine Gefahr für die Menschheit mit seinem Wodka. Denn an den ersten und zweiten erinnerte sie sich noch, und natürlich an Rainers Küsse auf der Neckarinsel. Mit einem Gefühl von abgrundtiefer Traurigkeit legte sie sich vorsichtig wieder ins Bett, zog die Decke ganz hoch, schniefte, hustete und wälzte sich hin und her, bis sie irgendwann wieder einschlief.

Rainer versteckte sich am Montagmorgen in seinem englischen Übersetzungsseminar ganz hinten, um nicht drangenommen zu werden. Eigentlich war das eine Veranstaltung, die er immer gerne besucht hatte, denn da lernte man ausnahmsweise etwas Sinnvolles und die Dozentin war eine junge gutaussehende Assistentin aus Irland, aber seit Samstagnacht war es dunkel in ihm. Florences Hand war in dem Moment aus seiner geglitten, als sie auf Joes Schoß gekippt war. Dort hatte sie sich eingekuschelt und vor sich hingemurmelt, während Rainer wie versteinert dasaß und nur noch wegwollte.

Aber er war ja gefangen auf einem Kahn mit angeschickerten Studenten.

So also fühlte es sich an, wenn alle um einen herum besoffen waren außer demjenigen, dem man den Tod wünschte und der die Frau, die Rainer gerade noch wild geküsst hatte, nun fürsorglich in seine mächtige Armbeuge bettete.

»Kerle, sag amol«, hatte sich einer der noch nicht ganz so betrunkenen Mitfahrer plötzlich gemeldet, »isch des Wasser, was do onda raikommt?«

Da Rainer sowieso noch nass war und außerdem anderes im Kopf hatte, hatte auch er bisher nicht bemerkt, dass der Stocherkahn zehn Zentimeter hoch unter Wasser stand.

»Des isch normaaal«, hatte Klausi gelallt, »des isch bloß Sch… Sch… Schbritzwasser.«

»Rainer!« Seine Nebensitzerin stieß ihm den Ellbogen in die Rippen. »Sie hat dich was gefragt!«

»I'm so sorry, Miss«, stammelte Rainer. »I'm not feeling very well today.«

»You've got a hangover«, stellte die Assistentin fest und zwinkerte ihm zu. »Okay, boy, I'll let you sleep. But you'll have to pass the exam like everybody else in this room.«

Wenn die wüsste, dachte Rainer, »hangover« nennt die das! Kein Kater kann so schlimm sein wie das hier.

Als der Kahn den Hölderlinturm erreicht hatte, hatten bereits alle nasse Füße bekommen.

»I woiß ja ed«, hatte daraufhin ein anderer gesagt, »des isch aber a bissle viel Schbritzwasser …«

»Des däd i au saga. I han ganz nasse Fiaß. Ond Diafgang hemmr au.«

»Yeah, we're drowning«, sagte Joe.

Yeah, Supermann, dachte Rainer und verpasste ihm im Geist einen rechten Aufwärtsschwinger, yeah, auch schon gemerkt.

Ihm war alles egal. Er saß einfach nur da und wartete auf den Untergang. Florences Knie berührte immer noch seines, was ihm geradezu körperliche Schmerzen verursachte.

»Wooolfgang!!!«, quiekte nun eines der Mädchen, »wir sinken jetzt aber echt!«

Sie befanden sich unter der Neckarbrücke, die Straßenlampen spiegelten sich in den schwarzen Fluten und das Boot war halb voll Wasser. Kreischend und johlend kletterten alle irgendwie heraus, einige versuchten, noch ein paar Flaschen Bier zu retten. Auf der Neckarmauer saßen dichtgedrängt ungefähr hundert Leute und über die Brücke gingen noch mal so viele an jenem lauen Sommerabend.

Sie boten das Schauspiel des Jahres. Von allen Seiten wurde gepfiffen und geklatscht wie bei einem Rockkonzert. Holzkohlen und Pappbecher dümpelten flussabwärts Richtung Stauwehr. Die Geburtstagsgesellschaft watete und strauchelte lachend, kreischend und um sich spritzend zur Bootsanlegestelle an der Neckarbrücke. Das Wasser war hier tatsächlich nur knietief, aber die Strömung war stärker, als man vermutete, wenn man von der Brücke in den trägen Neckar schaute. Domi und Klausi waren ziemlich plötzlich wieder nüchtern geworden und zogen den havarierten Kahn samt Stocherstange Richtung Kasino.

Florence war nur kurz aufgewacht, hatte Rainer angesehen, geseufzt, um dann sofort wieder an Joes Schulter einzuschlafen, der sie nun auf starken Armen an Land trug, als wäre sie ein leichtes Püppchen. Sie wirkte zerbrechlich neben diesem Baum von Mann und Rainer stand einfach nur im Wasser und starrte vor sich hin, ohne zu spüren, wie die Kälte ihn allmählich durchdrang.

Schließlich stieß ihn Wolfgang an. »Na komm schon. Ist alles halb so schlimm. Morgen ist sie wieder nüchtern und entschuldigt sich bei dir. Sie merkt doch gar nicht, wo sie ist. Komm jetzt endlich aus dem Neckar raus.«

Widerwillig setzte sich Rainer in Bewegung. Joe hatte Florence mit seinem Pulli unter ihrem Kopf auf eine Ruderbank in eines der angeleinten Boote gebettet. Ihr gelbes T-Shirt und der BH waren nass und durchsichtig. Soeben zog Joe sich sein Hemd über den Kopf und deckte sie damit zu, was Rainer zugegebenermaßen sehr anständig von ihm fand, aber was eigentlich er hätte machen sollen, so wie auch er derjenige hätte sein sollen, an dessen Schulter sie einschlief.

Es herrschte ein kicherndes und gackerndes Durcheinander, alle schütteten Wasser aus ihren Schuhen, spritzten sich damit gegenseitig voll oder wrangen ihre Socken aus.

Viktor guckte besonders belämmert aus seinem nassen Hawaiianzug. »Ihr Kapitalisten könnt Kampfjets und U-Boote bauen, aberrr fürrr ein Holzboot, das dicht ist, rrreicht es nicht…«

Joe schaute ein wenig betreten um sich, bis er Wolfgang entdeckte. »I think I'll call a taxi«, sagte er. »I'll take her home, we live in the same house.«

»Danke, Mann«, antwortete Wolfgang. »Rainer, fahr du auch mit … Rainer? Wo steckt denn der Blödmann?«

Seitdem herrschte Finsternis. Rainer hatte den Zettel mit Florences Telefonnummer in tausend Fetzen zerrissen, was aber nichts half, denn er wusste sie auswendig und würde sie wahrscheinlich noch auswendig wissen, wenn er dereinst in einem Seniorenheim vor sich hinsabbern und nicht einmal mehr wissen würde, wo das Klo war und was man dort tat. Als Joe mit seiner dröhnenden Stimme verkündet hatte, dass er Florence heimbringen würde, waren bei Rainer alle Sicherungen durchgebrannt. Keiner der Gäste hatte bemerkt, wie er losgerannt war, die Treppe hoch zur Neckarbrücke, dann zum Kasino, wo das Motorrad stand. Er fuhr wie ein Gestörter mitten durch die Innenstadt und mit hundert Sachen den Nordring hoch. Vor seinem Haus riss er sich den Helm herunter und rannte die Treppen hoch zu seiner Wohnung, dann in sein Zimmer, wo er mit aller Kraft gegen den Schrank trat. So stand er da, keuchend, der Schrank ächzte ein wenig und brach wie in Zeitlupe in sich zusammen. Er versuchte, an nichts zu denken, doch in seinem Kopf lief ein Film in Endlosschleife, wie Joe Florence aus dem Taxi in ihr Zimmer trug und ihr die nassen Klamotten auszog …

Aufladen

»Aber Rainer«, beschwichtigte Wolfgang, »der Joe ist ein ganz Netter. Ich kenn den doch. Der würde so was nie machen, über ein total betrunkenes Mädchen herfallen.«

»›Ganz Netter‹ mein Arsch«, ätzte Rainer, »wenn eine Frau wie Florence vor ihm liegt im durchsichtigen T-Shirt …«

Sie versuchten gerade, ihr Gepäck auf dem Motorrad zu verstauen. Es passte vorne und hinten nicht, was der Stimmung nicht gerade zuträglich war.

Rainer hatte wahrscheinlich sämtliche Klausuren versiebt. Er hatte in Bücher und Aufschriebe gestarrt, ohne aufzunehmen, was er da las. In Politik musste er nur eine Hausarbeit schreiben, aber in Anglistik war Wissen gefragt. Außer bei der Übersetzung – da musste man einfach nur Glück haben, dass einem der Text lag.

Aber nun war es ohnehin vorbei. Sie würden jetzt weit wegfahren, immer weiter in den Süden, wo ihm hoffentlich die Sonne das Gehirn mit seinen Erinnerungen ausbrennen würde. Rainer hatte immer wieder den Telefonhörer in der Hand gehabt, um Florence anzurufen, es dann aber doch nie getan. Denn eigentlich müsste sie ihn anrufen, hatte er trotzig gedacht.

»Sach mal, Wolfi«, sagte Rainer schlecht gelaunt, »was ist denn da drin, hä? Hast du deinen ganzen Hausrat eingepackt?«

Ratschend öffnete er den Reißverschluss und kippte den Inhalt von Wolfgangs Tasche einfach auf die Terrasse vor Wolfgangs Wohnung.

»Bist du noch ganz dicht?«, schrie der und tat das Gleiche mit Rainers Gepäck.

Sie starrten sich zwei Sekunden lang an. Rainer hatte schon die Fäuste erhoben, was lächerlich wirkte gegenüber dem viel größeren Wolfgang, dessen Gesicht sich soeben zu einem Grinsen verzog. Er klopfte Rainer leicht auf die Schulter.

»Komm, Alter, du hast ja recht, wir rationalisieren.«

Auf dem Rationalisierungshaufen landeten von Wolfgangs Seite fünf französische Bücher, drei überflüssige Handtücher und ein Paar Joggingschuhe in Größe 48, die schon die Hälfte der Tasche belegt hatten. Rainer musste sich von dem Buch »Politik für Eingeweihte«, das er für seine Hausarbeit lesen sollte, seinem Fön, seiner Ersatzhaarbürste, der glänzenden Reißverschlusshose und den schwarzen U-Boot-Schuhen trennen.

»Wolltest du etwa so neben mir herumlaufen?«, fragte Wolfgang. »Das sieht ja voll schwul aus!«

»Die Mädels stehen drauf. Und vielleicht gehen wir ja ma in ne Disco oder so.«

»Nicht, wenn du so rumläufst.«

Schließlich packten sie alles in eine einzige Tasche. Wolfgang fuhr noch zu einem Kommilitonen und holte einen Tankrucksack, das war ihm im letzten Moment noch eingefallen.

»Man kann doch nicht alles hinten draufladen, das ist schlecht für den Schwerpunkt und die Straßenlage.«

»Dann können wir ja vielleicht meinen Fön in den Tankrucksack tun?«, wagte Rainer einen Versuch.

Wolfgang explodierte. »Bist du ne Frau oder was? In den Tankrucksack kommt das Werkzeug und die Regenausrüstung, du Depp!«

Rainer schwieg betreten. Er war eben Schönwetterfahrer. Dass man hin und wieder Zündkerzen wechseln, Kette spannen und fetten oder Öl nachfüllen musste, waren Details, mit denen er sich ungern abgab. Und an Regen wollte er sowieso nicht denken.

»Ich hab aber gar keine Regenausrüstung«, wandte er ein.

Wolfgang seufzte und schüttelte den Kopf. »Was tu ich mir hier an?«, murmelte er, griff erneut nach seinem Autoschlüssel, um zu noch einem Kommilitonen zu fahren, von dem er eine Regenausrüstung ausleihen konnte.

Stilbruch

Am liebsten wäre Florence für alle Zeiten im Bett geblieben. Nie wieder aufstehen. Oder zumindest erst in einem Jahr, vielleicht hätten dann alle alles vergessen. Sie schämte sich entsetzlich. Dabei hatte sie ja eigentlich nichts getan, das hatte Joe ihr beteuert. Fürsorglich war er am Sonntagabend bei ihr vorbeigekommen. Sie hatte gerade mit einem Schal um den Hals in der Küche gesessen und Kamillentee getrunken, unterbrochen von Niesattacken und Hustenanfällen.

»No Wodka today?«, versuchte Joe einen Witz.

Florence lächelte lahm und schaute in ihre Tasse.

Schließlich überwand sie sich und blickte direkt in seine blauen Augen. »Joe, sag die Wahr'eit: Was isch 'abe gestörn götan? Oder was 'ast du götan? Und bittö auf Deutsch.«

Joe seufzte. »Du – how do you say this? – du bist fallen in Schlaf auf mich. In die Schiff. Dann die Schiff drowned, ig weiß nigt, wie das man sagt auf Deutsch …«

»Der Boot ist untergögangön?«

»Ja, ist untergangen. Und ig dig habe getragen aus die Wasser.«

Eigentlich hätte sie jetzt so etwas wie »danke« sagen sollen, »danke, Joe, dass du mich gerettet hast«, aber in ihrem Kopf rotierte alles. Wieso Joe? Wieso nicht Rainer? Wo war er die ganze Zeit gewesen?

»Joe, wie isch bin gekommön in meinö Simmer?« Florence nieste und schnäuzte laut trompetend in ein Papiertaschentuch.

»Ig dig hab getragen. Du hast geschlafen die ganz Zeit.«

»Und dann? 'ast du mir meinö T-Shirt ausgezogön? Und mein Short? Und was noch?«

»Yeah.« Joe wurde knallrot und platzte dann heraus: »But I

had my eyes closed. I swear I didn't do anything indecent. Ig hatte mein Augen zu! You were so wet, I couldn't leave you like that.«

Florence ließ den Kopf auf die Tischplatte fallen. »Donke, Joe. Donke. Aber bitte geh jetzt. Isch bin kronk. Deinö 'emd ist in meinö Simmer.«

Irgendetwas musste mit Rainer geschehen sein. Sie musste ihn sehen. Oder anrufen. Nein, anrufen war schlecht, außerdem hatte sie seine Nummer nicht. Sie musste ihn von Angesicht zu Angesicht sehen und ihm sagen, dass nichts passiert war. Dass Joe sie nur nach Hause getragen hatte und …

Sie hielt in ihren Gedanken inne. Wer würde das glauben?

Trotz ihrer Erkältung stellte sie sich den Wecker. Sie durfte bis Ende des Semesters noch als Gasthörerin an einem Seminar »Dialekte in Deutschland« teilnehmen und da wollte sie nicht fehlen, da es sowieso das letzte Mal vor den Ferien war. Das würde sie wenigstens neunzig Minuten lang von Rainergrübeleien ablenken. Sie verstand zwar nicht alles, da sie ja viel zu spät eingestiegen war, aber der Professor war ein Mittvierziger mit etwas längeren Haaren, was sie bemerkenswert fand, so traute sich in Frankreich keiner in den Hörsaal, und es machte Spaß, ihm zuzuhören. Man durfte sich sogar zu Wort melden. Das hätte sie von sich aus nie gewagt, aber er hatte sie beim letzten Mal direkt angesprochen und nach der Dialektsituation in Frankreich befragt. Ihr war der Schweiß ausgebrochen und sie hatte das Gefühl, dass sie noch schlechter Deutsch als je zuvor gesprochen hatte, aber alle Kommilitonen hatten wohlwollend zugehört. Das war sehr tröstlich gewesen. Sie hatte einfach am Anfang Pech gehabt, dass sie ausgerechnet auf den schrecklichsten Busfahrer und den schlimmsten Bereitschaftsdienst gestoßen war, denn alle anderen ermunterten und ermutigten sie und betonten, wie gut ihr Deutsch schon sei und dass überhaupt bemerkenswert sei, dass jemand diese komplizierte Sprache freiwillig studierte.

Als sie pünktlich um neun in der Uni erschien, war niemand da. Nach fünf Minuten fiel ihr ein, dass das ja normal war. So etwas Bescheuertes konnte auch nur irgendwelchen Intellektuellen einfallen. C. t. Cum tempore. Diese blöden Klugscheißer mit ihrem Latein! Man könnte doch einfach 9.15 Uhr in das Programm schreiben, das würde auch nicht mehr Druckerschwärze verbrauchen als 9.00 c.t.!

So stand sie also da, wartete und nutzte die Zeit, um vier Taschentücher vollzuschneuzen in der Hoffnung, dass es dann wieder eine Weile halten würde. Es kam noch ein Kommilitone und schließlich um Punkt neun Uhr fünfzehn eine Kommilitonin. Fünf Minuten später schlenderten noch sechs Leute heran, zusammen mit dem Professor.

»Tja, die Reihen lichten sich«, erkannte der fröhlich, »warum überrascht mich das nicht?«

Die Studenten lachten und Florence staunte.

»Irgendwie habe ich mir das gedacht«, fuhr der Professor fort, »ich habe auf die Anwesenheitsliste geschaut und gesehen, dass fast alle immer anwesend waren, was ich als Kompliment auffasse. Und jetzt denken sie, naja, ist ja das letzte Mal vor den Ferien, ich hab noch nie gefehlt, da wird's doch mal Zeit.«

Wieder lachten die Kommilitonen und Florences Augen wurden immer größer. Sie nieste laut in ein Taschentuch.

»Lassen Sie uns runter in die Cafeteria gehen. Ich lade Sie ein, dafür, dass Sie trotz der drohenden Ferien zum Dialektseminar aufgebrochen sind.«

»Du veräppelst mich doch«, sagte Florences Bruder Greg am Telefon, als sie ihm das am Abend erzählte, »der Professor lädt euch zum Kaffee ein, dafür, dass ihr einfach erscheint, was ja euer Job ist? Haha.«

»Es war aber so, imbécile. Und jetzt lass mich mit Mama reden, es wird sonst teuer.«

»Florence, chérie! Wie geht's dir? Hast du noch genug anzuziehen? Ich habe gesehen, dass du die schwarze Hose und die weißen Blusen alle hier gelassen hast. Warum denn? Wie läufst du denn da herum?«

»Maman! Ich brauche hier keine weißen Blusen. Die würden mich alle auslachen. Mich mit Spott überschütten! Wenn du sehen könntest, wie manche hier aus dem Haus gehen … Die haben da so Sachen an, die würdest du nicht mal als Klolappen verwenden, du würdest sagen, das ist eine Schande für alle Putzlappen …« Sie zog die Nase hoch, weil sie vergessen hatte, die Taschentücherpackung mit zum Telefon im Korridor zu nehmen.

»Das glaube ich nicht. Und außerdem musst du dann ja nicht auch so herumlaufen. Man muss sich immer gut kleiden, sonst macht man auch keinen guten Eindruck.«

Florence seufzte. Als ob das ein Problem wäre. Sie wusste nicht, wie sie Rainer jemals wieder unter die Augen treten sollte, und ihre Mutter sorgte sich um weiße Blusen! Wenn sie wüsste, dass Florence ihre Sachen nicht einmal bügelte, sondern einfach so anzog, würde sie wahrscheinlich in einen Weinkrampf ausbrechen. Sie zog noch einmal die Nase hoch.

»Florence! Was sind das für Manieren!«

»Maman, ich bin nicht schlecht gekleidet und meine Taschentücher liegen im Zimmer. Außerdem kann ich mir ja was kaufen. Ich lebe doch nicht in der Wüste Sahara.«

»Das nicht, aber in Deutschland. Die haben doch keine Ahnung. Die haben keinen Stil.«

Florence seufzte wieder. Sie sah ihre Mutter vor sich, im weinroten Kostüm mit cremefarbener Bluse, passenden Pumps und Perlenkette. Sie hatte Stil. Aber sie hatte auch noch nie mit fünfzehn Leuten verschiedener Nationalitäten zusammengewohnt, hatte noch nie schlechten Wein aus kaputten Tassen getrunken, noch nie eine Hochhauswasserschlacht erlebt und war auch noch nie in einem Stocherkahn gefahren. Plötzlich spürte Florence ein Gewicht auf ihrer Brust und die Tränen traten ihr in die Augen. Sie seufzte wieder.

»Florence, Kind, geht es dir nicht gut? Sollen wir dich abholen? Wirst du schlecht behandelt?«

Florence atmete tief ein. Sie fühlte sich schwach und hätte beinahe »ja« ins Telefon geschrien, »ja, holt mich ab, ich will hier weg«. Aber das stimmte nicht. Sie wollte nicht weg. Sie wollte Rainer und er war hier irgendwo, ganz in der Nähe. Und sie wollte mit Sicherheit keine weißen Blusen tragen.

»Nein, Maman, mir geht es gut. Ich bin nur erkältet. Aber niemand behandelt mich schlecht, im Gegenteil. Ich habe wunderbare Freunde gefunden, und gerade habe ich Greg erzählt, wie nett die Professoren hier sind …«

»Na gut, Kleine, dann nimm schön die Erkältungsmedikamente, die ich dir eingepackt habe. Und wenn sie aufgebraucht sind, rufst du an, dann schicke ich dir wieder welche. Wer weiß, was die dort für merkwürdiges Zeug verkaufen …«

Florence verdrehte die Augen. Sie musste dieses Gespräch beenden. »Darf ich noch mit Opa sprechen? Ich umarme dich, Maman, gib Papa einen Kuss von mir.«

»Florence?«, krächzte Opa, »du bist ja noch am Leben! Wie hast du das geschafft? Schon so lange bei den Barbaren!«

»Ich bin eben härter als du, Opa«, sagte Florence, »und ich hab immer noch alle meine Finger.«

»Jaja, lach du nur. Das war aber kein Spaß, wie ich damals anno vierzig …«

»Opa!«, unterbrach ihn Florence, »ich will das nicht mehr hören! Hast du mir schon tausendmal erzählt! Das hier ist ein teures Ferngespräch! Sag mir lieber, wie's dir geht. Und dein Garten? Wächst alles?«

Da erzählte der Opa ausführlich von den Möhren, Erdbeeren, Himbeeren, Bohnen und was er sonst noch alles anbaute und dass sie doch schnell wiederkommen solle, denn wer sollte das denn alles essen …

Nach einer gefühlten halben Ewigkeit legte Florence schließlich den Hörer auf, nachdem sie sich von ihm verabschiedet hatte, und trug die Einheiten in die bereitliegende Liste ein. Irgendwie fühlte sie sich erschöpft.

In dr Schwyz

Wolfgang klingelte bei Rainer am folgenden Tag morgens um zehn. Er klingelte noch einmal. Dann lehnte er sich auf die Klingel. Keine Reaktion. Rainer erwachte erst nach dem fünften Dreckklumpen, der an seinen Rollladen krachte.

»Hast du etwa verschlafen, du Pfeife?«, rief Wolfgang, als er Rainer in der Unterhose und mit verquollenen Augen auf dem Balkon auftauchen sah.

»Ich konnte die ganze Nacht nicht einschlafen aus Angst, den Wecker zu überhören, und dann muss ich wohl doch irgendwann eingeschlafen sein, als es schon hell war. Und dann hab ich den Wecker wirklich nicht mehr gehört …«

Wolfgang seufzte. »Du kannst von Glück sagen, dass ich Basketballer bin. Kein anderer hätte deinen Scheißrollladen so weit oben getroffen. Und jetzt dalli, mir kocht schon das Wasser am Arsch in dieser verfluchten Lederhose …«

Rainer kam drei Minuten später aus dem Haus. Nicht einmal seine Haare hatte er gekämmt, also hatte er sich wirklich beeilt, er, der einen Fön und Gel hatte mitnehmen wollen.

»Was ist das?«, rief Wolfgang aus.

»Was?«, fragte Rainer unschuldig, obwohl er genau wusste, was Wolfgang meinte.

»Die Gitarre bleibt hier!«, brüllte Wolfgang.

»Nein, Juanita muss mit«, beharrte Rainer, »ich bin seelenverletzt. Florence hat sich nicht mehr gemeldet. Wahrscheinlich geht sie jetzt mit diesem Amiflathead da, den du unbedingt zu deinem Geburtstag einladen musstest. Ich brauche meine Juanita. Sie ist mein einziger Trost.«

Wolfgang schüttelte den Kopf und schnaubte. Was sollte man dagegen noch sagen?

Sie setzten ihre Helme auf. Wolfgang startete die Maschine. Es war sehr eng auf der Sitzbank und das Gepäck und die Gitarre hinderten Rainer daran, noch weiter nach hinten zu rutschen.

»Kannst du nicht weiter nach vorne?«, wagte er zu fragen.

Wolfgang explodierte. »Nein, da ist zufällig der Tank! Rutsch du weiter nach hinten!«

Ächzend quetschten sie sich auf die schmale kurze Sitzbank. Rainer verlängerte die Tragegurte des Gitarrenkoffers, sodass sie zwar noch an seinen Schultern hingen, aber das Instrument oben auf dem Gepäck liegen konnte.

Wolfgang moserte vor sich hin. »Wenn ich dran denke, dass ich zu Hause ein bequemes, fahrbereites Auto stehen habe und mir hier freiwillig meine Eier zerdrücke …«

Inzwischen war es schon nach halb elf und die Sonne stand hoch. Aber nun, da sie endlich fuhren, kühlte der Fahrtwind und die Hitze war nur an den Ampeln schlimm. Für Rainer auf dem Sozius war es ziemlich düster hinter Wolfgang. Sein Gesicht befand sich ungefähr auf der Höhe von Wolfgangs Rippen. Er versuchte, wenigstens in den Kurven rechts und links vorbeizuschauen und hoffte, bald den Lenker übernehmen zu können.

Als Fahrtroute hatten sie den Weg über die Schweiz gewählt, denn Rainer hatte von seinen Eltern den Auftrag bekommen, seine Tante Gisela in Lausanne am Genfer See zu besuchen.

Als sie die Grenze hinter sich hatten, überlegte Rainer, warum man immer nervös wurde, wenn man an eine Grenze kam. Wegen der Grenzpolizisten? Oder war es dieses mysteriöse Gefühl, etwas Anderes, Neues, Unbekanntes zu betreten? Andererseits: Wenn der Grenzer da nicht stünde und kein Schlagbaum da wäre, würde keiner bemerken, dass er sich nun in einem anderen Staat befand. Wie seltsam war das alles! Wer hatte die Grenzen festgelegt?

Pasta basta

Nun war also der letzte Tag vor den Semesterferien angebrochen und Florence hatte Rainer immer noch nicht wiedergesehen. Sie wusste einfach nicht, wie sie es anstellen sollte. Er wohnte irgendwo in ihrer Nähe, aber wo genau? Vielleicht sollte sie ihn doch anrufen. Carla musste die Nummer haben, denn sie war ja mit Rainers Mitbewohner zusammen. Das war wohl ein Projekt für heute Abend. Fürs Erste ging Florence mit Jan spazieren. Weil es sehr heiß war, ließ er sich widerstandslos im Wagen fahren und Florence nahm nicht den Weg zum Bauernhof, sondern überquerte eine schmale Brücke, wo ein von Bäumen gesäumter Weg ein wenig Schatten bot.

»Bundel!«, rief Jan, als er eine Blumenwiese entdeckte.

Florence hob ihn aus dem Wagen und versuchte, ihm beizubringen, wie man Blume sagt.

»Bume!«, sagte Jan schließlich. Und als er einen verblühten Löwenzahn entdeckte, rief er »Pusebume!«

Ein wunderschönes Wort, dachte Florence, Pusteblume, so etwas konnte man auf Französisch nicht bilden. Jan blies unterdessen mit aller Kraft auf den Löwenzahn, aber sein Atem reichte nicht, um die Samen vom Blütenboden zu lösen. Er sprühte und spuckte, aber der Löwenzahn blieb ganz.

»Loaas, du pusen!«, sagte Jan nach ein paar vergeblichen Versuchen und hielt ihr den Löwenzahn hin.

Schon flogen die winzigen Fallschirmchen durch die Luft und Jan schaute fasziniert zu, wie sie in den blauen Himmel tanzten.

»Nomal!«, rief er und Florence lief über die Wiese und sammelte Pusteblumen.

Der kleine Jan konnte ihr nur mit Mühe folgen. »Waate!«, schrie er und fing fast an zu weinen.

Florence ging wieder zu ihm zurück und nahm ihn auf den Arm. Sie hatte ganz vergessen, dass diese Wiese, die für sie nur kniehoch war, ihm bis über die Brust reichte und er sich wie durch einen Dschungel hindurchkämpfen musste. Er ist so klein wie ein Wichtel, dachte Florence, er kann kaum die Wiese überblicken. Sie setzte sich neben ihn. Selbst im Sitzen war sie noch größer als er im Stehen. Deshalb legte sie sich auf den Bauch und pustete wieder Fallschirme durch die Luft. Nun hatten sie dieselbe Perspektive. Tatsächlich konnte sie nur die Grashalme, die weißen, gelben und violetten Blüten und die Erde sehen. Sie versuchte, sich vorzustellen, wie es wäre, immer auf dieser Höhe zu leben. Es war schwer. Für ein Kind musste es sich anfühlen wie auf einem Aussichtsturm zu sein, wenn es von einem Erwachsenen auf den Arm oder auf die Schultern genommen wurde.

Jan hatte eine Ameisenstraße entdeckt und versuchte, die Ameisen zu fangen, was ihm jedoch nicht gelang. Eine lief an seinem nackten dicken Beinchen hoch und zwickte ihn.

»Aua! Böse Ameise!« Er begann zu weinen.

Florence schnippte die Ameise weg und nahm ihn auf den Schoß. Sie hatte ein leeres Schneckenhaus gefunden. Es war gelb und ein dunkelbrauner Streifen zog sich die Spirale entlang bis zu der kleinen Spitze. Sie zeigte es Jan.

»Snette defunden? Will haben.«

Florence erklärte ihm, dass die Schnecke nicht mehr darin wohnte, und schenkte ihm das Häuschen.

»Nomal Snette suchen«, sagte Jan.

Suchend gingen sie durch die Wiese. Nach einer Weile fand Florence ein größeres weißes Haus einer Weinbergschnecke und gab es ihm.

»Doße und deine Snette«, sagte Jan strahlend. »Will Mama zeiden.«

Florence setzte ihn wieder in den Wagen und sie gingen noch ein Stück weiter. Jan spielte die ganze Zeit mit den Schneckenhäusern, er steckte das kleine in das größere und war begeistert, wie es darin verschwand. Das genügte ihm für den ganzen Heimweg als Beschäftigung.

Florence dachte auf dem Weg durch die Hochhausschluchten an Rainer, wie sich seine Hände und Zunge angefühlt hatten, und seufzte unwillkürlich.

Jans Familie würde morgen für drei Wochen in den Urlaub fahren, ausgerechnet nach Frankreich. Viele ihrer Mitbewohner fuhren weg, manche für immer. War es ein Fehler gewesen, schon zum Sommer nach Deutschland zu kommen, nur um dem Fischrestaurant zu entgehen? Nein, wies sie sich zurecht, man muss auch mal mit sich selber klarkommen. Allein sein. Und außerdem Rainer aufsuchen. Und deutsche Bücher lesen. Das geht nicht, wenn ein patriotischer Opa nebendran die ganze Zeit auf die Boches schimpft.

Nachdem sie sich von Jan und Sabine verabschiedet hatte, ging sie mit schweren Schritten zum Studentenwohnheim. Sie fürchtete sich vor dem Telefonat und versuchte, im Geiste deutsche Sätze zu bilden, die Rainer davon abhalten würden, den Hörer direkt auf die Gabel zu knallen.

Vor einem Reihenhaus lag ein Haufen Gerümpel. Zuerst wollte sie angewidert daran vorbeigehen, doch dann war ihre Neugierde und die Befürchtung, etwas Brauchbares zu übersehen, doch größer. Da war zum Beispiel ein hässlicher brauner Cordsessel. Florence setzte sich darauf und fand ihn sehr bequem. Der wäre eigentlich gut für ihr Zimmer. Tiens, dachte sie, wer hätte das noch vor ein paar Wochen von mir gedacht? Florence, die Pingelige, die alles desinfizierte, holt sich einen Sessel vom Müll!

Als sie jedoch versuchte, das braune Ungetüm hochzuheben, wusste sie sofort, dass sie es damit nie bis zum Wohnheim schaffen würde. Doch da bemerkte sie mitten in dem

Sperrmüll eine merkwürdig neu aussehende Damenhandtasche. Florence benutzte nie eine Handtasche, denn sie fand Handtaschen total unpraktisch und dämlich, dämlich im etymologischen und übertragenen Sinn. Handtaschen vergaß man überall, und wenn man sie nicht vergaß, dann wurden sie geklaut. Bestimmt war die Handtasche von der Gaunerzunft erfunden worden, denn was gab es Besseres für Diebe? Ein Täschchen, in dem alles Wichtige, Geld, Pass, Schlüssel, Kreditkarte, auf engstem Raum beisammenlag und man nur den Riemen durchschneiden musste, um an alles auf einmal zu kommen … Florence trug ihr Geld immer lose in der Hosentasche.

Die Tasche war aus schwarzem Leder. Sie war viereckig, etwa doppelt so groß wie ein Brief und hatte keinen Schultertrageriemen, sondern zwei kleine Henkel, es war also eine wirkliche Handtasche, denn man musste sie in der Hand tragen. Da sich Florence nicht für die gängige Taschenmode interessierte, konnte sie nicht sagen, ob diese Tasche extrem altmodisch oder wieder total hip war. Als sie den Clipverschluss öffnete und in die Innenfächer schaute, roch es stark nach Kölnisch Wasser. Drinnen fand sie einen 4711-Zerstäuber, eine Puderdose, einen dunkelroten Lippenstift und ein Zettelchen … nein, einen klein zusammengefalteten Fünfzigmarkschein!

Aus irgendeinem Grund erinnerte Florence diese Tasche an Miss Marple, obwohl es schon Jahre her war, dass sie zum letzten Mal einen Miss-Marple-Film gesehen hatte und überhaupt nicht mehr wusste, ob Miss Marple überhaupt eine Handtasche benutzte. Hatte sie nicht immer den Gaunern mit dem Täschchen eins übergebraten?

Fünfzig Mark, dachte Florence, davon könnte man ja mal richtig gut essen gehen. So lecker mit Fleisch und Rotwein und Dessert – wie zuhause eben. In ihrem Zimmer angekommen öffnete sie ihren Schrank und überlegte, was sie anziehen sollte. Da sie nun eine Handtasche besaß, konnte sie seit langem mal wieder ein Kleid tragen, ohne in die Verlegenheit zu kommen, keinen Ort für die Unterbringung von Schlüssel und Geld zu haben.

Dann klopfte sie bei Carla. Keine Antwort. Nun gut, das musste warten. Vielleicht traf sie Rainer ja irgendwo durch Zufall. Wäre ja nicht das erste Mal und es wäre besser als ein Telefonat.

Als sie in der Innenstadt aus dem Bus stieg, fühlte sich Florence irgendwie unwohl in dem langen Blümchenkleid und der komischen Tasche. Um als Verteidigungswaffe wie bei Miss Marple zu taugen, müsste ein Ziegelstein drin sein, dachte sie. So schepperte es nur kläglich in der Tasche, denn außer dem Geld und ihrem Schlüssel hatte Florence der Vollständigkeit halber den 4711-Zerstäuber, den dunkelroten Lippenstift und die Puderdose darin belassen.

Sie ging durch kopfsteingepflasterte Gässchen an einem kleinen Bach entlang. Überall gab es Eiscafés, aber alle waren überfüllt und Florence wollte außerdem richtig essen. Sie bog nach links ab und ging durch andere Gassen bergauf bis zu einem Platz mit einem Brunnen in der Mitte. Es wimmelte von Studenten, die einfach auf dem Pflaster saßen und Bier aus Flaschen tranken. Auch Terrassen und Tische gab es und man hörte ein vielfaches Murmeln und immer wieder lautes Lachen. Eigentlich ein malerischer Platz inmitten all dieser Fachwerkhäuser und dem riesigen buntbemalten Rathaus – wie aus einem Bilderbuch. Doch Florence war mehr nach einem kleinen Restaurant an einem weniger überfüllten Ort. Der einzige Orientierungspunkt war der Turm der Stiftskirche, ohne den sich Florence wie in einem Labyrinth fühlen würde, denn die Gassen und Sträßchen verliefen nicht parallel und orthogonal, sondern schief. Man schlug eine bestimmte Richtung ein, kam dann aber woanders heraus als beabsichtigt.

Florence landete nach ziellosem Gassengewirr schließlich wieder bei der Stiftskirche, von der sie sich vorsichtshalber nicht allzu weit entfernt hatte. Unentschlossen ging sie am Eingangsportal vorbei und an einer Mauer entlang. In der Mauer war eine Lücke und eine Treppe führte auf eine abschüssige Gasse. Langsam schlenderte Florence weiter, bis sie rechts, in einer anderen, noch engeren Gasse genau das sah, was sie gesucht hatte: drei kleine runde Tische mit weißen Tischdecken vor einem Lokal, das *Pasta basta* hieß. Bisher saß niemand an den Tischen im Freien und ein Kellner in weißem Hemd, schwarzer Fliege und mit einer langen Schürze stand im Türrahmen und rauchte genüsslich. Florence setzte sich an einen Tisch mit zwei Stühlen, und zwar an den Platz, von dem aus sie auf die Gasse sehen konnte. Auf den anderen Stuhl stellte sie ihre Tasche.

Der Kellner brachte ihr die Speisekarte und einen Martini. »Per la bella Signorina«, sagte er zwinkernd und Florence fühlte sich endlich einmal wieder wie zu Hause.

Sie blätterte die Karte durch und bestellte dann Parmaschinken mit Melone, Rigatoni al forno, Wasser und ein Glas Rotwein. Der Kellner verschwand im Inneren des Lokals. Langsam wurde es dunkler und die Straßenbeleuchtung flammte auf. Einige Wolken zogen über den rötlichen Himmel, aber es war warm.

Der Kellner brachte das Wasser, den Wein und die Vorspeise. Vier Leute setzten sich an den benachbarten Tisch. Viele Deutsche hatten die Angewohnheit, sich so laut zu unterhalten, dass man in einem Radius von fünfzehn Metern jedes Wort mithören konnte. So auch ihre Tischnachbarn, zwei Frauen und zwei Männer. Die Männer studierten die Speisekarte, die Frauen hatten sich schon entschieden und diskutierten lautstark über ein Ding, das *Rocketstar* hieß.

Florence versuchte, die penetranten Frauenstimmen aus ihrem Gehirn auszublenden, um die Abendstimmung zu genießen, aber es gelang ihr nicht, denn die Tonlage der Unterhaltung nebenan war so, dass sie sich direkt in die Ohren bohrte und bescheidenere Geräusche der Sommernacht wie das Zischen und Brummen der Kaffeemaschine im Inneren des Restaurants, das Tellerklappern oder das Zirpen einer verirrten Stadtgrille in den Hintergrund drängte. Wieso schrien die so?

Doch dann brachte der Kellner ihr Essen. »Buon appetito!«, wünschte er ihr.

»Merci«, sagte Florence und freute sich auf die Rigatoni, die mit Sahnesoße und Käse überbacken waren. Hungrig begann sie zu essen.

Als kurze Zeit darauf der Kellner gerade ihren Teller abräumte, trat ein etwa Vierzigjähriger in Anzug und Schlips an ihren Tisch.

»Isch do no frei?«, fragte er.

Florence hatte nur das Wort »frei« verstanden und nickte vage. Immer die mit ihrem Dialekt!

Der Mann schien ein Stammgast zu sein, denn der Kellner brachte ihm unaufgefordert eine Flasche Weißwein. Als seine Meeresfrüchte serviert wurden, war Florence bereits beim Dessert, einem Tiramisu.

»Gutön Appetit«, wünschte sie dem Mann, der begann, die Schalen der Krustentiere aufzuknacken.

Die Diätfrauen am Nachbartisch nagten schon seit einer halben Stunde an drei Salatblättern und vermaßen Florence unverhohlen mit Röntgenaugen. Daraufhin leckte sie ihren Löffel besonders lasziv ab.

Mit einem Plopp landete plötzlich eine Muschel in ihrem Tiramisu und ihr Gegenüber wurde rot und stammelte etwas vor sich hin.

Florence lachte und legte ihm die Tiramisu-Muschel auf den Tellerrand. »Das ist einö neuö Création.«

Er wurde wieder beige und lächelte. Mit der leeren Weinflasche winkte er dem Kellner, der verstehend nickte und eine volle brachte. Florence nutzte die Gelegenheit und bestellte laut und mit süffisantem Blick zum Nebentisch ein weiteres Tiramisu. Sollen die zwei mageren Schnallen doch an ihrem Karnickelfutter ersticken, dachte sie boshaft.

Allmählich taute der vom Wein zunehmend rosiger werdende Tischgeselle auf. »I hoiß ibrigens Dieder.«

Florence hatte kein Wort verstanden, aber da ihr der Mann die Hand entgegenstreckte, folgerte sie, dass er sich soeben vorgestellt hatte, und sie ergriff die etwas schlaffe Hand.

»Enchantée«, sagte sie, »isch 'eißö Florence.«

»Ah, Sie send wohl aus Franggreich. Des heer i glei. Au, jetzt muaß i aber hochdeitsch schwätza.«

Florences Gesicht war ein einziges Fragezeichen. Sie hatte nur »Frankreich« verstanden.

»Ich werde jetzt hochdeutsch sprechen«, wiederholte der Mann sehr langsam und überdeutlich.

»Das freut misch. Denn isch 'abö nischt gelernt diese Dialekt … Können Sie misch bitte Ihrö Namen wiederholen?«

»Dieter.«

»Ah bon, Dietör.«

»Wollen Sie noch etwas trinken, Florence?«

»Nein, dankö.«

»Oder vielleicht noch einen Nachtisch? Tiramisu? Panna cotta?«

Florence sah sich wieder nach den zwei Schnepfen um, doch die erhoben sich leider gerade, also lohnte es sich nicht, sie durch weiteres Nachtischfressen zu provozieren. Die eine starrte ihr unverhohlen ins Gesicht und Florence fühlte sich plötzlich unbehaglich. Nun, da sie ihre Klappe hielt und man ihre grelle Stimme nicht hören musste, war sie geradezu überirdisch schön. Lange blonde Haare, unendliche Beine, die in hochhackigen Sandalen endeten, ein kurzes schwarzes Kleid … Florence schlug unwillkürlich die Augen nieder, was ihren Blick auf ihre eigenen Füße in den klobigen Doc-Martens-Stiefeln lenkte. Sie fühlte sich plötzlich wie ein Trampeltier, ihr langes Blümchenkleid kam ihr unendlich bieder vor.

»Komm jetzt endlich, Addy«, sagte einer ihrer Begleiter.

Betretene Stille entstand. Alle Anwesenden, sowohl Männer als auch Frauen, starrten dem Abgang jenes Feenwesens nach, neben dem alle anderen, auch ihre Freundin, verblassten.

»Sicher, dass Sie nix mehr trinka möchtet?«, unterbrach Dieter schließlich das Schweigen.

Florence schüttelte sich kurz und straffte ihre zusammengesunkenen Schultern. »Isch 'ätte lieber, dass Sie misch zeigön die Stadt.«

Als Dieter den Kellner heranrief und für beide bezahlen wollte, erhob sie Einspruch. »Isch bin schon eingeladön von Miss Marple.« Sie wedelte mit der Handtasche.

Als sie mit Miss Marples fünfzig Mark bezahlte, sah sie, wie der Kellner Dieter die ganze Zeit verschwörerisch zuzwinkerte. Ha, dachte Florence, das könnte euch so passen, so einfach ist das nicht.

Sie erhoben sich und Dieter führte Florence durch holprige Gassen an Fachwerkhäusern und Erkerbauten vorbei, bis sie ihn am Ärmel zog und auf ein Schaufenster zeigte. Dort waren zur Demonstration der Fotografierkünste des Inhabers verschiedene Hochzeitsaufnahmen ausgestellt.

Florence begann zu kichern. »Sieh mal«, prustete sie, »der Mann sieht aus wie einö Schornsteinfeger und die Frau wie die 'ochzeitstortö.«

Dieter sah nun auch hin und begann ebenfalls zu lachen. Sie krümmten sich und hielten sich die Bäuche, und als sie gerade am Höhepunkt des Gelächters ankamen, ging das Licht im Schaufenster aus. Sie verstummten eine Sekunde, sahen sich an, um danach noch heftiger loszuplatzen.

Untergehakt, prustend und schwankend wie zwei Betrunkene gingen sie weiter durch immer dunklere Gassen.

Dieser Dieter war tatsächlich ein paar Zentimeter größer als Florence und man konnte sich gut an ihm abstützen. Sie landeten schließlich am Neckar und setzten sich auf die warme raue Mauer. Eine Trauerweide hängte ihre Zweige ins Wasser. Dieter erzählte vom Dichter Hölderlin in seinem Turm, unternahm jedoch keinen Versuch, sich ihr weiter zu nähern, was gut war, denn sie hörte ihm nur halb zu und dachte an Rainer. Da drüben, auf der Insel, hatten sie noch vor genau einer Woche im Gras gelegen …

In der Ferne grollte Donner und Windböen fegten um die Häuserecken. Erst jetzt bemerkte Florence, dass sie ihre Handtasche vergessen hatte. Sie erzählte Dieter von der Miss-Marple-Tasche, um keine romantische Stimmung aufkommen zu lassen. Die Wörter wollten nicht flüssig aus ihrem Mund kommen und innerlich raste sie vor Wut über die deutsche Syntax, bei der man in den Nebensätzen das Verb immer bis zum Ende aufbewahren musste.

Eine starke Windbö wirbelte Staub und trockene Blätter auf. Dicke Regentropfen zerplatzten auf Florences nackten Armen und sie schauderte.

»Schnell zrück ins *Pasta Basta*«, sagte Dieter und sie gingen nebeneinander her.

Florence hatte völlig die Orientierung verloren. Sie wähnte sich kilometerweit von dem Lokal entfernt, doch schon durch nur drei kleine Gässchen erreichten sie das Restaurant, gerade als ein Blitz den Himmel in zwei gezackte Teile zerschnitt. Die Tische und Stühle auf der Terrasse waren weggeräumt, und das Lokal stand trotzig finster und abweisend mit geschlossenen Fensterläden in der Gasse.

Dieter ging zur Tür, klopfte laut und der Kellner von vorhin öffnete mit einem breiten Grinsen und schloss die Tür hinter ihnen wieder ab.

Das Lokal war leer bis auf die Angestellten, die in Rauchwolken gehüllt um die Theke standen und saßen und Grappa und Wein tranken. Ihre Fliegen hingen herunter, die weißen Hemden waren hochgekrempelt und aufgeknöpft und legten schwarze Brusthaare frei.

Florence sah ihre Miss-Marple-Tasche an einem Garderobenhaken hängen und nahm sie an sich. Dieter wies sie zu einem kleinen runden Tisch und bestellte Weißwein. Er füllte beide Gläser bis zum Rand und leerte seines gleich zur Hälfte. Florence nippte vorsichtig an ihrem Glas. Die Italiener schauten immer wieder herüber, prosteten und grinsten anzüglich.

Dieter hatte inzwischen sein drittes Glas geleert, füllte Florences noch beinahe volles und sein eigenes wieder auf, erhob sich, ging hinter die Theke, holte sich eine neue Flasche und rief über die Schulter: »Schreib's auf, Giovanni.«

»Auf die Liebe!«, flüsterte er heiser mit schwerer Zunge und Florence schaute durchdringend in seine nun von rötlichen Adern durchzogenen Augen.

Dann erinnerte sie ihn an das Schaufenster und sie begannen erneut zu kichern.

Dieter lockerte seinen Schlips.

»Do gibt es einen Sensor«, sagte er, »wenn man zu laut läschdert, geht des Licht aus.«

Er bekam prustend einen Lachanfall und konnte sich nicht mehr einkriegen. Nach einer Weile kam es Florence seltsam vor, so lustig war der Witz nun auch nicht gewesen, bis sie merkte, dass er nicht lachte, sondern hemmungslos weinte. Er hatte den Kopf in seine Armbeugen auf der Tischplatte vergraben und wurde von Krämpfen geschüttelt. Hilflos saß sie da. Wie tröstete man einen heulenden deutschen Mann? Sie legte eine Hand auf seinen Arm. Er schien es nicht zu bemerken, also nahm sie sie wieder weg.

Schließlich ging Florence mit ihrem halb vollen Glas zur Theke.

»Ciao bella«, sagte einer der Kellner, der sich als Giuseppe vorstellte.

»Willste du eine Grappa?«, fragte der Koch Lorenzo.

Florence ging nicht darauf ein. »Was passiert mit Dietör?«, fragte sie in die Runde.

»Ah, Dieter iste eine arme Mann«, sagte Giovanni, der andere Kellner, und zündete sich eine neue Zigarette an. »Er hat bekommen Hörner von seine Frau und jetzte er komme jede Abend und trinke unsere ganze vino bianco weg.«

»Si, si«, bestätigte Giuseppe, »früher immer komme hier mit Frau. Jetzt isse Frau weg, jetzt komme alleine und trinke alleine. Aber so weine wie heute – was du habe mit ihn gemachet?«

»Isch 'abö gar nischts gemacht!«, entrüstete sich Florence.

Der Giovanni-Kellner rückte indes immer näher an sie heran, seine Hand befand sich plötzlich auf ihrem Knie. Sie schlug empört darauf und rutschte von ihm weg, was sie gefährlich nahe an die Kante des Barhockers brachte. Da näherte sich jedoch schon der Lorenzo-Koch von der anderen Seite und Florence wusste nicht mehr, wohin sie ausweichen sollte. In diesem Moment wurde ihr klar, dass es so nicht weitergehen konnte.

Was machte sie eigentlich mitten in der Nacht fern ihrer Heimat in einem Lokal zwischen brünstigen Italienern und einem sturzbetrunkenen flennenden deutschen Mann, der den Wein inzwischen direkt aus der Flasche in sich hineinschüttete?

Sie glitt vom Hocker, nahm ihre Handtasche und flüchtete unter den Pfiffen der Italiener aufs Klo, um besser nachdenken zu können. Vor dem Spiegel schnitt sie ein paar Grimassen. Dann öffnete sie die Handtasche, was den Kölnischwasserdunst wie einen Flaschengeist herauswabern ließ, nahm den altrosafarbenen Lippenstift heraus und schrieb quer über den Spiegel: *Les hommes, c'est une autre espèce.*

Als sie ins Lokal zurückkam, war die leere Flasche vor Dieter umgefallen und er selbst eingeschlafen.

Florence stellte die Tasche auf ihren verwaisten Stuhl und berührte ihn noch einmal am Arm.

Er grunzte und lallte: »Isch's jetz scho Mondag?«, ohne die Augen zu öffnen.

Unschlüssig schaute sie sich um. Die Italiener winkten sie zu sich an die Bar.

Das könnte euch so passen, dachte Florence grimmig und ging schnell zum Ausgang, verfolgt von Pfiffen und bella-ragazza-Rufen.

Die Tür schnappte klickend hinter ihr zu. Erleichtert trat sie auf die Gasse. Das Gewitter hatte sich in strömenden Regen aufgelöst. Das *Pasta Basta* stand dunkel und feindlich neben ihr und sie fühlte sich wie die dem Hades entlaufene Persephone. Es half alles nichts, sie musste irgendwie zur Bushaltestelle gelangen. Toller Kavalier, dieser Dieter. Nicht dass sie etwas von ihm wollte, aber wenigstens heimfahren hätte er sie können ... Aber nein, irgendwie hatte sie Pech, alle besoffen sich in ihrer Anwesenheit. Musste man sich Sorgen machen?

Florence fror in dem heftigen Regen und freute sich auf ihr Zimmer, auf eine heiße Dusche und das weiche Bett, in dem zwar leider kein Rainer lag, aber das doch unendlich gemütlich war.

Es kam jedoch noch schlimmer. Vom letzten Bus, der zu den Wohnheimen auf dem Berg fuhr, sah Florence gerade noch die Rücklichter, als sie an die Haltestelle kam. Sie war bereits völlig durchnässt. Das Kleid hing wie ein gestrichenes Segel um ihre Beine und klebte am Oberkörper an der Haut. Kein Mensch war weit und breit zu sehen.

Am See

Rainer und Wolfgang saßen bei Rainers Tante Gisela auf der Terrasse und tranken Rotwein. Es war acht Uhr abends und sie sahen hinunter auf den Genfer See. Das Baden war allerdings ein Flop gewesen: Man musste Eintritt bezahlen, um an den Strand zu gelangen, zumindest an der Stelle, wo sie es versucht hatten und die sie aufgrund eines Wegweisers, auf dem »Au lac« stand, gefunden hatten.

»Unglaublich!«, sagte Wolfgang, »als ob der See jemandem gehörte!«

Aus Protest waren sie dann direkt zu Tante Gisela gefahren, hatten sich auf die bequemen Liegestühle in ihrem Garten gelegt und ausgiebig Mittagschlaf gehalten.

»Ist eh viel gemütlicher als der Piss-See«, sagte Rainer trotzig, »du musst dir nur noch einen Pool in den Garten bauen, Gisela, dann ist es hier absolut perfekt. Von oben sieht der See viel besser aus.«

Es war wirklich ungeheuerlich, dass man für den See Eintritt zu bezahlen hatte. Rainer dachte an die Indianer in Amerika, die ihr Land nicht verkaufen wollten, weil sie sagten, die Erde sei ihre Mutter, und wer verkauft schon seine Mutter. Wie recht sie doch hatten. Mit welcher Begründung konnte man das Land einfach aufteilen und sagen, das ist jetzt meins? Und wer hatte sich das mit den Grenzen ausgedacht? Wenn ein Baum nun seine Wurzeln genau auf der Grenze hatte, war dann seine eine Hälfte deutsch und die andere schweizerisch, oder die eine Hälfte von Herrn Müller und die andere von Frau Maier? Und wie weit ging denn dieser absurde Besitzanspruch? Wenn man nun ganz tief in die Erde bohrte, immer tiefer, bis in das heiße Erdinnere, gehörte das auch noch demjenigen, dem das Land darüber gehörte? Und angenommen, man bohrte so weit, bis man auf der anderen Seite des Planeten wieder herauskam, ja, wo landete man da eigentlich? In Australien?

Diese etwas wirren Gedanken gingen Rainer durch den Kopf, als er auf Tante Giselas Liegestuhl lag und sich über den Eintritt für den See ärgerte. Als die Gedanken immer konfuser wurden, schlief er ein und träumte, wie er in einer Art Space Shuttle, das wie das Motorrad beladen war, ins Erdinnere fuhr und auf der anderen Seite mitten im Ozean wieder herauskam. Er hatte sich wohl mit Australien verrechnet. Weit und breit nur Wasser und er mit seinem Ufo, auf dem mit Expandern ein Zelt und eine Tasche festgeschnallt waren. Plötzlich war da auch Florence, mitten im Wasser, und sie rief um Hilfe mit ihrem niedlichen Akzent: 'ilfööö, 'ilfööö! Rainer versuchte verzweifelt, zu ihr zu gelangen, aber sein komisches Gefährt bewegte sich nicht, war verankert am Meeresgrund, und da tauchte plötzlich Joe wie ein Wal neben Florence auf, zog sie auf seinen Rücken und schwamm mit ihr von dannen.

An dieser Stelle wachte Rainer auf und war wütend auf sich selbst. Er war der größte Idiot unter Gottes Sonne, hatte es vergeigt, hatte nicht gekämpft. Wieso hatte er Florence im Stocherkahn nicht einfach umgebettet? Ohne große Erklärung. Sie gehört zu mir. Dann wäre sie auf seinem Schoß eingeschlafen, er hätte sie heimgebracht und alles wäre gut. Scheiße. Ein paar dunkelgraue Wolken schwebten über den Gipfeln der Berge, die den See säumten. Gisela war irgendwo im Haus zugange.

»Also, nichts gegen deine Tante, Rainer, aber hier ist's öde. Die Schweizer sind langweilig und teuer. Ich würd gern weiterfahren«, flüsterte Wolfgang.

Rainer riss sich aus seinen Gedanken. »Na ja, ich hätt's mir irgendwie auch lustiger vorgestellt«, sagte er, »aber wir können nicht kommen, fressen und wieder abhauen. Wenigstens eine

Nacht müssen wir hier bleiben. Ist auch nicht so schlecht, das wird das letzte Mal, dass wir in richtigen Betten schlafen …«

In dem Moment kam Rainers Cousine Claudia um die Ecke. Er hatte sie kaum erkannt, denn sie hatten sich zuletzt vor sechs Jahren gesehen. Da war sie neun gewesen.

»Rainer!«, rief sie freudig. »Ihr seid ja schon da!« Sie begrüßte ihn mit den üblichen drei Wangenküsschen und sie stießen mit den Nasen zusammen, weil Rainer ihr die falsche Gesichtshälfte hingehalten hatte.

»Du bist aber groß geworden«, sagte Rainer.

Sie machte ein ärgerliches Gesicht. Es gefiel ihr nicht, dass man mit ihr wie mit einem Kind sprach.

»Du auch«, entgegnete sie ironisch, »aber der da ist noch größer. Ist das dein Freund Wolfgang?«

Wolfgang erhob sich zu seiner beeindruckenden Länge und ließ sich ebenfalls küssen, wobei er sich nicht so linkisch wie Rainer anstellte, schließlich hatte er ein Jahr in Frankreich verbracht.

»Enchanté«, sagte er.

Claudias Augen blitzten. O je, dachte Rainer, was wird das jetzt? Er rechnete. Fünfzehn war sie jetzt, sah aber aus wie mindestens achtzehn.

»Ihr seid mit dem Motorrad gekommen? Voll cool! Ich würd auch gern Motorrad fahren, aber meine Mutter erlaubt das nie!«

»Wir können jetzt eine kleine Runde drehen«, bot Wolfgang an. »Ich pass gut auf dich auf.«

Er ging ins Haus, um Tante Gisela Bescheid zu sagen. Rainer blieb allein auf der Terrasse zurück und hörte, wie Wolfgang den Motor ankickte und Claudia lachte.

Was würde das wohl für ein Urlaub werden? Wolfgang war der Star. Groß, blond, blauäugig und sprach noch dazu perfekt französisch, während er, Rainer, der Kurze, unbeholfen mit seinen vier Jahren Schulfranzösisch herumstotterte.

Als die beiden wieder zurückkamen, schlug Rainer Wolfgang vor, in die Stadt zu gehen, eigentlich schlug er es nicht vor, er befahl es geradezu.

»Kann ich euch begleiten?«, fragte Claudia sofort.

»Klar«, antwortete Wolfgang strahlend.

»Erst mal deine Mutter fragen«, sagte Rainer und kam sich vor wie ein Onkel.

»Kommt nicht in Frage«, sagte Tante Gisela. »Du bist gerade erst fünfzehn.«

»Bitte, Mama, der Rainer ist doch mein Cousin! Ich sehe ihn fast nie!«

Ha, dachte Rainer, jetzt tut sie ganz scheinheilig, als ob ich ihr wichtig wäre, dabei geht's nur um Wolfgang.

»Darüber wird nicht diskutiert. Es ist schon fast zehn. Du bleibst hier«, beschied Tante Gisela kategorisch.

Rainer hatte nicht gewusst, dass sie so streng war. Als Mädchen hat man's schwer, dachte er noch, Mann, bin ich froh, dass ich ein Kerl bin …

»Du bist so gemein!«, schrie Claudia und stürmte davon.

Sie gingen zu Fuß, es war nicht weit und so mussten sie das Motorrad nicht abladen. Sie hatten nur die Tasche mit den Klamotten ins Haus gebracht, wo Tante Gisela ihnen ein schönes Gästezimmer mit eigenem Bad hergerichtet hatte.

»Gar nicht schlecht, deine Cousine«, sagte Wolfgang.

»Halt bloß die Klappe«, schnappte Rainer, »sie ist erst fünfzehn. Du lässt mal schön die Finger von ihr.«

»Jetzt spiel dich hier mal nicht auf wie der große Bruder bei den Türken. Denkst du, ich will mit dir verschwägert werden? Ich hab nur gesagt, dass sie nicht schlecht ist, das ist alles.«

»Sicher ist sicher«, grummelte Rainer, »man weiß ja nie.«

Nachdem sie mit Wolfgangs Kreditkarte Geld von einem Bankautomaten abgehoben hatten, gingen sie in eine Kneipe. Erst tranken sie Bier, bis Wolfgang mit einem Einheimischen ins Gespräch kam, der ihnen irgendeinen komischen Schnaps empfahl. Rainer trank nur einen davon, aber Wolfgang schien das Zeug zu schmecken und er trank mit dem Typen, der einen französischen Namen hatte, den Rainer sich nicht merken konnte, mehrere Gläser auf Ex. Rainer verstand höchstens die Hälfte. Anfangs hatte Wolfgang noch einige Teile der Unterhaltung übersetzt, wenn er merkte, dass Rainer wie ein Fragezeichen daherglotzte, doch nach einer Weile sprach er nur noch französisch und Rainer konnte nicht einmal beurteilen, ob Wolfgang schon lallte, denn diese Sprache war sowieso ein Brei aus Nasalen. Also trank er ein Bier und beobachtete die Leute in der Kneipe.

Irgendwann machte sich der Schnapsbruder vom Acker. Rainer blieb mit einem inzwischen schnarchenden Wolfgang am Tisch zurück. Toller Abend, dachte er, toller Urlaub. Er bezahlte für sie beide. Die Rechnung war sehr hoch, bestimmt hatte sich der andere davongemacht, ohne die Zeche zu bezahlen. Wenn ich den erwische, dachte Rainer, dreißig Franken weg an einem Abend. Er musste Wolfgang ohrfeigen, um ihn zu wecken.

»Is schon Sonntag?«, fragte Wolfgang grundlos.

Wer weiß, was der gerade träumt, dachte Rainer. Er zerrte ihn hinter dem Tisch vor und versuchte, ihn auf die Beine zu stellen. Es gelang ihm mit einiger Anstrengung. Die Leute in der Bar beobachteten inzwischen interessiert, wie er sich mit dem langen Lulatsch abmühte.

»Wolfi, du musst selber laufen!«, schrie er ihm ins Ohr, was dieses Mal einfacher ging als sonst, denn Wolfgang hing windschief über einem Barhocker.

Er murmelte irgendetwas auf Französisch. Rainer legte Wolfgangs rechten Arm über seine Schulter und versuchte, so aus der Bar zu kommen. Der lange Wolfgang hing schwer auf ihm, Rainer schleifte ihn mehr, als dass er selber ging, und weil der Durchgang sehr eng war, fegte der herumbaumelnde linke Arm Wolfgangs ein volles Bierglas von einem der Tische.

»Pardong«, sagte Rainer und schleppte sich und seinen Freund bis vor die Tür. Draußen angekommen, stellte er Wolfgang wieder gerade hin. Der murmelte immer noch auf Französisch vor sich hin. Es war nicht weit bis zum Haus von Tante Gisela, aber es ging steil bergauf. Wolfgang war viel zu groß und schwer, um ihn zu tragen. Ich bin ja keine Ameise, dachte Rainer, was mach ich jetzt mit dem? Er konnte nicht einmal ein Taxi rufen, denn den letzten Schweizer Franken hatte er dem Kellner als Trinkgeld gelassen.

Rainer legte wieder Wolfgangs Arm um seine Schultern und begann in militärischem Tonfall »links, rechts, links, rechts, links, rechts« zu schreien. Es schien zu funktionieren. Wolfgang setzte sich in Bewegung und hielt den Takt. Als Rainer dachte, dass Wolfgang seinen Rhythmus gefunden hatte, hörte er auf mit dem Kommando. Prompt erschlaffte Wolfgang und sackte in sich zusammen und Rainer musste wohl oder übel Feldwebel spielen, obwohl er nie bei der Bundeswehr gedient hatte. Schneidig schrie er wieder »links, rechts, links, rechts, links, rechts« und Wolfgang stakste zackig vorwärts, zwar noch immer schief an Rainer hängend, aber er ging wenigstens selbst. Hoffentlich verhaftet mich keiner als Neonazi, dachte Rainer, was mache ich wohl für einen Eindruck, jetzt sehen sie alle Vorurteile gegen die Deutschen wieder bestätigt. Wenigstens habe ich keine Glatze. Schreiend ging er mit Wolfgang die steile Gasse hinauf. Seine Stimme hallte zwischen den Altstadthäusern wider. Niemand war unterwegs. Was für ein totes Kaff, dachte Rainer, während er weiter skandierte, wird Zeit, dass wir hier wegkommen.

Endlich erreichten sie das Haus seiner Tante. Rainer verstummte und Wolfgang verknäulte sich vor der Haustür. Rainer öffnete die Tür mit dem Schlüssel, den ihm seine Tante zuvor gegeben hatte. Wolfgang war wieder eingeschlafen und mittlerweile murmelte er nicht mehr. Rainer knipste das Licht an, fasste Wolfgang unter den Achseln und schleifte ihn durch den breiten Flur bis zu ihrem Zimmer. Dort angekommen, wuchtete er Wolfgang auf eines der Betten. Dann zog er ihm die Schuhe aus und ging selbst ins Bad. Als er wieder zurückkam, lag Wolfgang immer noch so da, wie er ihn hatte fallen lassen, und schnarchte. Rainer deckte ihn mit einem Laken etwas zu, aber es war sowieso nicht kalt. Hoffentlich kann er morgen überhaupt weiterfahren, dachte Rainer noch, bevor er selbst einschlief.

Als Rainer aufwachte, tönte vom anderen Bett immer noch lautes Schnarchen. Komisch, wieso war Rainer gestern Nacht nicht aufgefallen, dass Wolfgangs T-Shirt zerrissen war? Hatte er das etwa verbrochen, als er ihn so herumgezerrt hatte? Rainer wusste nicht, wie spät es war. Er schaute aus dem Fenster. Es war bewölkt. Er versuchte, einen Kirchturm zu entdecken, konnte aber aus seinem Blickwinkel nur Häuser sehen. Er fühlte sich fit. Also beschloss er, nicht weiterzuschlafen, und ging erst mal duschen.

Als er wiederkam, bewegte sich Wolfgang schon etwas. Rainer überlegte, ob er ihm eine schöne Überraschung bereiten sollte, indem er Claudia holte und ihn von ihr wecken ließ. Dann ließ er es aber doch bleiben und begann stattdessen laut zu pfeifen, während er sich anzog. Wolfgang bewegte sich nicht mehr, er schien wieder fest eingeschlafen zu sein. Also ging Rainer in die Küche, wo er seine Tante fand. Sie kochte gerade Kaffee und Rainer half ihr, das Geschirr auf die Terrasse zu tragen. Es war nicht mehr so warm wie gestern und ein leichter Wind bewegte die Bäume. Es war bereits halb zwölf. So langsam könnte Wolfgang aufstehen, dachte Rainer. Claudia schlief wohl auch noch.

»Ihr habt mir gestern Nacht die Nachbarschaft aufgeweckt«, sagte Tante Gisela, »einer von euch beiden hat die ganze Gasse entlang ›links, rechts, links, rechts‹ geschrien.«

»Das war ich«, antwortete Rainer, »der Wolfgang hat mit einem Typen so einen komischen Schnaps getrunken und dann konnte er fast nicht mehr laufen. Deshalb musste ich das Kommando geben …«

Der Tisch war gedeckt und das Essen fertig, aber von Wolfgang und Claudia war immer noch nichts zu hören und zu sehen. Also gingen sie beide wecken, Gisela zu ihrer Tochter und Rainer zu Wolfgang.

Rainer versuchte es zuerst mit Worten. Wolfgang rührte sich nicht. Dann schüttelte er ihn. Schließlich kitzelte er ihn an den Füßen. Da zuckte Wolfgang zusammen und rief wieder wie am vorigen Abend in der Kneipe: »Is denn schon Sonntag?«

»Nein, erst Samstag«, antwortete Rainer.

Wolfgang starrte ihn an wie einen Außerirdischen. Also schickte ihn Rainer unter die Dusche und sagte, er solle schnell zum Frühstück kommen. Er selbst ging wieder hinaus auf die Terrasse. Claudia saß bereits am Tisch in einem Sommerkleid und sorgfältig frisiert und geschminkt. Er sagte ihr guten Morgen, sie ihm zwar auch, aber sie wirkte irgendwie abweisend. Sie war wohl immer noch beleidigt wegen des vorigen Abends.

Inzwischen war der Wind stärker geworden und es war kühl und ungemütlich auf der Terrasse. Also trugen sie gemeinsam wieder alles nach drinnen und deckten den Tisch im Esszimmer. Endlich kam auch Wolfgang. Er wollte Claudia mit den üblichen drei Küsschen begrüßen, aber sie drehte ihren Kopf weg. Das war seltsam, auch Gisela schaute sie fragend an.

Während des Essens beteiligte sich Claudia nicht an der Unterhaltung und vermied es, in Wolfgangs Richtung zu schauen. Wolfgang holte, als sie schon alle fertig gegessen hatten, die Landkarte und sie besahen sich die Strecke nach Lyon. Es waren nur etwa dreihundert Kilometer.

»Ein bisschen mehr als eine Tankfüllung«, sagte Rainer, das fahren wir ruckzuck.«

»Wollt ihr nicht noch einen Tag hierbleiben?«, fragte Gisela. »So, wie's aussieht, fängt's nämlich gleich an zu regnen.«

»Nee, wir sind Sonnenkinder, wir haben Glück mit dem Wetter, nicht wahr, Raini?«

»Aber auf dem Heimweg müsst ihr noch mal vorbeischauen, versprochen?«

Im Gästezimmer suchten sie ihre Sachen zusammen und stopften sie in die gemeinsame Tasche.

»Was ist denn mit meiner Cousine los?«, fragte Rainer, »sie scheint ja schwer in dich verknallt zu sein.«

»Du hast echt einen guten Schlaf, Raini«, sagte Wolfgang, »hast du wirklich gar nichts gehört?«

»Gehört? Was gehört? Hast du etwa …?«

Rainer wollte schon ausholen, um Wolfgang eine reinzuhauen, aber Wolfgang fing seinen Arm auf.

»Sei nicht so blödarschig, Mann. Gar nichts hab ich. Aber deine Cousine … Also wirklich, wenn man denkt, dass sie erst fünfzehn ist …«

»Also hast du doch …« Rainer holte schon wieder aus.

»Nein, ich habe nicht. Sie kam irgendwann am frühen Morgen daher in so einem dünnen Fummel und hat sich zu mir ins Bett gelegt. Erst bin ich gar nicht aufgewacht und als ich sie dann bemerkt hab und sie wegschicken wollte, hat sie an mir rumgezerrt wie eine Wildkatze, oh Mann …«

»Und du hast dich dagegen gewehrt?«, fragte Rainer drohend.

»Ich musste dann kotzen«, fuhr Wolfgang fort. »Als ich nach zwanzig Minuten wieder vom Klo kam, war ich richtig wach und hab ihr gedroht, ihre Mutter zu wecken, wenn sie nicht sofort verschwindet.«

»Die kleine Claudia«, murmelte Rainer ungläubig, »gut, dass wir hier wegkommen …«

Sie gingen in die Garage, holten das Motorrad heraus und schnallten die Tasche wieder fest. Der Wind trieb nun immer dickere schwarze Wolken heran, aber noch regnete es nicht. Sie gingen wieder ins Haus, um sich zu verabschieden. Rainers Tante und Claudia kamen mit ihnen vor die Tür. Claudia hatte sich wieder unter Kontrolle. Rainer meinte sogar, erneut jenes Blitzen in ihren Augen zu bemerken, mit dem sie schon gestern Wolfgang betört hatte.

Rainer fuhr, um Wolfgang noch etwas Ruhe nach dem Schnapsabend und dem Claudiaschock zu gönnen. Er folgte den Schildern, musste jedoch darauf achten, nicht auf die Autobahn zu geraten, denn er wollte keine Strafe bezahlen. Alles war gebührenpflichtig, die Straßen, der See, sogar die Klos an den Raststätten.

Sie fuhren am Genfer See entlang. Die Wolken wurden dicker und dunkler. Die ersten großen Tropfen zerplatzten auf den Visieren ihrer Helme. Wird schon gleich wieder aufhören, dachte Rainer. Die Tropfen wurden zwar kleiner, aber häufiger. Wolfgang gab ihm einen Knuff von hinten und Rainer hielt an einer Ausbuchtung in der Fahrbahn.

»Los, absteigen und Regenklamotten anziehen!« Wolfgang nestelte bereits am Tankrucksack, um das Gummizeug hervorzuholen.

»Mensch, wegen ein paar Tropfen. Die Wolken verziehen sich gleich wieder«, nörgelte Rainer, obwohl er inzwischen selbst nicht mehr daran glaubte.

»Wenn wir erst mal nass sind, bringen die wasserdichten Klamotten nichts mehr, Herr Rainer.«

Missmutig zerrte also auch Rainer den leuchtend orangefarbenen Regenanzug aus dem Tankrucksack. Er wollte natürlich nicht zugeben, dass er dieses Ding vor allem deshalb nicht anziehen wollte, weil er damit aussehen würde wie der Mann von der Müllabfuhr, oder eigentlich noch eher wie ein halbvoller Müllsack, denn die Anzüge der städtischen Angestellten passten wenigstens, damit konnten die Leute getrost in die Techno-Disco gehen, aber dieser geborgte Regenanzug war ihm mindestens drei Nummern zu groß, denn Wolfgangs Kumpel, der ihn ihm so großzügig überlassen hatte, war ein richtiger Harleyfahrer mit Bauch und Vollbart. Rainer stieg also in jene unvorteilhafte Kluft und zog den Reißverschluss hoch. Er schaute an sich herunter und bereute zum ersten Mal die Idee mit dem Motorradurlaub. Welcher Cowboy hatte je so lachhaft ausgesehen! Wolfgangs Regenmodell war zwar auch nicht gerade der Renner, aber es war rot und in der richtigen Größe. Tatsächlich war aber während der ganzen Aktion der Regen wirklich stärker und die Bewölkung lückenlos geworden. Rainer sah noch einmal auf die Karte, die in der Sichthülle des Tankrucksacks steckte. Wenn sie Genf hinter sich gelassen hatten, mussten sie über die Grenze Richtung Bellegarde-sur-Valserine fahren, wenn sie nicht die Autobahn benutzen wollten, die in Frankreich noch teurer war als in der Schweiz. Wolfgang stieg ebenfalls auf. Sie fuhren weiter am See entlang, aber die Landschaft hatte jeglichen Reiz verloren, denn der Regen war nun so heftig, dass alles nur noch wie grau gestreift aussah, wie bei den alten Schwarzweißfernsehern mit Bildstörung. Rainer musste ständig mit einer Hand das Wasser von seinem Visier wischen, um überhaupt einigermaßen sehen zu können, wohin er fuhr. Sein neonorangener Regenanzug füllte sich mit Luft, sobald er schneller als sechzig Stundenkilometer fuhr, sodass er aussah wie ein Michelinmännchen und das Motorrad noch mehr herumeierte.

»Mann, hab ich Kopfweh«, stöhnte Wolfgang von hinten, »warum sind wir nicht mit dem Auto gefahren, da könnt ich wenigstens drin pennen … Und dann noch diese Gitarre! Alles kacke!«

Nachtwache

Das Wasser tropfte aus Florences Haaren auf die Schultern. Das Gehen war mühsam, weil sich das nasse Kleid in den Beinen verfing. Nur ihre Füße in den Doc Martens waren noch trocken. Sie ging schneller, um sich aufzuwärmen. Es half nicht viel. Die Fußgängerzone lag hinter ihr. Bis zu der Straße, die nach oben zu den Hochhäusern führte, waren es noch gut zwei Kilometer ohne Steigung. Der Regen ließ nicht nach, er wurde eher stärker. Florence fror und beschloss endlich, den Stechschritt durch Schweinsgalopp zu ersetzen. Sie raffte das Kleid bis über die Knie, um nicht zu stolpern, und lief an einem Unigebäude vorbei, dann an der Mensa. Allmählich wurde ihr wärmer. Sie joggte weiter, bis sie an die große Kreuzung mit der Tankstelle kam, an der sie sich immer orientierte. Nun ging es bergauf. Ihre Schritte verlangsamten sich. Das Regenwasser vermischte sich mit ihrem Schweiß.

Den Berg schaffe ich nicht, dachte Florence. Zu allem Überfluss war nun auch noch der Bürgersteig zu Ende. Sie hielt an, ihre Beine zitterten vor Anstrengung und sie schnappte nach Luft. Ganz langsam ging sie am Straßenrand weiter. Ein vereinzeltes Auto rauschte vorüber. Florence balancierte nun auf dem Randstein, denn sie befürchtete, übersehen zu werden. Dieser Berg hört nie auf, dachte sie und das Wasser tropfte aus ihren Haaren. Wieder hörte sie, wie ein Auto näher kam und sie hörte außerdem, wie der Motor gedrosselt wurde. Nur nicht umdrehen, dachte sie, einfach so tun, als ob nichts wäre. Aber das Auto kam näher und hielt schließlich neben ihr. Krampfhaft starrte sie nach vorne und ging stur weiter.

»Was ist denn mit Ihnen passiert?«, fragte eine Frauenstimme und Florence wandte sich um.

Ein Polizeiauto.

»Der Bus ist weggefahrön«, antwortete Florence.

»Na, dann steigen Sie mal ein.«

Florence kletterte erleichtert auf den Rücksitz.

»Wohnen Sie im Studentendorf Waldhäuser-Ost?«, fragte die Polizistin.

»Genau«, antwortete Florence.

Auch der Fahrer wandte sich kurz zu ihr um. »Des isch net guat, wenn Se so schbäd no omananderlaufet. Nägschd Mol gugged Se, dass Se Ihrn Bus net verbassed.«

»Bitte?«, fragte Florence.

»Scho reacht. Sie verschdandet mi net. Aber Schwäbisch isch a Weldschbrooch, des misset Se no lärna.«

Die Polizistin wandte sich wieder um. »Mein Kollege sagt, Schwäbisch sei eine Weltsprache, die Sie noch lernen müssen …«

»Isch bin froh, wenn isch lernö Deutsch«, sagte Florence.

Ha, Weltsprache, dachte sie, die spinnen, die Schwaben.

Endlich waren sie oben angelangt. Florence fror wieder, aber nun war sie ja fast zu Hause.

»Tausend Donk, Madame, Monsieur«, sagte Florence beim Aussteigen.

»Scho reacht«, sagte der Polizist.

Florence beeilte sich, aus dem Wagen zu kommen. Auf dem Rücksitz war ein riesiger nasser Fleck. Hoffentlich sieht mich keiner, dachte Florence, die werden denken, dass ich von den Bullen aufgegriffen wurde.

Das Polizeiauto wendete und fuhr davon.

Langsam ging sie die paar Schritte zu ihrer Haustür, die stets unverschlossen war. Es regnete unvermindert stark, aber das war nun egal. Bald würde sie trocken im warmen Bett liegen. Sie drückte gegen die schwere Tür und ging zum Aufzug. Krachend schlossen sich die Türen. Sie stieg aus, öffnete die Tür zum Flur und machte Licht. Dann tastete sie an ihrer Seite und ein leises Grauen überkam sie.

Keine Hosentasche, weil Kleid. Kein Schlüssel. Handtasche. Handtasche im *Pasta Basta*.

Triefend und tropfend ging Florence in die Küche und ließ sich auf das ausgefranste Sofa fallen. Dann überlegte sie. Ob sie bei Carla klopfen sollte? Wie spät war es eigentlich? Sie nahm das braunfleckige Küchenhandtuch und trocknete sich so gut es ging damit ab. Nun war ihr wieder kalt. Dann setzte sie Wasser auf. Sie hängte einen Beutel Kamillentee in eine Tasse mit halbem Henkel und goss das inzwischen kochende Wasser darüber. Dann hörte sie, wie die Flurtür geöffnet wurde. Kurz darauf standen Viktor und zwei Leute, die Florence nicht kannte, in der Küche.

»Challo Chigh Towerr«, sagte Viktor, »wie siehst du denn aus?«

»Isch 'abö gemacht eine Spaziergang bei Nacht unter die Regön.«

»Ohne Schirm?«, sagte das Mädchen mitleidig, das mit Viktor gekommen war.

»Als isch fortging, es 'at noch nischt geregnet.«

»Und wieso ziehst du dir nicht was Trockenes an?«, fragte der Mann, der auch mit Viktor gekommen war.

Florence schaute an sich herunter und verschränkte die Arme vor der Brust, denn soeben wurde ihr bewusst, dass sich ihre Brüste durch den nassen Stoff hindurch abzeichneten.

»Isch 'abö gelassen mein Tasche im Restaurant«, sagte sie. »Meine Schlüssel ist darin.«

»Ich chabe einen Anzug fürrr dich«, sagte Viktor.

Florence ging dankbar mit ihm in sein Zimmer. Er öffnete die Tür seines Kleiderschranks, woraufhin ein verknäulter Klamottenberg hervorquoll, den er entwirrte, bis er einen kanariengelben Lappen hervorzog. Dann wühlte er weiter, um den zweiten Teil zu finden, was aufgrund der Farbe nicht allzu lange dauerte. Strahlend überreichte er Florence den Fund.

»Donke«, sagte sie und verschwand damit im Bad.

Sie stellte sich in eine der Duschkabinen und schloss die Tür ab. Das Kleid war kaum auszuziehen, es klebte wie ein Gummihandschuh an der Haut. Sogar die Unterhose war nass. Florence zog sich die gelbe Jogginghose an. Sie war zwanzig Zentimeter zu kurz, dafür aber vierzig Zentimeter zu weit. Das dazugehörige Sweatshirt hatte keine Form. Sie hätte getrost dreimal hineingepasst. Es roch muffig und nach Mottenkugeln. Mit einer Hand hielt Florence die Hose fest, damit sie nicht herunterfiel, während sie ihr Kleid, ihre Unterwäsche und ihre Socken auf die Heizung hängte. Die Stiefel stellte sie darunter. Barfuß schlappte sie zu Viktors Zimmer und klopfte an seine Tür.

Er öffnete und grinste. »Du siehst gutt aus. Kann ich dich heirrraten?«

»Viktor! Schweig!«, sagte Florence, die inzwischen zu müde für blöde Witze war.

Die anderen drei lachten. Sie saßen auf dem Boden herum und tranken unverdünnten Wodka aus Wassergläsern.

»Florrrence, trrrink einen Wodka, dann wirrrd dirrr warrrm.« Viktor stand auf, um ein trübes Glas für Florence vom Regal zu holen und zu füllen.

»Nein!«, rief Florence, »nie wieder Wodka!«

Doch da war er schon eingeschenkt, also setzte sie sich zu den anderen auf den Boden. Im Sitzen musste sie wenigstens diese labbrige Hose nicht mehr festhalten.

Sie erhoben die Gläser und stießen an.

»Nastrrrovje!«

»Santé!«

Florence nippte. Es brannte und wärmte, aber eigentlich sehnte sie sich nach ihrem Bett. Die drei anderen brabbelten Russisch. Sie lehnte sich an Viktors Bett und schloss die Augen.

»Florrrence!«, hörte sie Viktors Stimme rufen. »Willst du schlafen bei mirrr? Ich kann auch im Sessel sitzen und schlafen.«

Florence warf einen zweifelnden Blick auf Viktors schmuddeliges Bett. Konnte man ihm trauen? Eigentlich war er ja ein Freund, aber man wusste nie … Sie würde wohl kein Auge zutun.

»Donke, Viktor, du bist sehr freundlisch«, sagte sie schließlich, »aber isch werde schlafön auf die Sofa in die Küche.«

Sie erhob sich und dachte erst im letzten Moment daran, die Hose festzuhalten.

»Wie du willst, Florrrence«, sagte Viktor.

Florence ging zur Tür. »Donke für den Wodka und für die Anzug.«

Sie hatte ihr Glas auf dem Boden stehen lassen. Mehr als zwei Schlucke von dem Zeug konnte sie nicht trinken.

In der Küche versuchte sie, auf dem Sofa eine bequeme Position zu finden, was schwierig war, denn es war zu kurz und nach der Rückenlehne hin abschüssig. Sprungfedern bohrten sich durch das durchgesessene Polster in ihren Rücken. Schließlich legte sie sich mit dem Rücken gegen die Lehne und zog die Beine an. Ihre Knie hingen über die Kante ins Freie. Sie zog eine kratzige Decke, die auf dem Sofa herumlag und die bestimmt schon fassweise Bier und andere Flüssigkeiten verschluckt hatte und dementsprechend roch, über sich, denn ihr war immer noch kalt. Der Mottenkugelgeruch des Jogginganzugs vereinte sich mit dem Moderaroma. Zum Glück war das Essen schon so lange her, sonst hätte sich ihr der Magen umgedreht. Der Regen rauschte fortwährend.

Florence dachte an den vergangenen Abend. Ob dieser Dieter sich nach der Ausnüchterung überhaupt noch an die Nacht erinnern würde? War sie nur für Betrunkene attraktiv? Ich will sowieso keinen Dieter, dachte sie dann, ich will Rainer. Morgen muss ich Viktor fragen, wann Rainer Dienst hat, beschloss Florence und versuchte einzuschlafen.

Die Nacht oder besser gesagt das Morgengrauen auf dem Küchensofa waren entsetzlich. Florence war nur minutenweise eingenickt und sofort wieder aufgewacht, weil ständig irgendein Körperteil abgeklemmt war. Einmal hatte sie es fast geschafft, doch dann war der Kühlschrankmotor mit einem bei Nacht geradezu ohrenbetäubenden Schnarren angesprungen. Dieser Kühlschrank der Marke »Arktis« erfüllte zwar artig seine Funktion, war aber ansonsten jenseits von Gut und Böse, er musste wohl aus Zeiten kurz nach dem Krieg stammen. Die Tür hielt nicht mehr zu, irgendein studentischer Tüftler hatte zwei Klammern angebracht, trotzdem vereiste im Inneren alles bis zur Unkenntlichkeit.

Schließlich hatte Florence irgendwann resigniert das fettige Radio angemacht. Sieben Uhr, sagte der Sprecher. Vor acht konnte sie den Bereitschaftsdienst mit dem Generalschlüssel nicht holen. So eine Scheiße, dachte Florence, fünf Meter weiter steht ein schönes weiches Bett, aber ich kann es nicht benutzen. Es regnete noch immer. Florence machte sich ganz langsam einen Kaffee, um die Zeit bis acht herumzubringen. Wenn ich vorher hingehe, dachte sie, schlachtet er mich. Bedächtig spülte sie einen Teller und eine Tasse aus dem Geschirrberg. Dann setzte sie sich an den Tisch und frühstückte.

Nach dem Essen spülte sie gemächlich das ganze herumliegende Geschirr und machte die Küche sauber vor lauter Langeweile. Die gelbe Jogginghose hatte sie inzwischen mit einem Stück Paketschnur festgebunden. Erst zwanzig vor acht. Das Kleid lag zerknittert auf der Heizung im Bad und war schon fast trocken. Erleichtert zog sie es wieder an. Den gelben Jogginganzug legte sie auf die Heizung neben der Dusche. Alle schliefen noch, es war ungewöhnlich still. Allmählich wich der Schmerz aus den Knochen, dagegen verbreitete sich jedoch ein anderer Schmerz in ihren Beinen: Muskelkater. Sie war schon zu lange nicht mehr gelaufen und die nächtliche Joggerei war ihr nicht bekommen. Ich muss wieder Sport machen, dachte Florence, man sieht ja, wo das hinführt, wenn man unsportlich ist.

Prophezeiung

Rainer saß in einem rumpeligen Altbauzimmer in Lyon und langweilte und grämte sich. Auf einem wackligen Wäscheständer, über den Stühlen, Sesseln und Lampen hingen Wolfgangs und Rainers sämtliche Klamotten. Sie hatten zwar an Regenschutz für sich, nicht aber für das Gepäck gedacht. Und die Regenanzüge hatten der Sintflut auf Dauer auch nicht widerstanden. Daher waren sie jetzt bis auf die Unterhose nass.

Rainer trug eine schwarzlila Batikhose und einen gelbroten afrikanischen Batikkaftan von Corinne, einer gebürtigen Senegalesin, bei der sie wohnten. Sein rechtes Bein lag erhöht auf einem afrikanischen Pouf. Das Knie war heiß und geschwollen. In der Vaseline-Stadt – so nannte er Bellegarde-sur-Valserine – war er in einer Haarnadelkurve auf einem Zebrastreifen ausgerutscht. Wolfgang war trotz seines Schnapskaters geistesgegenwärtig abgesprungen, aber Rainer war auf sein Knie gefallen und das Motorrad hinterher. Die XT hatte fast nichts abbekommen, nur der Bremshebel war etwas verbogen. Juanita war wie durch ein Wunder heil geblieben, nur ihr Koffer war zerkratzt. Danach hatte Wolfgang bis Lyon die Frontposition eingenommen, Rainer hatte die Zähne zusammengebissen und gedacht, wird schon nicht so schlimm sein.

Scheißfranzosen, dachte er und starrte auf sein rotes Knie, wer kommt auf die Idee, einen Zebrastreifen mitten in eine Kurve zu malen? Bisher war der Urlaub ein einziger Reinfall. Und Florence war nicht da. Ob sie in Tübingen geblieben war? Oder etwa auch in Frankreich, womöglich hier ganz in der Nähe? Oder, und bei dem Gedanken brodelte Rainer innerlich, war sie mit Joe in die USA gereist, wo er ihr nun seine Farm zeigte?

Es regnete immer noch. Wolfgang war mit Corinne in die Stadt gefahren, um sich Bücher zu kaufen. Rainer stand auf und hüpfte auf einem Bein und mit wallendem Kaftan in die Küche, um zu sehen, ob sein Eispack wieder gefroren war. Corinne war sehr nett, sie hatte Rainer zum Arzt bringen wollen, aber er hasste Ärzte. Die machten alles nur schlimmer, bestimmt hätten sie ihn operiert und eingegipst und dann wäre der Urlaub vorbei gewesen.

Nee, nee, dachte Rainer, das wird schon wieder, da pack ich Eis drauf und es schwillt ab. Im Moment sah es allerdings gar nicht danach aus. Das Knie wurde eher dicker.

Was heißt noch mal »mingno«, dachte Rainer, als er wieder auf dem Sofa lag, ich muss Wolfgang fragen. Er hatte gehört, wie Corinne zu Wolfgang gesagt hatte: »Il est mignon, ton copain.« War das gut oder schlecht?

Ein Schlüssel wurde ins Schloss gesteckt. Kurz darauf polterten Corinne und Wolfgang gutgelaunt herein. Wolfgang war in feuchten Klamotten losgegangen und hatte sich in der Stadt neu eingekleidet. Rainer kam sich entsetzlich lächerlich vor in seinen Batikgewändern.

»Ça va, Rainör?«, fragte Corinne, während sie ihm die Wangen küsste.

»Ça va«, sagte Rainer und blickte leidend.

»Unkraut vergeht nicht«, meinte Wolfgang, aber Corinne sah ihn strafend an. Sie verstand ganz offensichtlich Deutsch. »Tu es méchant, Wolfgong. Du bist böse. Isch 'ole disch neu Eis«, sagte sie zu Rainer. »Isch glaubö, du musst ge'ön zu Doktor.«

Rainer war gerührt von so viel Fürsorge. Corinne verschwand in der Küche.

»Was heißt mingno?«, fragte er Wolfgang.

»Mignon«, verbesserte Wolfgang, »heißt so was wie süß oder putzig. Wo hast du das gehört?«

»Weiß nich mehr«, sagte Rainer ausweichend, aber insgeheim freute er sich.

Corinne kam wieder mit einem Waschlappen voll Eiswürfel und legte ihn auf Rainers Knie. Sie berührte es vorsichtig.

»Er ist 'eiß«, sagte sie besorgt.

O ja, dachte Rainer.

Laut sagte er: »Bei deiner guten Pflege werde ich morgen wieder Marathon laufen …«

Er sah ihr hinterher, wie sie mit wiegenden Hüften wie eine afrikanische Stammesherrscherin in die Küche schritt. Kaskaden von dünnen schwarzen Zöpfen voll bunter Perlen hingen ihr bis auf die Taille und klimperten leise bei jeder Bewegung.

Ein paar Tage später waren sie in der Camargue im Städtchen Les-Saintes-Maries-de-la-Mer angekommen. Wolfgang stand an einer Bäckerbude, um sich ein Sandwich zu kaufen, während Rainer das Motorrad bewachte. Nach zwei Tagen in Lyon war sein Knie abgeschwollen. Es schmerzte noch immer, aber Rainer beschloss, den Schmerz zu ignorieren. Die Klamotten waren getrocknet und es hatte aufgehört zu regnen. Die Lederhosen waren nach dem Trocknen hart wie Buchenbretter gewesen, passten sich dann aber schnell wieder ihren Trägern an.

Wolfgang war abends in Lyon mit anderen Leuten, die er noch von seinem Auslandsstudium her kannte, ausgegangen. Corinne hatte sich derweil um Rainer gekümmert. Ich bin ja so »mignon«, dachte er zufrieden und grinste in sich hinein. Ein böses Teufelchen in seinem Kopf flüsterte außerdem, gut so, Rainer, so zahlst du es Florence heim, dass sie einfach mit diesem Ami verschwunden ist.

Wolfgang kam kauend zurück zum Motorrad. In fünf Bissen verschlang er sein Thunfischbaguette, warf das Papier weg und schwang sich in den Motorradsattel.

»Ich hab gerade gefragt, wo ein Campingplatz ist«, sagte er.

»Wir müssen einen großen Baum finden, sonst knallt uns gleich morgens die Sonne auf die Birne und wir wachen um sieben Uhr auf«, sagte Wolfgang, als sie bereits im Schritttempo kreuz und quer über die staubigen Wege des Zeltplatzes fuhren. Die schattigsten Plätze waren jedoch alle schon von Holländern mit ihren Caravans belegt. Nur noch kümmerliche kleine Bäumchen waren übrig, deren Schatten jetzt, um fünf Uhr abends, noch nicht einmal für das Motorrad ausreichte. Sie hielten an und zogen sich die Helme herunter.

Rainer kratzte sich am Kopf. »Wir bräuchten einen Kompass, um zu wissen, wo die Sonne morgens steht …«

»Ich kenne einen Indianertrick«, sagte Wolfgang und ging suchend umher. Schließlich hielt er ein morsches Stöckchen in der Hand und steckte es in den sandigen Boden. »Da, wo der Schatten jetzt hinfällt, geht morgen die Sonne auf. Also müssen wir das Zelt dort aufbauen.« Er wies auf eine Stelle neben einem Olivenbäumchen.

Sie machten sich daran, das Motorrad abzupacken. Das Zelt wurde aus der Hülle gepellt und Rainer steckte die Fiberglasstöcke, die das Dach des Iglus halten sollten, zusammen. Wolfgang breitete das Stoffteil aus. Sie beeilten sich, so gut es ging, denn sie wollten an den Strand und ins Meer springen. Endlich stand das Iglu. Schnell warfen sie das ganze Gepäck hinein und kippten den Inhalt der Reisetasche aus, um ihre Badehosen zu suchen.

Wolfgang war als Erster im Wasser. Rainer stürzte hinter ihm in die trägen Wellen und sie bespritzten sich derart, dass die Leute um sie herum schimpfend aus ihrem Spritzradius flohen.

»Endlich am Meer!«, seufzte Rainer, als sie im Sand lagen und die schon leicht orangefarbene Sonne sie trocknete.

Der Strand leerte sich langsam und Rainer war gerade am Einschlafen, als Wolfgang in etwas pampig-belehrendem

Tonfall sagte: »Du weißt schon, dass Corinne eigentlich einen Freund hat?«

Rainer wusste es nicht. »Ist mir egal«, murmelte er und schlief ein.

Er träumte, wie er an einen Marterpfahl gebunden und von afrikanischen Dorfbewohnern umtanzt wurde. Ein großer Schwarzer schrie auf Französisch, man müsse ihn kochen. Der Kessel stand schon auf dem Feuer. Corinne kam mit einem Eispack und sagte: »Er muss erst ge'eilt werdön.« Plötzlich stand ihm gegenüber im Licht der Abendsonne Florence. »Er ge'ört mir«, sagte sie herrisch. Die Afrikaner verschwanden und sie kam mit einem Fahrtenmesser, um die Seile durchzuschneiden. Dabei stieß sie aus Versehen an sein rechtes Knie und Rainer schrie auf.

Sein Knie pochte. Die heiße Sonne hatte den Schmerz wieder geweckt. Ob Florence überhaupt noch an ihn dachte?

Das Schwimmen hatte sie hungrig gemacht. Rainer und Wolfgang wälzten sich inmitten von Touristenhorden zu Fuß durch Les-Saintes-Maries-de-la-Mer. In den Läden gab es allerlei Pseudozigeunerartikel zu kaufen. In einem Touristenbüro holte Wolfgang einen Prospekt und sie erfuhren, dass hier eine Kirche der heiligen Sarah, der Patronin der Zigeuner, geweiht war.

Zwei Frauen mit Kopftüchern und großen Ohrringen näherten sich und wollten ihnen aus der Hand lesen.

»Non, merci«, sagte Wolfgang.

Aber Rainer hielt einer von ihnen seine Hand hin.

»Je vois l'amourrr«, sagte die Zigeunerin mit geheimnisvoller Stimme und rollendem »r«. »Vous allez trouver l'amourrr dans notre pays. Ça fait quarante francs, monsieur.«

»Was hat sie gesagt?«, rief Rainer ungläubig, »spinn ich oder soll ich jetzt echt vierzig Francs zahlen?«

»Sie hat dir immerhin Liebe prophezeit«, sagte Wolfgang.

»Monsieur, il faut payer«, insistierte die Zigeunerin und hielt die Hand auf.

Ihre Augen stachen durch Rainer und ihm wurde mulmig.

Wolfgang schaltete sich ein. Mit seinem blauäugigen Strahlelächeln und seinem perfekten Französisch schaffte er es, die Frauen auf fünfundzwanzig Francs herunterzuhandeln.

Rainer bezahlte zähneknirschend. Abergläubisch, wie er insgeheim war, fürchtete er sich vor einem Zigeunerfluch und zog es vor, nicht mehr weiter zu feilschen.

»Das hätt ich mir auch selber wahrsagen können, dass ich im Urlaub die Liebe finden werde«, meinte Rainer beim Weitergehen.

»Sie hat nicht ›im Urlaub‹, sondern ›in unserem Land‹ gesagt, das ist ein Unterschied«, sagte Wolfgang.

»Wieso, in Frankreich bin ich nur im Urlaub.«

»›In unserem Land‹ ist ein sibyllinischer Ausdruck. Denn sie kann ja auch das Land der Zigeuner gemeint haben, das heißt also überall, denn sie haben ja kein festes Zuhause …«

»So viel Subtilität soll in diesem Satz stecken?«, zweifelte Rainer, »außerdem bin ich nicht abergläubisch.«

»Warum hast du dich dann darauf eingelassen?«, fragte Wolfgang.

Sie gingen weiter. Rainer drehte sich noch einmal nach den zwei Zigeunerinnen um, um sicherzugehen, dass sie ihm nicht einen Fluch hinterherschickten. Wolfgang blieb an einer der ausgehängten Speisekarten stehen und las. Wie alle Touristen suchten er und Rainer nach einem netten, billigen, untouristischen Lokal. Dabei gab es so etwas eben nicht und erst recht nicht in der Hochsaison.

»Wir könnten eine Paella für zwei Personen nehmen«, schlug Wolfgang vor, »das ist lecker.«

»Was ist das?«, fragte Rainer.

Er war in seinem Leben noch nicht viel verreist und war ansonsten auch keiner, der ausländische Restaurants ausprobierte.

»Das ist so ein lecker Reistopf mit Fleisch und Gemüse«, erklärte Wolfgang, »da wird man auch bestimmt satt von.«

Sie setzten sich in ein kleines Lokal, in dem gerade ein Tisch frei wurde, und bestellten Rotwein und Paella für zwei Personen. Während sie warteten, betrachteten sie die vorbeilaufenden Touristen.

»Die Deutschen sind eine Schande für Europa«, sagte Rainer. »Sieh dir das mal an: Bäuche wie Fässer und laufen ohne Hemd rum. Birkenstocksandalen und weiße Socken. Hilfe!«

»Das Schlimmste ist, dass die zu Hause wahrscheinlich in Anzug und Schlips im Bankenviertel hinterm Schreibtisch sitzen. Man sollte sie mal fragen: Würden Sie so auch durch Frankfurt laufen?«

»Genau, wieso müssen sie die armen Franzosen mit ihrem Anblick belästigen? Kein Wunder, dass uns keiner leiden kann, erst fangen wir einen Krieg an, dann fallen wir in ihr Land ein und sehen schlimmer aus als ihre schrecklichsten Alpträume ...«

In dem Moment kam der Kellner mit einer großen Platte voll gelbem Reis, auf dem kreisförmig-dekorativ Garnelen, Langusten, Muscheln und Wurststückchen angeordnet waren.

Rainer glotzte das Essen ungläubig an.

»Bedien dich«, sagte Wolfgang zu Rainer. Er deutete Rainers Starre als Andacht vor dem Essen. »Was ist denn los, du schaust, als ob du Heuschrecken essen müsstest ...«

»Heuschrecken nicht, aber Garnelen oder wie auch immer dieses Zeug heißt. Du Blödmann hast mir erzählt, das wär Reis, Gemüse und Fleisch, kein Wort von diesen Meeresungeheuern!«

Rainer hatte Lust, Wolfgang zu verprügeln. Die Garnelen starrten ihm mit kleinen schwarzen Knopfaugen von der Platte entgegen.

»Das hab ich eben vergessen, du musst sie ja nicht essen, die sind nur obendrauf.«

Wolfgang konnte nicht länger warten und schaufelte sich den Teller voll.

Rainer war sauer, was sich negativ auf seinen Appetit auswirkte. Wolfgang hatte jedoch bereits die obere Schicht der Platte abgetragen und den Reis und das Fleisch freigelegt. Soeben machte er sich an eine Languste heran. Es krachte. Schon das Geräusch ließ Rainer erschaudern. Wie konnte man so etwas essen? Vorsichtig tat er sich auch ein paar Löffel Reis, Erbsen, Fleisch und rote Wursträdchen auf den Teller.

»Was ist das für Fleisch?«, fragte er naserümpfend. »Hoffentlich kein Fisch?«

»Nein, keine Sorge, das ist Kaninchen, und die Wurst heißt Chorizo, das ist voll lecker scharf.«

Wolfgang, der Vielfraß, hatte seinen ersten Teller schon fast leer. Rainer probierte endlich. Es schmeckte an sich gut, schön würzig, aber empfindlich, wie er war, entzog sich ihm nicht der Geschmack nach Meergetier, von dem der ganze Reis durchdrungen war. Er pickte nach den Wursträdchen, aß ein paar Gabeln voll Reis mit Erbsen, dann stieß er auf eine unscheinbare Muschel, die ihre Schale schon verloren hatte und deshalb leicht mit einem Stück Kaninchenfleisch zu verwechseln war. Als er draufbiss, verging ihm vollends der Appetit. Demonstrativ schob er den Teller von sich und nagte lustlos an einem Stück trockenen Weißbrot.

Wolfgang hatte inzwischen die zweite Ladung auf dem Teller. Als der gestresste Kellner wieder einmal vorbeieilte und am Nebentisch die leeren Teller aufeinanderstapelte, bestellte Rainer schnell eine Mousse au chocolat. Mousse au chocolat ist gut, dachte er, da kann man nichts falsch machen. Das macht meine Mutter auch manchmal. Er bekam sein Dessert, als Wolfgang gerade mit seinem zweiten Teller fertig war und sich dann noch über Rainers kalte Reste hermachte, weil er nichts verkommen lassen wollte. Hungrig löffelte Rainer seine Nachspeise.

Wolfgang lehnte sich in dem Korbstühlchen, das unter seiner Länge irgendwie lächerlich wirkte, so weit es ging, zurück, um seine Bauchpartie zu entlasten.

»Wenn du so weiterfrisst, kriegst du 'nen Kessel wie diese Fässer mit Beinen da vorhin«, sagte Rainer. »Das hast du mit Absicht gemacht. Ha, eine Paella für zwei Personen ganz allein gefressen …«

»Woher soll ich denn wissen, dass du so schleckig bist und keine Meeresfrüchte magst?«, entgegnete Wolfgang ungerührt und streichelte seinen Bauch.

In dem Moment kam der Kellner und räumte das Geschirr ab.

»Je voudrais encore une mousse au chocolat«, sagte Rainer, nachdem er den Satz in Gedanken mehrmals geübt hatte.

»Elle est bonne, la mousse, hein?«, sagte der Kellner mit einem Lächeln und brachte Rainer kurz darauf eine größere Portion als beim ersten Mal.

Als Rainer und Wolfgang aus der Stadt zum Zeltplatz zurückkamen, merkten sie zum ersten Mal, dass sie etwas Wichtiges vergessen hatten: eine Taschenlampe. Fluchend wühlten sie im Zeltinneren nach ihren Zahnbürsten, die sie mit dem restlichen Tascheninhalt ausgeschüttet hatten. Die Suche blieb erfolglos. Wolfgang schob die ganzen Kleidungsstücke und Kleingegenstände an eine der Zeltwände, sie breiteten die Isomatten aus, die man leichter ertasten konnte, und packten sich in ihre Schlafsäcke.

Rainer passte gut ins Zelt, er hatte oben und unten noch einige Zentimeter Spielraum, wohingegen der lange Wolfgang das Iglu ausbeulte und am liebsten seine Füße ins Freie strecken wollte, was ihm Rainer jedoch untersagte, weil sonst das Moskitonetz nicht mehr lückenlos schließen würde und er keine Lust auf die Blutsauger hatte.

Auch ohne Stechmücken wachten sie um halb sieben Uhr morgens auf. Alles war still, aber die Sonne schien direkt auf das Zeltdach, woraufhin das Innere sich sofort wie ein Backofen erhitzte. Schimpfend und schwitzend kroch Rainer aus dem Zelt.

»Indianertrick. Hahaha. Dieser Scheißphilologe. Die einfachsten Berechnungen …«

Er zog seine Isomatte hinter sich her und sah, dass ihr Zelt auf dem bisher nahezu einzigen Sonnenfleck des ganzen Campingplatzes stand. Grummelnd breitete er seine Matte unter einem Strauch aus und legte sich wieder hin. Wolfgang dagegen kramte im Zelt und kam mit einem Buch wieder. Ostentativ setzte er sich mit kerzengeradem Rücken wie ein asiatischer Asket in den Schneidersitz und widmete sich seiner Lektüre. Rainer hatte sich weggedreht. Schon nach wenigen Augenblicken gab er knurrende Laute von sich und klatschte sich mit den Händen ins Gesicht und auf den Oberkörper, um die Fliegen zu verscheuchen, die es anscheinend nur auf ihn abgesehen hatten.

»Wie wär's mit Waschen?«, sagte Wolfgang, ohne von seinem Buch aufzusehen.

Rainer explodierte. »Wegen dir Blödmann kann ich nicht weiterschlafen! Überall ist Schatten, nur *unser* Zelt steht in der Sonne!«

Wolfgang warf Rainer ein Handtuch zu, mit dem er sich zudeckte. Das Gesicht war aber immer noch frei und die Fliegen krochen nun in Rainers Ohren. Zuckend und knurrend warf er sich hin und her, bis ihm Wolfgang auch noch ein T-Shirt zuwarf, das Rainer sich aufs Gesicht legte. So lag er nun da, verhüllt wie eine Mumie. Durch einen Spalt im T-Shirt auf seinem Gesicht sah Rainer, wie sich Wolfgang in die Hand biss, um nicht vor Lachen zu brüllen. Der macht sich lustig über mich, dachte er wütend, braucht der keinen Schlaf oder was?

Rainer versuchte, still zu liegen und an etwas Schönes zu denken, aber je mehr er sich darauf konzentrierte, desto mehr spürte er die Härte des Untergrunds und meinte, wieder eine Fliege auf sich zu spüren, dieses Mal am Fuß, was jedoch nur ein Resultat seiner überreizten Nerven war. Angestrengt bemühte er sich erneut, seine Gedanken auf etwas Meditatives, Schlafförderndes zu lenken, mit dem Ergebnis, dass ihn ein Heer von imaginären Fliegen heimsuchte. Hinzu kam, dass er plötzlich glucksende Geräusche aus Wolfgangs Richtung vernahm, die immer lauter wurden und schließlich in hemmungsloses Gelächter mündeten. Schnaubend sprang er auf und trat Wolfgang, der in seinem Schneidersitz inzwischen seitlich weggekippt war vor lauter Lachen, kräftig in den Hintern, aber es war nichts zu machen. Wolfgang japste nach Luft und bekam einen Schluckauf, hörte aber nicht auf zu lachen. Rainers Tritte verdampften nutzlos. Sein Knie begann wieder zu schmerzen, obwohl er mit dem linken Fuß getreten hatte.

Resigniert ließ er sich auf seine Matte fallen. »Geh Frühstück holen, du Sadist«, sagte Rainer tonlos.

Wolfgang gehorchte immer noch grinsend und zwischendurch kichernd, sagte aber nichts. Es war inzwischen schon ziemlich heiß und der Campingplatz erwachte allmählich, überall hörte man das Rascheln von Zeltplanen und das Geräusch von Reißverschlüssen.

Wolfgang kam zurück vom Campingplatzladen mit zwei Baguettes, Butter, Schinken, Käse, Marmelade und Milch. Rainer hatte sich inzwischen wieder beruhigt. Muss ich eben nachher am Strand schlafen, dachte er, vielleicht träum ich dann von Florence.

Ein paar Schritte von ihnen entfernt kampierte eine deutsche Familie mit Wohnmobil und Tübinger Kennzeichen. Der Vater saß an einem Campingtisch mit einem Baby auf dem Schoß, das auf den Tisch patschte.

»Seid ihr die ganze Strecke von Tübingen mit dem Motorrad hergefahren?«, fragte die Mutter, die soeben aus dem Wohnwagen kam und das Motorradkennzeichen gesehen hatte.

»Na ja, in Etappen«, sagte Rainer.

Hinter der Frau lief ein kleiner Knirps auf das Motorrad zu. »Mot«, sagte er und prustete mit dem Mund.

Dann betastete er den Motor und seine kleinen Finger wurden schwarz.

»Jan!«, rief die Mutter drohend.

»Der Motor ist kalt, ihm passiert nichts«, sagte Rainer. »Willst du mal draufsitzen?«, fragte er das Kind.

Der kleine Junge starrte ihn mit großen Augen an und nickte. Rainer hob ihn hoch und setzte ihn auf die Sitzbank. Der Kleine quietschte vor Freude, prustete mit dem Mund und besprühte dabei seine Umgebung. Er streckte die Ärmchen aus, um den Lenker zu ergreifen, aber sie waren viel zu kurz. Rainer hielt ihn fest, damit er nicht vor lauter Begeisterung herunterplumpste, so sehr hoppelte er auf dem Sitz herum.

»Jan, ist gut jetzt, komm frühstücken!«, rief die Mutter.

Der Kleine horchte auf. »Mama! Essen!«, schrie er und begann zu zappeln.

Rainer hob ihn herunter und er lief, ohne sich nochmals umzudrehen, zu seiner Mutter.

»Tschüs, du Pampersrocker!«, rief ihm Rainer hinterher.

Dauerlauf

Florence öffnete ihren Kleiderschrank. Jedes Mal sprang ihr der Anblick der schwarzen Miss-Marple-Tasche ins Auge. Die muss weg, dachte sie, diese Tasche deprimiert mich beim bloßen Ansehen. Sie ließ ein letztes Mal den Clipverschluss knallend aufspringen und roch den Geist von Kölnisch Wasser. Was für ein widerliches Parfüm! Wer konnte sich so einen Gestank freiwillig irgendwohin sprühen? Auch der Lippenstift und die Puderdose waren noch drin. Nur die zwanzig Mark Restgeld hatte sie herausgenommen.

Ich lass dich frei, sagte Florence laut zu der Tasche, vielleicht bringst du jemand anderem mehr Glück als mir. Sie öffnete das Fenster und zögerte. Dann stellte sie die Tasche auf den Schreibtisch und ging noch einmal zu ihrem Schrank. Nach kurzem Suchen fand sie den Parfümflakon, den ihr Jean-Claude, ihr Exfreund, geschenkt hatte. Nuit d'été – Sommernacht – hieß das Parfüm und es stank ekelhaft süß. Jean-Claude wollte immer, dass sie Miniröcke, schwarze Strümpfe und weite Ausschnitte trug. Kein Wunder, dass das nichts wurde mit uns, dachte Florence und steckte den Flakon zu dem säuerlichen 4711. Jetzt können sie gegeneinander anstinken, aber ohne mich, dachte Florence zufrieden. Sie schloss den Clipverschluss, versicherte sich mit einem Rundumblick, ob keiner in der Nähe war und ließ die Tasche neun Stockwerke nach unten auf eine Wiese plumpsen.

Wenn nicht ihr Zimmer- und Briefkastenschlüssel darin gewesen wären, hätte sie die Tasche wohl nicht einmal aus dem *Pasta basta* geholt. Sie hatte gehofft, nicht erkannt zu werden, und war an jenem Sonntag, nachdem ihr der Hausmeister aufgeschlossen hatte, in Jeans, Turnschuhen und einer riesigen Kapuzenjacke ins Restaurant gefahren. Die Verkleidung war natürlich sinnlos, Giovanni rief schon von weitem, als sie die Tür öffnete: »Ciao, Florence!«, und grinste dabei von einem Ohr zum anderen. Sein Rufen lockte Lorenzo und Giuseppe aus der Küche und alle umringten sie. Selbstverliebt wie alle Männer und besonders die Italiener glaubten sie, Florence wäre wegen ihnen gekommen.

»Willste du noch mal Pasta essen?«, fragte Lorenzo sogleich.

»Oder zwei Tiramisu?«, legte Giuseppe nach.

»Wir laden dich ein«, sagte Giovanni.

»Isch komme nur wegön mein Tasche.« Florence sah sie an einem Garderobenhaken hängen, holte sie herunter, öffnete den Clipverschluss und sah erleichtert ihren Schlüssel darin.

»Jetzt hast du sie ja«, sagte Giovanni, »dann kannste du mit uns essen.«

»Genau. Wir machen gleich zu, dann koch ich was Gutes für uns alle«, meinte Lorenzo.

Es war zwei Uhr mittags und es regnete in Strömen. Florence hatte nicht geschlafen und schon um sieben gefrühstückt.

»Einverstandön«, sagte sie, »aber nur, wenn es kein Fisch gibt.«

Sie verbrachte den Nachmittag zwischen Italienern, die ihr von Lorenzo abgesehen gerade mal bis an die Schulter reichten. Giovannis Mama kam auch noch dazu, um nach dem Rechten zu sehen, denn sie war die Chefin. Als Erstes zog sie ihn an den Ohren und überschüttete ihn mit einem italienischen Redeschwall. Danach küsste sie ihn schmatzend rechts und links auf die Backen. Herrisch ging sie hinter die Theke, motzte Toni, den zweiten Kellner, an, dann stampfte sie in die Küche, wo Lorenzo und Luca ihren Anschiss bekamen. Doch schließlich saßen alle um einen großen runden Tisch. Florence aß Minestrone, zwei Teller Pasta und vertilgte dann noch das restliche Tiramisu, das sowieso wegmusste, weil es vom Vortag war. Als sie sich um halb fünf vollgefressen verabschiedete und schon die Tür hinter sich zufallen lassen wollte, kam ihr Giovanni hinterher.

»Haste du nicht was vergessen?«, fragte er und schwenkte die Tasche. »Oder wolltest du noch mal wiederkommen?«

Wieder zu Hause hatte sie zwei Zettel mit Giovannis und Lorenzos Telefonnummern in der Tasche gefunden. Die beiden anderen waren verheiratet.

Jan war weg. Carla war weg und mit ihr Rainers Telefonnummer. Seinen Nachnamen wusste keiner, auch nicht Viktor. Hannah war da, lernte aber den ganzen Tag. Günther zählte sowieso nicht, da er nicht mehr mit Florence sprach. Es war langweilig.

Zwar hatte der Regen aufgehört, aber es war bewölkt und kühl. Ich könnte jetzt in Narbonne im heißen Sand liegen und im Meer schwimmen, dachte Florence, was mache ich hier eigentlich? Sie öffnete erneut ihren Kleiderschrank. In einer Ecke standen alte Joggingschuhe. Gut, dass sie die doch noch eingepackt hatte. Der Muskelkater von ihrem nächtlichen Lauf begann gerade erst schwächer zu werden. Genau der richtige Zeitpunkt, um wieder einzusteigen, dachte Florence und zog sich um. Sie suchte eine Kassette und ihren Walkman.

Als der Aufzug anhielt, entstieg Viktor einer der Kabinen.

»Challo Chigh Towerrr«, sagte er, »wo gesst du chin?«

»Isch gėö laufön«, sagte Florence.

»Warrrte auf mich. Ich komme auch.«

Seufzend setzte sich Florence in den Telefonsessel vor dem Aufzug. Neben dem Telefon stand ein überquellender Aschenbecher und stank vor sich hin. Asche und Kippen lagen verteilt auf dem Boden und dem Telefontisch. Viktor kam nicht. Florence schaltete den Walkman ein. *Just the two of us …*

Viktor trat neben sie und bewegte die Lippen. Florence schaltete die Kassette wieder aus.

»Florrrence, wo chast du meinen gelben Anzug chin?«, fragte Viktor vorwurfsvoll.

»Isch 'abö ihn auf der Heizung in die Bad gelassön«, antwortete Florence. Bei sich dachte sie, o Gott, der will doch nicht etwa in diesem Sack neben mir durch Tübingen laufen!

»Da ist errr abrrr nicht«, sagte Viktor, »na ja, dann geh ich ebben so.«

Er trug eine anthrazitfarbene Polyester-Bundfaltenhose, ein rot-grün kariertes Hemd und braune Halbschuhe.

»'ast du nischt wenigstöns Turnschuhö?«, wagte Florence einzuwenden.

»Stimmt!«, rief Viktor und verschwand wieder in seinem Zimmer.

Er kam in der gleichen Kluft heraus, aber seine Füße steckten in leuchtend weißen Turnschuhen, die ihrem Aussehen nach noch aus der Planwirtschaft der Sowjetunion stammten. Florence ließ ihren Walkman im Zimmer zurück, sie wollte nicht unhöflich sein.

Sie fuhren mit dem Aufzug nach unten. Florence schlug den Weg zum Bauernhof ein, den sie von den Spaziergängen mit Jan kannte. Viktor hielt anfangs noch ganz gut mit, fiel dann aber immer weiter zurück. Florence lief zu ihm zurück. Sein Kopf leuchtete rot in der Landschaft.

»Chast du was zu trrrinken?«, keuchte er.

»Se'ö isch so aus?«, fragte Florence schnippisch.

Langsam ging ihr dieser Viktor auf die Nerven. Sie hatte sich auf einen schönen Lauf mit Musik von Bill Withers gefreut und jetzt stand sie nach weniger als einem Kilometer ohne Musik mit einem unsportlichen Russen auf dem Feldweg herum.

»Sieh mal, Viktor, dort ist ein Bonk. Da du kannst disch 'insetzön, bis isch bin surück.«

Sie lief alleine Richtung Wald weiter. Viktor winkte ihr hinterher. Auf dem Waldweg sah sie in ungefähr hundert Metern Entfernung noch jemanden joggen. Eher klein, braune kurze Haare, drahtig … Das ist Rainer, dachte Florence und ihr Herz blieb kurz stehen. Klar, er joggt doch auch! Wie ich wohl aussehe, so verschwitzt? Egal, jetzt oder nie. Sie beschleunigte und war mit wenigen langen Schritten vor dem anderen Läufer.

»Rainör, isch …«

Der Mann blieb stehen. Es war nicht Rainer. Nun, von nahem und von vorne, fragte sich Florence, ob sie noch ganz bei Sinnen war. Das war ein mindestens vierzigjähriger Familienvater, der fragte: »Sodd i Sie kenna?«

»Excusez-moi«, murmelte Florence mit hängenden Schultern. Sie war knallrot vor Anstrengung und Scham. »Isch 'abö Sie verwechsölt.«

Sie machte kehrt und lief zu Viktor zurück.

Der saß immer noch auf der Bank und unterhielt sich mit einer alten Dame mit Hund. Sein Kopf war nicht mehr rot. Nur seine weißen Turnschuhe leuchteten von weitem. Er erhob sich. »Auf Wiedrrrsehn, gnädige Frrrau«, sagte er und machte eine kleine Verbeugung.

»Ha, des isch abbr a Fraid! En richtiger Kavalier«, sagte eine andere alte Dame, die gerade vorbeispazierte. »Wo hend Se denn den gfonda, Frau Eberle?« Sie setzte sich neben die andere auf die Bank und beide winkten Viktor verliebt hinterher.

»Viktor, weißt du, wann Rainör arbeitet in der Biergarten?«, fragte Florence, während sie zurückgingen und der Schweiß auf ihrer Haut prickelte.

»Rrrainerrr? Ich weiß nicht. Ich chabe inn schon lange nicht gesehen. – Florrrence, ich chabe eine Frrrage: Willst du mit mirr nach Parrris fahren?«

Wieso musste er jetzt das Thema wechseln? Und was wollte er in Paris?

»Was machst du in Paris?«, fragte Florence.

»Ich weiß nicht. Ich wollte einfach nach Parrris fahrrren. Und du kannst mitkommen, weil ich sprrreche nicht frrranzösisch.«

»Isch will aber nicht nach Paris fahrön. Isch war schon oft da und isch muss lernön Deutsch zu sprechön.« Was dieser Viktor immer für Einfälle hatte!

Als Florence unter der Dusche stand, hörte sie Viktor rumoren. Das Bad war ein Raum mit zwei oben und unten offenen Duschkabinen und einer ebenso offenen Toilettenkabine. Das war nicht sehr praktisch, denn wenn man duschte und einem anderen gerade einfiel, sein großes Geschäft zu machen, half alles Shampoo und Duschgel nicht, um den Geruch zu übertönen. Florence hörte nun, wie Viktor in die Kabine nebenan ging und das Wasser andrehte.

»Florrrence, derrr gelbe Anzug ist nicht da«, sagte er durch die Kabinenwand.

»Wozu brauchst du ihn denn?«, fragte Florence. »Willst du jetzt oft laufön?«

»Nein, ich will inn nemmen mit nach Parrris.«

Florence fiel vor Schreck die Flasche mit dem Duschgel aus der Hand. Als sie sich bückte, sah sie Viktors große schneeweiße, mit schwarzen Haarinseln bewachsene Füße im plätschernden Geriesel unter der grauen Duschwand und erhob sich schnell wieder.

»Viktor! Sie werdön disch ver'aftön, wenn du läufst durch Paris in so eine Ansug!«

In dem Moment hörten sie die Klospülung. Hannah mischte sich von außerhalb ins Gespräch, während die beiden Duschen weiterrauschten.

»Suchst du einen gelben Jogginganzug, Viktor?«, fragte sie. »Es tut mir leid, aber den habe ich zu Putzlappen verarbeitet. Der hing hier auf der Heizung bei den Klolappen und sah nicht so aus, als ob jemand ihn tragen würde, deshalb dachte ich, er sei zum Zerschneiden.«

Beim Mittagessen, das Florence gekocht und zu dem sie Viktor eingeladen hatte, bohrte sie noch einmal nach. »Weißt du wirklisch nicht, wann Rainör arbeitet?«

»Ich chabe dirrr schon gesagt, dass ich inn lange nicht gesehen chabe.« Viktor verstummte plötzlich. »Morrrgen färrrt mein Zug nach Parrris. Abr morrrgen Abend ich muss arrrbeiten!«

Das brachte Florence auf eine Idee.

Lothar

Tags darauf saß Florence im Bus Richtung Innenstadt. Viktor hatte behauptet, dass alles ganz simpel wäre und sie einfach an seiner Stelle hingehen solle, und er hatte ihr einen zerknitterten Zettel überreicht, auf dem seine Schichten eingetragen waren. Sie stieg an der Neckarbrücke aus und ging durch den Kies direkt hinter die Theke der Ausschankbude. Ihr Herz klopfte heftig. Vielleicht war Rainer da. Dann wären sie jetzt Kollegen, würden nebeneinander arbeiten und sie könnte ihm alles erklären.

Doch das alles waren Wunschträume. Kein Rainer weit und breit und die anderen Leute, die zur Arbeit eingeteilt waren, schauten sie komisch an.

Bevor sie sich vorstellen konnte, kam ein riesiger, dicker, jähzorniger Mann herbei und schrie: »Wo isch 'n dr Viktor, der muaß doch heit schaffa!«

Florence wollte gerade anheben, um zu erklären, dass sie an Viktors Stelle arbeiten würde, da schrie der Dicke schon wieder, dieses Mal direkt in ihr Gesicht: »Was machet Sie denn do, Gäschde dirfet net hendr dr Thege schdanda!«

Sie hatte zwar nichts verstanden, wusste aber, dass sie sich schleunigst Gehör verschaffen musste, wenn sie nicht, ohne überhaupt angefangen zu haben, gleich wieder hinausgeworfen werden wollte. Der Dicke machte sich inzwischen hektisch daran, ein Fass anzuzapfen, wobei er auf Schwäbisch vor sich hinfluchte. In normaler Lautstärke wird er mich nicht einmal wahrnehmen, dachte Florence.

Also nahm sie ihren Mut zusammen, beugte sich etwas über den am Boden über dem Bierfass kauernden Fleischkloß und schrie: »Isch bin die Ersatz für Viktor, er ist im Urlaub.«

Der Dicke hörte auf zu fluchen und richtete sich auf. Florence wiederholte ihren Satz in derselben Lautstärke.

»I be net schwerheerig«, schrie der Dicke zurück.

Der Biergarten füllte sich schon mit Menschen, eine Schlange bildete sich vor dem Ausschank und die anderen Arbeiter, alle Studenten, wie es aussah, zapften Bier, kochten Würste und kassierten.

Der Dicke drückte Florence einen rechteckigen Plastikkorb in die Hände. »Lääre Gläser sammle, los!«

Florence hatte nur »lääre Gläser« verstanden. Wie ein wandelnder Leuchtturm drängte sie sich durch die engen Bankreihen und beugte sich über die Tische, um die Gläser abzuräumen. Dabei hörte sie von allen Seiten blöde Kommentare von der Sorte: »Wie ist denn die Luft da oben?« Ihre sowieso nur klägliche Schlagfertigkeit verließ sie nun völlig. Was sollte man auch darauf antworten, und das auch noch auf Deutsch? Die würden sie noch mehr auslachen, sobald sie ihren Akzent hörten. Verbissen sammelte sie weiter Gläser in den Korb.

Als er halb voll war, war er schon so schwer, dass sie ihn kaum tragen konnte. Die Bierkrüge aus Steinzeug waren so massiv, dass man jemanden damit erschlagen könnte. Darauf hätte Florence auch tatsächlich Lust, als Erstes den Dicken, dann die Trottel mit den blöden Bemerkungen. Sie brachte ihre Beute zum Ausschank zurück. Der Dicke war gerade weg. Ein Mädchen sagte ihr, wo sie die Gläser hinstellen sollte. Umständlich stellte Florence den Korb ab und die Gläser und Krüge ordentlich nebeneinander.

Ein Junge mit Brille, der Gläser spülte, als gelte es einen Rekord aufzustellen, grinste sie breit an. »So ging's uns allen am Anfang. Der Lothar kann nich anders. Manche Mädels laufen heulend davon …«

Den Gefallen werde ich ihm nicht tun, nahm sich Florence vor.

»Goht's no langsamer?«, unterbrach Lothars donnernde Stimme ihre Gedanken und sie hätte vor Schreck fast einen Krug fallen lassen. »Los, eischengga!«, schrie er jetzt und schubste sie zu der Zapfanlage.

Sie beobachtete erst, wie es die anderen machten. Es sah nicht so schwierig aus. Learning by doing, dachte sie, nahm ein Glas in die Hand und drückte auf den Knopf. Mineralwasser sprudelte hinein. Dann bestellte jemand ein Hefeweizen. Der Dicke wies mit einem bösartigen Grinsen auf jene hohen, schlanken Gläser, aus denen sie damals, bei dem Jazzkonzert, jenes muffige Bier getrunken hatte. Sie hielt eines davon unter den Zapfhahn, auf dem ein Aufkleber mit »Hefeweizen« angebracht war und zog den Hebel nach vorne. Gelblich-weißer Schaum stürzte ins Glas und lief über dessen Ränder. Schnell drückte Florence den Hebel wieder nach hinten. Der Schaum quoll immer noch über die Ränder des komischen Glases und wollte gar nicht mehr aufhören. Im Glas befand sich nur Schaum, kein bisschen Bier.

Die Warteschlange wurde länger.

»Han i doch glei gwisst, dass des nix isch«, sagte der Dicke selbstgefällig, nahm Florence das immer noch überbordende Bierglas aus der Hand und schickte sie wieder zum Gläsersammeln.

Diesen Viktor werde ich verprügeln, teeren und federn, dachte Florence, und diesen fetten Schreihals gleich dazu.

Ein Schiff wird kommen

Rainer und Wolfgang waren wieder früh aufgewacht, obwohl das Zelt dieses Mal im Schatten stand.

»Auch gut«, sagte Rainer, »dann kommen wir vor der großen Hitze weg.«

Er stopfte bereits seine schmutzigen Socken und T-Shirts in die Reisetasche. Nach einem weiteren Strandtag hatten sie abends im Restaurant beschlossen, nach Marseille zu fahren und nach Korsika überzusetzen.

»Da ist mehr los«, hatte Wolfgang gesagt, »da sind viel mehr junge Leute und ganz viele Biker, hat mein Kumpel erzählt.«

Rainer war es recht. Das war ja schließlich der Vorteil an einer Nicht-Pauschalreise, dass man hingehen konnte, wo man wollte, und nicht an einem Fleck verharren musste.

»Mot fahn«, hörte er eine helle Stimme vor dem Zelt rufen.

Er zwängte sich nach draußen und sah, wie der kleine Junge von nebenan versuchte, auf das Motorrad zu klettern, indem er sich auf Wolfgangs Helm stellte. Rainer schaffte es gerade noch, das Motorrad festzuhalten, denn es stand ziemlich wacklig auf dem sandigen Boden.

»Wie heißt du denn?«, fragte er das Kind.

»Jan.«

»Also, Jan, das heißt nicht Mot, sondern Motorrad.«

Der Kleine starrte ihn aus riesigen blauen Augen an.

»Mo-tor-rad«, wiederholte Rainer langsam.

»Mollad«, sagte Jan und kräuselte dabei angestrengt die Stirn.

»Schon besser. Aber du darfst nicht einfach auf Motorräder draufklettern, wenn niemand dabei ist.« Rainer hob ihn wieder herunter. »Geh zu Mama. Wir fahren jetzt weg.«

Der Kleine wackelte davon, wobei er vor sich hinprustete und dazwischen »Mot fahn« und »Mot faht wed« sang.

In Marseille angekommen mussten sie mehrere Runden in einem Durcheinander von meist zerschrammten Autos und Lastern drehen, um endlich beim richtigen Hafen zu landen. Dort angekommen zogen sie sich die Helme vom Kopf und Wolfgang ging zu dem Häuschen, wo die Tickets verkauft wurden. Es war über Mittag geschlossen.

»Was essen wär nicht schlecht«, sagte Rainer.

»Vielleicht ist heute Fischmarkt«, sagte Wolfgang grinsend.

Rainer warf eine leere Wasserflasche nach ihm. Der Schweiß kochte in seiner Lederhose.

»Bleib du beim Motorrad, ich such uns was zu essen«, sagte Wolfgang und kramte in seinen Taschen nach Geld.

»Wehe dir, wenn du was Fischiges daherbringst«, drohte Rainer.

Wolfgang kam mit zwei Hamburgern und zwei Tüten blasser und schlaffer Fritten wieder. Lustlos kauten sie in der Hitze auf den pappigen Brötchen herum. Immer mehr Wartende versammelten sich am Kai, die meisten mit Autos und Motorrädern, manche mit Fahrrädern oder zu Fuß mit Rucksäcken. Wolfgang verbreitete schlechte Laune, weil er gerade wieder einmal über den Gitarrenkoffer gestolpert war.

»Als ob wir nicht schon genug Gepäck auf diesem Bock transportieren«, stänkerte er, »da muss man sich auch noch eine Gitarre auf den Rücken schnallen wie so 'n Gipsy King …«

»Ha«, gab Rainer zurück, »wer lockt damit die Mädels abends auf dem Campingplatz zu unserem Zelt?«

»Auf diese Ökotanten in ihren Batiklumpen, die noch nicht wissen, dass das Deo inzwischen erfunden wurde, kann ich verzichten …«

So war das mit Wolfgang. Er hatte immer das letzte Wort. Der Gipfel der Ungerechtigkeit war allerdings, dass, je weiter sie nach Süden kamen, alle Frauen auf diesen blonden und blauäugigen Hünen abfuhren. In Deutschland konnte Rainer wenigstens hin und wieder punkten, weil die Frauen ihn für einen niedlichen dunklen Italiener hielten. Dabei sah er seiner Meinung nach viel besser aus als Wolfgang mit seiner knallroten Rübe, der die Sonne nicht vertrug. Zwischen den südfranzösischen Hafenarbeitern ragte er wie ein Leuchtturm hervor.

Wolfgang stakste davon. Ein paar Meter entfernt ließ er sich im dreißig Zentimeter schmalen Schatten, der sich durch Sonnenwanderung am Hafengebäude gebildet hatte, mit dem Rücken an der dreckigen Wand hinunterrutschen und blieb da sitzen. Die unendlich langen Beine in den riesigen Bundeswehrstiefeln lagen vor ihm, als gehörten sie nicht dazu. Rainer hatte unterdessen seine Juanita aus dem Koffer genommen. Er setzte sich im Schneidersitz auf den Boden mitten in die Sonne und begann sie zu stimmen. Die herumstehenden Leute, die ebenfalls auf die Fähre warteten, sahen interessiert zu ihm herüber, nur Wolfgang verdrehte die Augen und wandte sich ab, als wolle er seinen Freund nicht mehr kennen. Nach ein paar Minuten Geklimper hatte Rainer die Akkorde für das Lied, das ihm jetzt besonders passend schien, gefunden.

»Ein Schiff wird kommen«, sang er inbrünstig, »und das bringt mir den eiiinen, den ich so lieb wie keiiiiinen …«

Wolfgang vergrub in einer theatralischen Geste sein Gesicht in den Händen und hielt sich dann demonstrativ die Ohren zu. »Rainer!«, zischte er herüber, »hör sofort damit auf! Du bist schlimmer als Troubadix!«

»… und der mich glücklich macht«, sang Rainer unbeirrt weiter.

»Bella canzone«, sagte eine Italienerin und warf ihm eine Münze in den offenen Gitarrenkoffer.

Rainer sah aus dem Augenwinkel, wie Wolfgang im Ohrenzuhalten innehielt, als sich noch mehr Personen näherten und Münzen hinwarfen.

»… ein Schiff wird kommen und meinen Traum erfüüüüllen und meine Sehnsucht stiiiiillen …«

Die umstehenden Leute applaudierten, als er geendet hatte, und es regnete Münzen in die beiden Helme.

»Bring mir mal Wasser, Wolfi!«, befahl Rainer und sang nacheinander alle Lagerfeuerlieder, die ihm einfielen.

Immer mehr Menschen scharten sich um ihn und noch mehr Münzen landeten im Gitarrenkoffer. In dem Moment öffnete das Kartenhäuschen. Wolfgang ließ Rainer sitzen, um sich in die Schlange einzureihen.

Nach über einer Stunde kam er mit der Nachricht zurück, dass es erst auf der Nachtfähre wieder Platz gab. Er steckte die Tickets in seine Hosentaschen. Rainers Publikum hatte sich verteilt, denn unterdessen war eine Fähre eingelaufen und erbrach Autos, Motorräder und Caravans auf den Kai. Hunderte von Leuten wuselten herum.

»Lass uns mal von hier verschwinden«, sagte Wolfgang, »sonst wird uns noch was geklaut in diesem Durcheinander.«

Wolfgang schüttete die Münzen klingelnd in eine Plastiktüte und hängte sie an den Lenker, packte Juanita in den Koffer, stülpte die Helme über die beiden Rückspiegel des Motorrads und schob es weg.

»Lass uns einen Kaffee trinken gehen«, sagte Wolfgang, »Geld dafür haben wir ja jetzt.«

Als sie anderthalb Stunden später zurückkamen, legte gerade die Fünf-Uhr-Fähre ab. Die Leute standen an der Reling und winkten. Das Hafenwasser brodelte unter dem Schiff, während die Fähre Fahrt aufnahm. Als die auslaufende Fähre den Hafenbereich verlassen hatte, steuerte die Nachtfähre an. Es dauerte eine Ewigkeit, bis sie sich an den richtigen Platz manövriert hatte und eine weitere Ewigkeit, bis sie ihren Inhalt auf die Mole entleert hatte. Drei hochnäsige Matrosen kommandierten die wartenden Autos und gaben Zeichen, wer als

Nächster auf die Laderampe fahren durfte. Die Motorräder mussten bis zum Schluss warten, denn die wurden in die von den Autos übrig gelassenen Lücken gequetscht.

»Typisch«, sagte Rainer, »die Kleinen sind immer der Arsch.«

»Und die Scheiß-Autofahrer kriegen dann auch noch die besten Plätze auf dem Schiff!«, empörte sich Wolfgang.

»Weißt du was«, sagte Rainer, »du nimmst die Schlafsäcke und die Gitarre und suchst einen guten Schlafplatz, während ich hier warte.«

Wolfgang tat wie ihm geheißen und Rainer sah ihn hoch aufragend zwischen all den anderen Leuten die schmalen Treppen zum Deck hochsteigen. Die umgehängte Gitarre sah an ihm lächerlich klein aus.

Endlich wurden Rainer und noch einige andere Motorradfahrer von einem der Matrosen auf das Autodeck gewinkt. Er startete und fuhr die metallene Rampe hoch in den dunklen Schiffsbauch hinein. Auf dem Autodeck herrschten gefühlte fünfundvierzig Grad und es stank nach Abgasen, dass einem schummrig wurde. Der Laderaum dröhnte vom Gehämmer der vielen Motorräder. Die Eisenböden, -wände und -decken warfen den Hall zurück und vervielfältigten ihn infernalisch. Rainer folgte hustend den Handzeichen eines anderen Matrosen, der ihn in einen Winkel des Schiffs wies und sein Ticket kontrollierte. Dort stellte Rainer den Motor ab und band, immer noch hustend, das Motorrad mit einem ausgefransten öligen Seil, das ihm der Matrose zugeworfen hatte, an einer Eisenstrebe fest. Er rüttelte daran, um zu überprüfen, ob es in keine Richtung umfallen konnte, und ging inmitten der lederumhüllten Motorradfahrermeute zu der Treppe, die zum Oberdeck führte. Alle Biker atmeten auf, als sie in die klimatisierten Luftschichten des Oberdecks gelangten. Sie öffneten eine Tür und gingen über einen engen Korridor durch eine andere Tür ins Freie.

Wie soll ich bloß den Wolfgang finden, überlegte sich Rainer, die schwere und formlose Sporttasche schleppend, dieses Schiff ist ein Labyrinth aus Fluren und Treppen. Er irrte ein wenig umher, fragte andere Motorradfahrer nach einem großen Blonden und wollte gerade schon aufgeben und versuchen, ihn ausrufen zu lassen, als ihm eine große Frau in schwarzer Lederkluft zu Hilfe kam.

»So ein ganz langer Blonder mit 'ner Gitarre?«, fragte sie. »Den habe ich gesehen.«

Rainer lief hinter ihr her und sie fanden Wolfgang in einem Rettungsboot.

»Hier sollen wir schlafen?«, fragte Rainer zweifelnd. »War das der Platz deiner Wahl?«

»Wahl? Ich lach mich tot«, verteidigte sich Wolfgang. »Die Liegestühle auf Deck waren schon nach zwei Sekunden belegt …«

»Ey, echt, wozu nimmt man so einen Zweimetermann mit in den Urlaub, wenn der es nicht mal hinkriegt, sich Respekt zu verschaffen …«, stänkerte Rainer.

»Willst du etwa mitten im Durchgang auf dem öligen Boden liegen, hä?«

»Genau, da stolpern alle über einen drüber, wenn sie bei Nacht das Klo suchen«, ergänzte die Frau in Lederkluft, die immer noch neben Rainer stand. »Kann ich auch noch zu euch ins Boot?«

Wolfgang machte große Augen und nickte. Rainer dachte, das wird eng, aber immerhin ist sie kein Mann.

»Ich heiße übrigens Christine«, sagte sie und warf ihren zusammengerollten Schlafsack neben Wolfgang.

Auch Rainer und Wolfgang stellten sich vor. Rainer wuchtete die Sporttasche ins Boot und setzte sich auf die Ruderbank.

»Und du fährst ganz allein mit dem Motorrad nach Korsika?«, fragte Wolfgang. »Was für eine Kiste fährst du denn?«

»Ich hab ’ne BMW GS. Aber ursprünglich war ich nicht allein. Mein Freund hat mich so was von genervt. Wir wollten eigentlich nach Spanien. Mann, bin ich froh, dass ich den Trottel los bin …«

Rainer und Wolfgang tauschten ungläubige Blicke.

»Wenigstens wart ihr mit zwei Motorrädern unterwegs«, sagte Rainer schließlich.

»Von wegen«, gab Christine zurück. »Ich hab das Motorrad und er trampt.«

»Er trampt?«, rief Wolfgang.

Seine Augen wurden immer runder, was ihn kindlich-erstaunt, aber gleichzeitig auch etwas dümmlich aussehen ließ.

»Ja, er trampt nach Spanien. Hoffentlich wird er dort von einem Stier aufgespießt, der Versager …«

Das Schiffshorn tutete und die Schrauben begannen zu arbeiten. Rainer, Wolfgang und Christine standen nebeneinander an der Reling mit Blick auf Marseille. Muss komisch aussehen, dachte Rainer, wie die Orgelpfeifen, und ich bin mal wieder das hohe C.

Schwerfällig steuerte die Fähre aus dem Hafen. Wolfgang und Christine unterhielten sich, aber Rainer bekam nichts davon mit, der Motor war zu laut und die Schraube schaufelte das Wasser unter ihm hervor. Die Lichter der Stadt flammten in der Abenddämmerung auf, während das Schiff Fahrt aufnahm. Es wurde dunkler und Marseille war nach einer Weile nur noch ein Lichthäufchen in der Ferne.

Rainer besah sich Christine von der Seite. Sie hatte die Lederjacke ausgezogen und trug darunter ein enges schwarzes T-Shirt. Das ist eine Frau für Wolfgang, dachte er mit leisem Unbehagen, tolle Figur, groß, kurze schwarze Haare …

»Wie wär’s mit einem Bier?«, sagte er laut in ihre Unterhaltung.

»Bier wär nicht schlecht«, sagte Wolfgang, blickte dabei aber auf Christine.

Sie sah vom einen zum anderen. »Geht ihr ma Bier holen«, sagte sie, »ich bleib beim Boot und pass auf unsere Sachen auf.«

Rainer merkte, dass Wolfgang zögerte, aber ein Blick Christines hieß ihn mit Rainer gehen.

Schweigsam stiegen sie Treppen hinauf und hinunter und gingen durch enge Korridore, auf denen sich Leute mit ihren Schlafsäcken breitgemacht hatten und soeben von uniformierten Männern vertrieben wurden. Wer nur Deckpassage bezahlt hatte, musste auf dem Außendeck übernachten.

Endlich fanden sie eine Tür, auf der großspurig »Lounge« stand. Sie betraten einen Raum, der ganz mit grünem Teppich ausgelegt war und in dem grüne Plüschsessel und runde Tische herumstanden. An einer Theke bestellten sie sechs Bier bei einem Kellner im weißen Hemd und Fliege, der nicht so recht zu den ziemlich abgerissenen Gestalten passte, die in der Mehrzahl auf den runden Sesseln saßen. Nur manche Leute, offensichtlich diejenigen, die eine Kabine gemietet hatten, sahen geduscht und ordentlich angezogen aus. Der Kellner stellte sechs Dosen vor sie hin und verlangte eine Unsumme dafür. Rainer und Wolfgang gingen mit ihrem Bier wieder über Treppen und Korridore zum Rettungsboot zurück.

»Hoffentlich werden wir nicht von da vertrieben«, brach Wolfgang das Schweigen. »Falls das Schiff sinkt, haben wir gleich den besten Platz. Das sind nämlich sowieso viel zu wenig Boote für die ganzen Leute.«

»Ich hab auch den Eindruck, dass dieser Kutter hoffnungslos überladen ist«, stimmte ihm Rainer zu.

Sie erreichten das Rettungsboot. Christine lag hingegossen quer über allen drei Schlafsäcken und war eingeschlafen.

»Na, wenigstens passt sie richtig gut auf unsere Sachen auf«, ereiferte sich Rainer.

»Lass sie doch«, flüsterte Wolfgang, »sieht sie nicht toll aus?«

Rainer schnaubte und Christine erwachte.

»Ups«, sagte sie, »bin eingeschlafen. Motorrad fahren macht müde …« Sie lächelte in Wolfgangs Richtung.

Der schmolz dahin.

Rainer reichte ihr zwei Bierdosen. Jeder öffnete eine und sie stießen an, aber die Büchsen gaben nur ein trauriges Klacken von sich.

»Spielst du Gitarre?«, fragte Christine Rainer in die Stille.

»Ja, ich versuch's manchmal«, sagte er bescheiden.

»Er nervt alle mit seinen Schnulzen«, sagte Wolfgang und knuffte Rainer in die Seite.

Rainer war nicht nach Rumflachsen, er blieb reglos sitzen mit seinem Bier in der Hand.

»Spiel mir was vor«, sagte Christine, »ich mag das.«

Rainer nahm einen großen Schluck und stimmte dann die Gitarre. »Das ist für euch«, kündigte er an und schaute erst Wolfgang, dann Christine in die Augen. Er sang Elvis Presleys »Can't Help Falling In Love with you«, mit all seinem Herzblut.

Wolfgang und Christine rückten immer näher zusammen. Als der letzte Akkord verklungen war, küssten sie sich. Rainer spürte, wie ihm die Tränen in die Augen traten und sah beiseite. Er hatte eigentlich lustig sein wollen, aber das war keine Parodie gewesen. Er hatte die ganze Zeit an Florence gedacht. Vorsichtig zog er seinen Schlafsack unter Christine hervor. Sie und Wolfgang hatten sich aneinander festgesaugt und bemerkten kaum, wie er aus dem Boot kletterte.

Mit dem Schlafsack unter dem Arm, seiner zweiten, noch vollen Bierdose in der Hand und mit umgehängter Gitarre schlurfte er zum Deck. Dort saßen viele junge Leute auf Plastikstühlen. Rainer gesellte sich zu einer Gruppe Jungs in Lederhosen und Motorradstiefeln und öffnete seine Dose. Sie erzählten ihm, dass sie schon zum dritten Mal nach Korsika kämen und dass der Norden der Insel am schönsten sei. Da Rainer und Wolfgang ursprünglich gar nicht nach Korsika hatten fahren wollen, hatten sie sich auch nicht informiert. Ein etwas dickerer Kleiner namens Jürgen schenkte Rainer einen Reiseführer.

»Ist zwar aus dem Jahr 1980, aber so ungefähr stimmt er glaub ich schon noch.«

Rainer bedankte und verabschiedete sich. Ich muss einen Schlafplatz finden, dachte er. Irgendwie wird's langsam kalt.

Wind war aufgekommen und Rainer schlüpfte fröstelnd in seine Lederjacke. Er musste aufs Klo und folgte den Schildern treppauf und treppab. Im Toilettenraum roch es nicht gut und der Boden sah verdächtig nass aus. Können die nicht zielen, dachte Rainer angewidert und hängte sich den Schlafsack an der Schnur über die andere Schulter, um ihn nicht in der Soße abstellen zu müssen.

Als er sich die Hände wusch, besah er sich im Spiegel. Braun war er, aber die Haare pappten unvorteilhaft an der Kopfhaut vom Helmtragen. Mann, seh ich scheiße aus, dachte er resigniert, als er das Klo verließ und auf schmierigem Metallboden auf dem Kahn umherirrte.

Alle Plätze, die sich auch nur entfernt dafür eigneten, waren von bunten Mumien belegt. Lauter Engerlinge, dachte Rainer. Zweifelnd stand er vor einer gelben Kunststoffkiste, auf der mit schwarzer Schrift »Lifejackets« stand. Ich werd schon nicht runterkullern, dachte er, irgendwo muss man ja schlafen. Er zog seine Schuhe aus, rollte seinen Schlafsack auseinander und platzierte ihn auf der Kiste. Die Gitarre steckte er in den Spalt zwischen der Kiste und einem Schiffsaufbau, dessen Funktion Rainer nicht kannte. Er knuddelte die Lederjacke zum Kopfkissen und verpuppte sich in seinem Schlafsack. Nun war ihm klar, warum hier niemand sonst schlafen wollte: Rainer lag direkt über dem Schiffsmotor. Das monotone Stampfen und Vibrieren machte ihn trotz der ohrenbetäubenden Lautstärke schläfrig. Morgen bin ich taub, dachte er noch.

Hôtel de ville

»Du musst das Glas erst hier ins kalte Wasser tunken und dann ganz schräg halten, wenn das Bier reinfließt«, sagte Klaus, Florences Kollege, als sie das nächste Mal für Viktor im Biergarten einsprang.

Florence versuchte es noch einmal. Wo kam nur dieser ganze Schaum her? Die blöden Bierbrauer füllten die Fässer zur Hälfte mit Gas, eine andere Erklärung gab es nicht.

»Kuck mir noch mal zu«, sagte Klaus geduldig, »wichtig ist, dass der Strahl ganz nah am Glas entlangfließt, dann kann es nicht so schäumen.«

Dieses Mal klappte es und Florence fühlte sich, als hätte sie den Eiffelturm bestiegen. Vor lauter Begeisterung füllte sie fünf Gläser hintereinander mit Hefeweizen.

»Halt, stopp!«, schrie Klaus. »Wir haben doch gar keine Bestellung!«

Es war noch früh, erst fünf Uhr abends, und es saßen nur wenige Leute auf den Bierbänken. Nach ihrem ersten Arbeitstag hatte ihr der dicke Lothar eine Arbeitsuniform verpasst. Das *Neckarschorsch*-T-Shirt war so riesig und formlos, dass darin selbst ein Model unvorteilhaft aussähe. Wie blöd sind die Deutschen, dachte Florence, das vertreibt die Kunden und das Trinkgeld fällt noch magerer aus.

»Wir werdön das schon verkaufön«, meinte Florence optimistisch nach hinten gewandt.

»Servus, High Tower!«

Florence drehte sich um. »Günther! Bist du nischt in die Ferien?«, fragte sie. »Isch disch ’abö nischt gese’ön lange Zeit.«

»Jo mei, i wor dahaam in Bayern. Kannst du mir a Weißbier einschenken?«

»Weißbier ist Hefeweizen«, rief Klaus von hinten.

Florence setzte strahlend eine Schaumkrone auf eines der schon vollen Gläser und reichte es Günther.

»Isch 'abö gerade gelernt, wie isch muss die Bier ins Glas tun«, sagte sie.

»Sieht guat aus«, meinte Günther. »Heut Abend spielt wieder Jazz Sensation. Willst du nochmol mitkommen? Ich habe Freikarten.«

Ihm ist wirklich nicht zu helfen, dachte Florence, und laut sagte sie: »Nein, das geht nischt, isch muss arbeitön bis spät.«

»Du kannst nachkommen.«

Er gab nicht auf. Wie konnte man so stur sein?

»Günthör, isch dir 'abö schon gesagt, dass isch mag kein Jazz!«

Da half alle Höflichkeit nicht, man musste wirklich mit dem Holzhammer dreinschlagen.

»Jo, host du dich nicht mit Ralf getroffn?«

»Wer ist Ralf?« Langsam ermüdete sie das Gespräch.

»Ralf ist der Kontrabassspieler …«

Nun fiel es Florence wieder ein und sie ärgerte sich, dass Günther ihr zutraute, sich mit so einem Idioten zu treffen.

»Warum 'ätte isch das tun sollen?« Sie war stolz auf den Konjunktiv und lauschte ihm noch eine Weile hinterher. »Er ist ein Arschloch.« Auch dieses Wort war ihr gut gelungen. Auf Deutsch klangen die Schimpfwörter noch drastischer als in ihrer Muttersprache.

Günther starrte sie an und lächelte dann. Er schien froh zu sein, dass sie das gesagt hatte.

»Was isch 'n do los?«, schrie plötzlich die Stimme des dicken Lothars hinter Florence und sie zuckte zusammen. »Hot där scho zahlt?«

Günther kramte geschäftig in seinen Taschen und beförderte sein Portemonnaie ans Tageslicht. Der Dicke kassierte.

»Jetz hot's ja glabbt mit deam Eischengga«, sagte der Dicke zu Florence, »aber fir wean sen die ganze Woiza?« Er wies auf die vier inzwischen ziemlich abgestandenen Biere auf der Theke.

»Servus, Florence, mach's guat!«, sagte Günther dazwischen und steuerte einen Tisch an.

Florence fühlte sich wie bei der Inquisition. »Isch musste übön«, sagte sie als Entschuldigung.

»Vier Woiza oifach so zom Iaba? Des zieh i von deim Lohn ab, Freilein!«

Hinter dem Rücken des Dicken sah Florence, wie Klaus die Augen verdrehte und seinen Zeigefinger in Schläfenhöhe kreisen ließ. Sie musste grinsen.

»Do geits gar nex zom Lacha!«, schrie der Dicke und Florence zog unwillkürlich den Kopf ein.

Als der dicke Lothar sich wieder ins Restaurant verzogen hatte, wagte Florence, Klaus nach Rainer zu fragen.

»Rainer? Ist das so ein Kleiner, Dunkelhaariger? Der hat sich sozusagen selbst gefeuert«, erzählte Klaus, »ich glaub nicht, dass der noch mal hier arbeiten wird.«

Was für ein Unstern stand über ihr? Was sollte sie mit all den Günthers und Dieters? Wo mochte Rainer bloß stecken? Florence seufzte. Da ließ man sich hier demütigen und herumkommandieren und wofür?

»Einmal Naturtrübes und zwei Weißwürschte bitte«, rief sie eine Stimme zur Arbeit zurück.

Als Florence gegen Mitternacht nach Hause kam, saß Viktor in der Küche. Er sah ungewaschen, unrasiert und übernächtigt aus. Ein lilafarbener Rucksack und eine Edekatüte lehnten an seinen Füßen.

»Viktor! Du bist schon wiedör zurück aus Paris?«

»Wie du siehst, ich bin zurrrück«, sagte Viktor niedergeschlagen.

»Warum?«

Er seufzte. »Ich chabe kein Geld mehrrr gechabt. Am errrsten Tag ich bin gegangen zu einem Chotel, das chieß ›Hôtel de ville‹. Abrrr das warrr kein Chotel …«

Florence unterdrückte mit aller Kraft ein breites Grinsen. »Viktor, der Hôtel de ville ist bei uns das Rathaus!«

Viktor sah frustriert aus. »Das konnte ich nicht wissen. Dann bin ich gegangen in eine Chotel neben das Chotel de ville. Das war sehrrr schön. Dann ich chabe gemerrrkt, dass es ist zu teuer. Mein Geld warrr fast weg. In derrr zweiten Nacht ich chabe geschlaffen auf eine Bank. Errrst zwei Leute wollten mich ausrauben, chaben dann abrrr gemerrrkt, dass ich bin arrrm. Dann kamen Polizisten und wollten meinen Pass sehen. Sie chaben gesagt, ich muss gehen zurück nach Deutschland.«

Wie ein Häufchen Elend saß Viktor geknickt auf dem Plastikstuhl. Florence hatte Mitleid und ein schlechtes Gewissen. Sie hätte ihn entweder von der Reise abhalten oder ihn begleiten müssen. Er war so naiv und unerfahren, in Tübingen war das kein Problem, aber in einer Stadt wie Paris …

»Weißt du, Viktor, die Parisiens sind Arschlöcher. Keiner mag sie in Fronkraisch. Sie denken, sie wären besonders, weil so viele Touristen kommen nach Paris und es gibt diese Mythos, dabei ist Lyon viel schöner als Paris.«

Viktor seufzte wieder.

Florence wurde es unwohl. Wieso muss ich immer irgendwelche Männer trösten, dachte sie, bin ich ein Psychiater oder was? »Viktor, irgendwann isch zeigö disch Lyon, du wirst se'ön, das wird ein Erlebnis sein.« Sie hatte die Zeitangabe absichtlich schwammig gestaltet.

Viktor richtete sich auf. »Wann?«

Sie hätte es wissen müssen. Viktor war ein Mann der Tat, nicht der Versprechungen. Wer sonst wäre einfach so nach Paris gefahren, ohne Planung, ohne vorherige Erkundigungen?

»Vielleischt an Weihnachtön?«, sagte sie zögernd.

Ajaccio

Rainer träumte von einer höllischen Techno-Disco und einem teuflischen DJ Dozener, der ihn mit dem Dreizack aufspießen wollte. Florence kam ihm zu Hilfe, indem sie Rainer davontrug. Rainer strampelte und schrie, ich muss ihm eine reinhauen, aber Florence trug ihn weiter weg, bis er plötzlich unsanft auf den Boden fiel.

Er rieb sich den Kopf und fragte sich kurz, wo er denn da gelandet war. Das Stampfen der Techno-Disco aus seinem Traum hatte nicht aufgehört. Langsam setzte sich die Erkenntnis durch, dass es sich dabei um den Schiffsmotor handelte. Plastikstühle, Isomatten, Schlafsäcke und andere Gegenstände flogen durch die Luft und Leute rannten hinterher. Es donnerte. Immer noch auf dem Boden neben der Lifejackets-Kiste sitzend, beobachtete Rainer verdattert und benebelt, wie die anderen Passagiere durch die engen Eingänge in den Schiffsbauch drängten, nur um von weiß uniformierten Männern wieder nach draußen geschoben zu werden. Das glaube ich nicht, dachte Rainer, nicht einmal im Gewitterorkan darf man rein.

Die Leute drängelten sich unter alle möglichen Schiffsaufbauten und Dachvorsprünge, was jedoch nicht viel brachte, denn die Sturmböen trieben den nun einsetzenden Regen überall hin. Ich muss hier weg, dachte Rainer, aber wohin? Dicke Tropfen platschten ihm ins Gesicht. Er stand auf und öffnete die gelbe Kiste. Sie war leer. Von wegen Lifejackets, dachte er. Was ist, wenn der Kahn jetzt wirklich sinkt und es gibt nicht mal Schwimmwesten? Der Regen wurde stärker. Rainers Blick fiel auf seine Gitarre. Er breitete seinen Schlafsack in der Kiste aus und stieg hinein. Ha, es hat auch Vorteile, so klein zu sein, dachte er mit einem Anflug von Zufriedenheit. Er musste die Beine nur etwas anziehen. Die Gitarre hielt er umarmt und klemmte einen Zipfel des Schlafsacks zwischen Deckel und Kiste, damit jener nicht zufiel und Rainer Luft hatte. Es stank nach Plastik und es war stickig, aber wenigstens trocken. Nur hin und wieder spürte Rainer einen Regentropfen, der durch den Spalt eindrang, hörte den Wind heulen und die Leute jammern und schimpfen. Die Gitarrensaiten klimperten leise bei jeder seiner Bewegungen.

Rainer summte Freddy Quinns »Die Gitarre und das Meer« vor sich hin. Das durfte man vor niemandem seines Alters erwähnen. Schnulze, schrien dann alle. Dabei war es eines der schönsten Lieder aller Zeiten. Und deshalb hieß seine Gitarre auch Juanita. Denn sie war jedes Mal, wenn er seinen Melancholischen bekam, der beste Trost. Besser eine Gitarre als gar nichts, der Freddy Quinn hat schon Recht, dachte er noch, bevor er summend einschlief.

Rainer wachte auf, als er sich umdrehen wollte, dabei der eingeklemmte Schlafsackzipfel herausrutschte und der Deckel der Kiste krachend zufiel. Er drückte ihn wieder nach oben und streckte seinen Kopf ins Freie.

»Aaaaaaahhhh!!!«, schrie gellend ein Mädchen, das neben der Kiste unter einer Zeltplane gelegen hatte.

Rainer grinste. »Seh ich aus wie Nosferatu?«

Das Mädchen fing sich wieder und antwortete: »Nee, also wenn ich's genau bedenke, bist du nicht ganz so bleich.«

Rainer sah sich um. Unter Zeltplanen und Plastikfolien lagen die ganzen Deckpassagiere auf glitschigem Boden. Manche schliefen, aber die meisten waren wach und nass. Rainer stieg aus der Kiste und legte die Gitarre wieder hinein. Der Himmel war durchsichtig und färbte sich an den Rändern golden. In Rainers Stiefeln stand das Wasser. Wie konnte ich nur vergessen, sie mit in die Kiste zu nehmen, dachte er grantig und schüttete das Wasser aus, ich muss nach Wolfgang und Christine sehen.

Der Weg zum Rettungsboot gestaltete sich als Slalomlauf zwischen schlecht gelaunten Engerlingen und Kotzhaufen. Als sich Rainer dem Boot näherte, sah er, wie Christine und Wolfgang mit den leeren Bierdosen vom vorigen Abend das Wasser aus dem Boot schöpften. Ihre Schlafsäcke hingen über der Reling zum Trocknen.

»Morgen!«, rief Rainer von unten.

»Rainer!«, antwortete Christine, »du siehst so trocken aus.«

Wolfgang hielt beim Schöpfen inne, um Christine besitzergreifend zu umarmen und zu küssen. Das musste jetzt sein, dachte Rainer beleidigt, das musste er mir jetzt aufs Brot schmieren. Ein flaues Gefühl von Einsamkeit machte sich in ihm breit.

»Wollt ihr gar nicht wissen, wie ich die Nacht verbracht habe?«, fragte er endlich.

Die beiden ließen voneinander ab.

Wolfgang grinste. »Na ja, du hast's ja ganz gut überstanden, so wie du aussiehst …«

Schon wieder eine Knutschattacke. Wo soll das hinführen, dachte Rainer, was ist das für ein verdammter Scheißurlaub? Abwesend starrte er in die Ferne.

»Land in Sicht!«, rief er plötzlich.

Die beiden anderen lösten ihre Saugnäpfe voneinander und schauten zum Horizont. Es roch nach mediterranen Küchenkräutern. Hatte nicht Napoleon, der berühmteste aller Korsen, bereits gesagt, man könne Korsika riechen, bevor man es sehe?

»Das ist die Macchia, die da so riecht«, sagte Wolfgang begeistert, »da kann man sich super drin verstecken und den ganzen Tag …« Er vollendete den Satz nicht, sondern griff wieder nach Christine und saugte sich an ihr fest.

Rainer wandte sich ab. »Ich pack dann ma zusammen«, murmelte er.

Auf der Fähre herrschte Aufbruchstimmung. Als Rainer mit seinem Schlafsack und der Gitarre wieder zum Rettungsboot zurückkam, scheuchte er die beiden auf.

»Jetzt is aber gut mit dem Geknutsche«, sagte er ärgerlich, »wir müssen zu den Motorrädern. Von der Fähre *runter* dürfen wir nämlich als Erste.«

Wolfgang schulterte die Sporttasche und ergriff Christines Hand. Rainer bahnte sich einen Weg durch das Gedränge zum Fahrzeugdeck. Als er in der düsteren, stinkenden Halle stand, sah er, wie Christine zielstrebig zu einer schwarzgelben BMW GS ging.

Wolfgang folgte ihr. »Ich helfe dir beim Aufladen«, bot er an.

»Das kann ich alleine«, fuhr sie ihn an, »geh du mal zu deinem Motorrad und zu deinem Freund!«

Na dann viel Spaß, Wolfgang, dachte Rainer.

Wolfgang kam etwas betreten zu Rainer und ihrer Maschine. »Frauenpower«, nuschelte er, »selbst ist die Frau.«

Er schnallte die Sporttasche auf den Gepäckträger. Rainer band das Seil los.

»Ich fahre von der Fähre«, sagte er bestimmt und hängte Wolfgang die Gitarre um, »warte du unten am Kai.«

Wolfgang gehorchte. Die Ladeklappe hatte sich geöffnet und Christine startete ihren Motor. Rainer kickte das Motorrad ebenfalls an und schlängelte sich zwischen den Autos durch von der Rampe. Die auf dem Kai herumstehenden Matrosen bekamen Stielaugen, als sie Christine ohne Helm auf der massigen BMW-Maschine aus dem Schiffsbauch rollen sahen. Rainer hielt neben Wolfgang und Christine stieg von ihrem Schlachtross.

»Wir sollten erst mal frühstücken«, schlug sie vor, »lasst uns in irgendein nettes Café fahren.« Schon hatte sie ihren Helm übergestülpt und den Motor erneut gestartet.

Wolfgang schwang sich hinter Rainer auf den Sattel. Rainer gab Gas, denn Christine war schon losgefahren. Wir sind untermotorisiert und sie ist übermotorisiert, dachte Rainer, sie ist allein und hat 'ne Tausender, wir sind zu zweit und fahren auf 'ner Fünfhunderter …

Plötzlich machte er eine Vollbremsung. Wolfgang rutschte hart von hinten auf ihn und Rainer wäre beinahe in Christines Rücklicht gerauscht, denn sie hatte, ohne zu blinken, am Straßenrand angehalten, um ein Schild zu lesen. Noch bevor Rainer ihr zuschreien konnte, so etwas in Zukunft zu unterlassen, war sie ohne Vorwarnung wieder losgeprescht und Rainer musste zusehen hinterherzukommen.

Er hatte keine Zeit, sich umzusehen. Jetzt sind wir gerade erst auf Korsika angekommen und rasen herum wie die Irren, dachte Rainer. Wegen Christine werden wir sterben, dachte er noch, als sie wieder in einem halsbrecherischen Manöver und ohne zu blinken links abbog und dabei einen LKW schnitt. Meine Eltern werden den Sarg mit meinen zerquetschten Überresten in der korsischen Hafenstadt Ajaccio, die ich mir nicht einmal in Ruhe ansehen konnte, abholen müssen, dachte Rainer pathetisch.

Doch da hatte glücklicherweise diese Fahrt ein Ende, denn Christine hielt soeben, wieder ohne zu blinken, an einem Café am Straßenrand. Rainer konnte gerade noch im letzten Moment auf die Straße ausweichen. Er hielt vor Christines BMW und stellte das Motorrad auf den Ständer. Wolfgang stieg ab. Er sah käsig aus, als er den Helm abnahm und die Gitarre an die XT lehnte.

»Hinter dir fahr ich nie wieder her«, sagte Rainer zu Christine, die bereits an einem der runden Tische Platz genommen hatte, »du wirst nicht mehr lange leben. Und außerdem: Hast du keinen Blinker?«

»Ups, der ist in Frankreich verreckt. Muss ich reparieren«, sagte sie ungerührt und griff nach der Karte auf dem Tisch.

Rainer ließ sich schwer auf den Stuhl gegenüber fallen. Wolfgang setzte sich neben Christine und fuhr mit dem unterbrochenen Flüssigkeitsaustausch fort. Ein müder Kellner kam angeschlurft und fragte lustlos, was er anbieten könne. Wolfgang löste sich von Christine und bestellte in perfektem Französisch dreimal Frühstück mit Croissants, Brot, Butter, Marmelade, Käse und Schinken und dazu drei große Milchkaffees. Christine bewunderte ihn daraufhin ausgiebig und startete eine neue Knutschrunde.

Unbemerkt von seinen Reisegefährten erhob sich Rainer und suchte das Klo. Es war ein heruntergekommener Verschlag mit zerbrochenen braunen Fliesen, ohne Klobrille und ohne Toilettenpapier. Rainer fand in seiner Hosentasche noch ein paar zerfledderte Tempos und behalf sich damit. Als er am Waschbecken stand und sich ohne Seife die Hände wusch, fiel sein Blick in den zerborstenen Spiegel. Sein Gesicht zerfiel in mehrere Stücke. Die Bartstoppeln sind heller als meine Kopfhaare, dachte Rainer unzusammenhängend und schnitt Grimassen.

Als er zurückkam, stand das Frühstück auf dem Tisch und Wolfgang und Christine stopften das Essen in sich hinein, als ob sie seit zwei Wochen nichts mehr bekommen hätten. Rainer nippte an seinem Kaffee und kaute auf einem viel zu trockenen Baguette herum. Unbeachtet von Wolfgang und Christine holte er den geschenkten Korsikaführer aus dem Jahr 1980 hervor und schlug ihn auf der Kartenseite auf.

»Also, Leute«, hob Rainer an, aber keiner hörte zu, deshalb begann er von Neuem und schlug vorher kräftig mit dem Löffel gegen seine Kaffeetasse, die daraufhin scheppernd zersprang und ihren Inhalt in die Untertasse und auf den Tisch spie.

»Also, Leute, ich fahr jetzt alleine weiter mit der XT. Ihr habt 'ne dicke BMW zu zweit. Drei Leute, das wird eh nix, das hat noch nie funktioniert …«

Christine und Wolfgang hielten betreten inne. Wolfgang legte sein Brot auf den Teller, Christine schluckte hinunter.

»Wir können gerne zu dritt weiterfahren. Ich sehe kein Problem darin. Wir müssen ja nicht alles zusammen machen …«, sagte sie.

Wolfgang schwieg.

»Christine, ich möchte nicht so enden wie dein Ex«, sagte Rainer ein wenig bissig, obwohl er das nicht beabsichtigt hatte, »da trennen wir uns lieber jetzt, solange wir alle noch Freunde sind.«

Nun schaltete sich auch Wolfgang ins Gespräch ein. »Rainer hat Recht, zu dritt is scheiße. Das kann böse enden …«

»Aber der Rainer ist doch ein hübscher Kerl. Bestimmt findet er auch bald ein Mädel«, beharrte Christine.

Ihr scheint an mir zu liegen, dachte Rainer verwundert.

»Ich möchte nicht zwischen eurer Freundschaft stehen«, fuhr Christine fort.

»Das tust du aber in diesem Fall«, sagte Rainer, »das lässt sich nicht ändern. Und ich werde nicht auf Teufel komm raus mit irgendeiner Urlaubsbekanntschaft was anfangen, nur um das Paar-Gleichgewicht zu halten. Nee, nee, das schlagt euch mal aus dem Kopp.«

»Er hat eine Enttäuschung hinter sich«, versuchte Wolfgang Rainers pampiges Verhalten abzumildern.

Er hat ja so was von keine Ahnung, der Wolfgang, dachte Rainer, aber das muss man hier jetzt nicht ausbreiten.

»Dann machen wir eben einen Treffpunkt in, sagen wir mal, zehn Tagen aus«, schlug nun Christine vor, »ich fänd's schade, wenn wir einfach so auseinandergehen …«

Frauen, dachte Rainer und stöhnte innerlich, immer auf der Suche nach Kompromissen. Sie können einfach keinen richtigen Schnitt machen.

»Na schön«, sagte er und fuhr mit dem Finger die Landkarte entlang, »treffen wir uns also am 12. August genau hier.« Er tippte mit dem Finger auf einen Campingplatz im Norden der Insel.

Wolfgang zog die Karte zu sich heran. »Camping le Phare«, las er, »wird notiert.«

Christine kramte einen Kuli aus ihrer Lederjacke und schrieb das Datum und den Namen des Campingplatzes auf eine Serviette.

Rainer fühlte sich unendlich erleichtert. Sogar das Brot schmeckte ihm nun und als der Kellner vorbeischlurfte, bestellte Wolfgang einen neuen Milchkaffee für Rainer.

Der Wolfgang ist schon in Ordnung, dachte Rainer, eigentlich gönne ich es ihm ja, dass er eine tolle Frau gefunden hat.

»Ihr könnt das Zelt haben«, verkündete er in einem Anflug von Großmut, »ich schlaf sowieso lieber draußen am Strand und ihr braucht es nötiger.«

Christine strahlte und küsste Wolfgang. Wolfgang legte das Geld für alle in die Untertasse mit der Rechnung.

»Wolfi, du musst noch dein Zeug aus der Sporttasche aussortieren«, sagte Rainer und dachte, das hätte der in seinem Liebesrausch und Hormonüberschuss bestimmt vergessen. Er holte die Tasche vom Motorrad und öffnete den Reißverschluss.

»O Gott«, rief Christine, »was ist das denn?«

In der Tasche war ein Knäuel aus grau verschmutzten Unterhosen, T-Shirts und Socken und roch nach altem Limburger.

Rainer grinste. »So ist das halt, wenn zwei Männer unterwegs sind …« Kurzerhand kippte er den Inhalt der Sporttasche auf den staubigen Boden unter dem Tisch.

»Oh, là, là«, rief der Kellner, als er das sah. Wolfgang gab eine französische Erklärung ab, während Rainer seine Socken aussortierte.

»Wolfgang kann sein Zeug in meinen Tankrucksack tun«, sagte Christine, der ist fast leer, da war nämlich der Krempel von Hubert, dem Arschloch, drin.«

Wolfgang half nun auch beim Sortieren. »Na ja, so ungefähr hab ich jetzt alles, glaub ich«, murmelte er und stopfte einen Arm voll Wäsche in den Tankrucksack auf der BMW.

Rainer lud Wolfgangs Schlafsack und die Zeltwurst ab und reichte sie Christine. Die zuvor prallvolle Sporttasche war nun schlaff. Rainer öffnete den Reißverschluss und quetschte seinen Schlafsack dazu. Hat auch Vorteile, allein unterwegs zu sein, dachte er, jetzt hab ich Platz und keiner rutscht mehr von hinten auf mich drauf. Er schlüpfte in seine Lederjacke und zog den Reißverschluss hoch. Auch Christine war fertig mit dem Aufladen und rüttelte noch einmal an allen Gepäckstücken, ob sie richtig festsaßen. Dann ging sie auf Rainer zu und umarmte ihn. Er reichte ihr nur bis kurz über die Brust.

»Du bist echt süß, Rainer«, flüsterte sie in sein Ohr, »pass auf dich auf!«

Wolfgang stand etwas gekrümmt neben der XT. Rainer haute ihm die Faust in die Rippen, denn für ein Schulterklopfen hätte er hochspringen müssen.

»Ciao, Kumpel«, sagte er, und Wolfgang haute ihm etwas unbeholfen auf die Schulter, so dass Rainer fast in die Knie ging. »Pass auf, dass du nicht auch heimtrampen musst«, versuchte Rainer noch einen Witz, aber keiner lachte.

Wolfgang sah verlegen aus. Er hat ein schlechtes Gewissen, dachte Rainer, das braucht er nicht zu haben.

»Ist schon okay, Wolfi«, sagte er laut, »ich komm gut allein zurecht. Benehmt euch und haltet mir nicht den ganzen Campingplatz wach mit euren nächtlichen Aktivitäten …«

Rainer haute Wolfgang noch einmal in die Rippen und berührte Christine am Arm. Dann hängte er sich den Gitarrenkoffer um und stülpte den Helm auf den Kopf. Nun, da der Gepäckberg um mehr als die Hälfte geschrumpft war, konnte er zum Aufsteigen das rechte Bein lässig über die Sitzbank schwingen. Er kickte zwei Mal, wartete, bis der Motor zufrieden blubberte, rastete klickend den Gang ein und fuhr hupend davon.

Green Card

Florence hatte befürchtet, nun, da Viktor wieder da war, nicht mehr beim *Neckarschorsch* arbeiten zu können. Da aber auch andere Studenten in Urlaub oder nach Hause fuhren, war der dicke Lothar froh, sie als Ersatz zu haben. Froh ist wohl das falsche Wort, dachte Florence, der kann in seinem Leben wohl nie froh werden, dieser Miesmacher.

Sie stand alleine hinter der Theke und langweilte sich. Tübingen versank geradezu in Langeweile. Alle interessanten Leute waren im Urlaub oder für immer weg und die, die hier waren, gingen einem auf den Geist, wie zum Beispiel Günther. Auch Viktor war auf die Dauer ganz schön anstrengend, wenn man quasi der einzige Ansprechpartner für ihn war. Und von Rainer nach wie vor keine Spur. Wahrscheinlich hatte er längst eine andere, eine kleine blonde zierliche. Die sich nicht betrank und dann auf dem falschen Mann einschlief.

Lustlos und frustriert wischte Florence über die Theke, die ganz sauber war. Im Fernsehen lief irgendeine Fußballübertragung, weshalb der dicke Lothar sich nur in der Halbzeit sehen ließ. Als er nahte, kramte Florence betont geschäftig im Kühlschrank herum, damit er nicht auf die Idee kam, sie zum Müllsammeln auf dem Kies zu schicken. Dieser »Obatzda« sieht so etwas von unappetitlich aus, dachte sie, als ihr die große Schüssel mit dem Matschkäse in die Hände fiel. Nichts gegen Stinkkäse, dachte Florence, aber eine Form sollte er doch haben. Und für so was bezahlen die Leute auch noch!

»Älles glar bei dir, Florranz?«, fragte Lothar.

Florence nickte abwesend und Lothar verschwand wieder im Gebäude.

Irgendetwas muss ich essen, dachte Florence, das hilft gegen die Langeweile. Ein vereinzelter Gast bestellte ein Naturtrübes. Florence schenkte es ein, kassierte und wandte sich wieder dem Kühlschrank zu. Also da ist wirklich nichts Brauchbares, dachte sie resigniert. In einem großen Topf neben dem Gläserregal köchelten fünf Paar traurige bleiche Weißwürste. Die haben die gleiche Hautfarbe wie die Deutschen, dachte Florence. Sie fischte ein Paar mit einer Gabel heraus und legte sie auf einen Teller. Die Würste waren aufgeplatzt und überkocht. Man muss alles mal probieren, sagte sich Florence, das ist Teil der kulturellen Bildung, dazu bin ich ja schließlich hier. Sie holte sich Messer und Gabel und wollte gerade ein Stück abschneiden, als Klaus, dessen Schicht gerade begann und der sich unbemerkt angeschlichen hatte, sich einmischte.

»Du musst die Pelle abmachen«, sagte er belehrend, »und süßen Senf und Brot dazu nehmen.«

Der wusste immer alles besser, aber vielleicht sollte man auf ihn hören, er hatte schließlich Erfahrung mit dieser Art von Nahrungsmitteln. Gehorsam zog Florence die Wurstpelle ab, tropfte aus einem Eimer Senf, neben die Würste und nahm sich eine Scheibe Brot. Die Wurst mit Senf schmeckte interessant, aber nicht gut. Das Brot dagegen war lecker.

»Wie 'eißt diese Brot?«, fragte Florence Klaus.

»Das ist Bauernbrot«, antwortete er, schnappte sich einen Plastikkorb und verschwand zum Gläsersammeln.

Florence stellte sich kurz vor, wie ein Bauer geschlachtet und dann zu Brot verarbeitet wurde.

Als sie gerade den Mund unvorteilhaft mit einem zu großen Stück Weißwurst voll hatte, hörte sie eine dröhnend tiefe Stimme »Can I have a beer, please?« sagen.

Sie schluckte hastig, verschluckte sich und bekam einen Hustenanfall.

Joe hatte sie bereits entdeckt. »Hi Florence«, rief er, »how do you do?«

»'allo Joe«, sagte Florence und hustete wieder.

»I didn't know you were working here …«

»Wie bittö?«

»Ick wusste nigt, dass du arbeit hier.«

Na, geht doch, dachte Florence. »Ja, isch arbeitö 'ier«, erwiderte sie.

Irgendwie hatte sie überhaupt nicht mehr mit Joe gerechnet. Jeden Abend hoffte und wartete sie, ob nicht Rainer auftauchte, wenn auch nur als Gast, und jetzt stand auf einmal Joe in voller Länge und Breite vor der Theke.

»Möchtest du einö 'efeweizön, einö Naturtrüb, einö Export oder einö Pils trinkön?«, fragte Florence geschäftig.

»Wow, you're an expert now«, sagte Joe und Florence sah ihn strafend an.

»Du bist eine Experte jetzt«, übersetzte er, so gut er konnte. »Ick drinke, was du mig gibst. Wenn du mack es, dann es schmeck good.« Er grinste treuherzig und schaute Florence tief in die Augen.

Sie wurde verlegen und nestelte am Hefeweizen-Zapfhahn herum. »Ich gebö dir eine 'efeweizön. Das schmeckt nicht so bittör wie die normalö Bier.«

»Thank you. Wie viele ist es?« Joe holte seinen Geldbeutel hervor.

»Ich lade disch ein«, sagte Florence großzügig.

Joe nahm einen großen Schluck und wischte sich mit dem Ärmel den Schaum vom Mund. »Great!«, sagte er.

Klaus kam vom Gläsersammeln zurück und zündete sich eine Zigarette an. »Du hast nicht aufgegessen«, sagte er vorwurfsvoll mit einem Blick auf Florences Teller.

Ihr war jedoch der Appetit vergangen, denn sie mochte es nicht, wenn sie als Einzige aß und ihr andere dabei zusahen.

»Los, aufessen, sonst wird das Wetter schlecht«, befahl Klaus und es klang nur halb scherzhaft.

So ein Blödsinn, dachte Florence, glaubt der etwa, was er sagt? Lustlos nahm sie noch einen Bissen von der inzwischen kalten Wurst und schob Brot hinterher. Joe grinste noch einmal breit in ihre Richtung und setzte sich dann mit seinem Bier an den Tisch, der der Theke am nächsten war und winkte alle fünf Sekunden zu Florence herüber.

»Da ist einer aber schwer verknallt«, sagte Klaus klugscheißerisch.

Florence kaute und dachte, warum kümmert der sich nicht um seinen Kram und warum müssen mich immer alle kontrollieren? Sie schob den immer noch zu einem Viertel vollen Teller von sich und behielt nur das Brot.

»Morgön es wird regnön«, sagte sie, »isch kann nicht mehr.«

Lothar kam um die Ecke. »Mir henn gwonna!«, rief er schon von weitem. »Zwoi zu null!«

Das erste Mal, dass er gute Laune hat, dachte Florence.

»Ja wia«, sprach er weiter, »jetz sen ihr zua zwoit ond kaum Gäschde … Florranz, du kosch ganga.«

Florence zuckte zusammen. Sie hatte nur ihren Namen verstanden.

»Du kannst schon gehen«, übersetzte Klaus, »sind sowieso kaum Gäste da. Und dein Verehrer wartet schon«, fügte er mit einem anzüglichen Zwinkern hinzu, denn Joe winkte schon wieder herüber.

Alles Idioten, dachte Florence und zog sich das hässliche *Neckarschorsch*-T-Shirt über den Kopf. Darunter trug sie immer noch ein anderes, um nicht durch ganz Tübingen in so lächerlicher Aufmachung laufen zu müssen. Sie hatte Klaus einmal an einem Tag, an dem er nicht arbeitete, im *Neckarschorsch*-T-Shirt in der Fußgängerzone gesehen und gedacht, dem ist nicht zu helfen. Sie stopfte das T-Shirt in ihren Rucksack und schwang ihn auf den Rücken.

»Tschüs, Lothar, tschüs, Klaus«, rief sie im Gehen.

Als Joe sah, dass sie hinter der Ausschankbude hervorkam, leerte er sein Bierglas, ohne abzusetzen, und erhob sich.

»Bist du finished?«, fragte er.

»Es 'eißt fertisch«, verbesserte Florence.

»Ick sage dig schon, dass German is too hard …«

»Für misch es ist noch schwierigör. Englisch immer'in 'at die gleische Struktur.«

»I don't care now. Actually I'm leaving in a few days …«

»Du gehst zurück?«

»Yeah, but I think I want to come back to Europe soon. Ick mag mein Bier draußen drinken, in the USA du musst die Bier immer tun in ein paper bag …«

Florence lachte. »Das ist wirklisch ein wischtiger Argument für Europa.«

Während des Gesprächs waren sie durch die Stadt gelaufen und standen nun vor einem Kino. »Green Card, mit Andie McDowell und Gérard Dépardieu. Original mit Untertiteln« stand auf einem der Plakate. Die Spätvorstellung begann in einer Viertelstunde.

»Das ist ein gut Movie«, sagte Joe, »wir gehen in die Kino. Ick lade dick ein.« Schon hielt er ihr die Tür auf.

Überrumpelt ging Florence hinein. Na ja, was soll's, dachte sie, besser als zu Hause in meinem Zimmer sitzen und auf bessere Zeiten warten. Außerdem muss es komisch sein, Gérard Dépardieu englisch reden zu hören.

Joe kaufte zwei Karten und eine große Tüte Popcorn. Der Kinosaal war leer. Sie setzten sich weit hinten in die Mitte. Joe bot Florence das Popcorn an und sie nahm eine Handvoll. Nach einigen Minuten kamen noch ein Pärchen und zwei Frauen herein, was Florence aus irgendeinem Grund erleichterte. Das Licht ging aus und die Werbung begann. Joe kaute sein Popcorn ziemlich geräuschvoll. Auch Florence griff immer wieder in die Tüte, obwohl sie keinen Hunger hatte und Popcorn auch nicht sonderlich mochte, aber der

Drang, etwas zwischen den Zähnen zu haben, war stärker als die Vernunft.

Der Film begann. Das Popcorn war fast alle. Ein Lichtstrahl ließ Florence nach rechts schauen. Die Platzanweiserin leuchtete einem Mann im Anzug zu den Sitzreihen. Florence erschrak, als sie Dieter erkannte. Noch bevor sie ein Stoßgebet, er möge sie nicht sehen, zum Himmel schicken konnte, hatte er sich direkt neben ihr niedergelassen.

»Hallo Florence«, sagte er, als ob das die normalste Sache der Welt und er nie vor ihr heulend zusammengebrochen wäre, »lange net gesehen.«

»'allo Dietör«, grüßte ihn Florence unbehaglich und wies auf Joe. »Das ist Joe. Joe, das ist Dietör.«

Joe grinste, Dieter reichte ihm förmlich über Florence hinweg die Hand.

Können wir nun vielleicht mal den Film sehen, dachte Florence ungeduldig, aber die beiden hatten sich schon voneinander abgewandt. Dieter flüsterte etwas in Florences Ohr, das sie nicht verstand und deshalb ignorierte. Joe hatte ihre linke Hand ergriffen und knetete ihre Finger. Florence versuchte, auch das zu ignorieren und sich stattdessen auf den Film zu konzentrieren, was schwer genug war, denn wenn sie auf den Ton hörte, drängten sich stets die deutschen Untertitel auf. Plötzlich fühlte sie eine Hand an ihrem rechten Knie herumtätscheln.

Das glaube ich einfach nicht, dachte Florence entrüstet, das ist ja absurd, denken die etwa, die können mich aufteilen?

Der Druck auf ihrer linken Hand wurde stärker, die Hand auf ihrem rechten Knie wanderte weiter nach oben. Florence schnellte wie elektrisiert aus ihrem Sitz.

»Je vais aux toilettes«, murmelte sie und bemerkte gar nicht, dass sie unwillkürlich französisch gesprochen hatte.

Sie stand direkt vor dem Projektor und verdeckte die Bildfläche.

»He, weg da!«, hörte sie jemanden sagen.

Ich bin gleich so was von weg, dachte Florence, während sie durch die enge Sitzreihe zum Ausgang stolperte. Als sie die Saaltür hinter sich geschlossen hatte, ging sie im Stechschritt durch die Glastür ins Freie und rannte zur Bushaltestelle, als ob der leibhaftige Mephisto hinter ihr her wäre.

Fango

Süß bin ich also, dachte Rainer, als er die lärmende Stadt hinter sich gelassen hatte und auf einer kurvigen Küstenstraße Richtung Norden fuhr. Ist das ein Adjektiv für einen Kerl wie mich?

Die Gitarre auf seinem Rücken bewegte sich in den Kurven und störte. Wie eine Frau eben.

Die Sonne stieg höher, das Meer unter ihm leuchtete blau und verschwamm in der Ferne mit dem Himmel.

»Es blieben ihm zwei Freunde, die Gitarre und das Meer …« Rainer sang das Lied laut in den Helm. Ach Freddy, dachte er, du hast so recht. Woher wusstest du, dass es mir genauso geht? Tränen begannen über sein Gesicht zu laufen, aber nun sah es ja keiner. Rainer wusste nicht einmal, warum er eigentlich weinte. War es der hohe Himmel, die roten Felsen, das blaue Meer und er so klein dazwischen? Oder dass er hier nun ganz allein war, ohne Wolfgang und Florence in den Armen eines anderen?

Er hielt an einer Ausbuchtung der Straße, nahm den Helm ab und wischte sich die Tränen aus dem Gesicht. Neben ihm ragte ein roter Felsen wie ein Phallus in den Himmel und weit unter ihm rief der Abgrund mit schäumenden Wellen, die sich an den Felsen brachen. Rainer stieg vom Motorrad und ging bis an die Kante. Hier gab es keine Möglichkeit, ans Wasser zu gelangen, außer man stürzte sich vom Felsen. Wann hatte er zum letzten Mal geduscht? Gestern? Gestern Morgen waren sie noch in Les-Saintes-Maries-de-la-Mer gewesen. »Vous allez trouver l'amour«, hatte die Zigeunerin zu ihm gesagt. Vielleicht hatte sie ihn mit Wolfgang verwechselt.

Seufzend setzte Rainer den Helm wieder auf. Der Schweiß sammelte sich in seiner Lederhose und sein T-Shirt war nass. Baden wäre nicht schlecht, dachte er, ich muss einen Strand oder einen Campingplatz finden. Sein Knie hatte wieder pochend zu schmerzen begonnen, das kam wohl von der Hitze und vom angewinkelten Sitzen auf dem Motorrad, denn auf dem Schiff hatte er keinen Schmerz mehr gespürt.

Er startete den Motor und folgte der Straße, die nach kurzer Zeit weg von der Küste ins Gebirge führte. Als er nach einer steilen Kurve wieder beschleunigen wollte, stand plötzlich eine Kuhherde mitten auf der Straße. Die Kühe glotzten dumm, hielten es aber nicht für nötig, die Straße zu räumen. Im Schritttempo näherte sich Rainer. Was, wenn da auch ein Stier dabei ist, dachte er, hab ich was Rotes an mir? Er sah an sich herunter. Nur der XT-500-Schriftzug auf dem silbernen Tank. Rainer war nun mitten unter den Kühen, die sich missmutig muhend in die Macchia zurückzogen.

Er beschleunigte. Es war heiß auf der staubigen Straße zwischen jenen halb hohen und ziemlich trockenen Gewächsen und ihr Thymiangeruch betäubend, doch je weiter Rainer in die Berge kam, desto höher wurden die Bäume. Er hielt in einem kleinen Dorf, wo er tankte, über die Benzinpreise erschrak und in einem Laden neben der Tankstelle Brot, Käse und Salami kaufte. Nun war er auf seine eigenen dürftigen Französischkenntnisse angewiesen. Der Mann in dem Laden allerdings sprach auch kein allzu reines Französisch und als er den Käse abwog, sah Rainer, dass er auf seinen Arm die Umrisse Korsikas mit zwei gekreuzten Dolchen darunter tätowiert hatte. Ein Separatist. Hoffentlich steht mein Motorrad nicht auf einer Sprengladung, dachte Rainer und schaute schnell nach draußen.

Während er mit seinem Taschenmesser Salami und Käse abschnitt und auf Weißbrotstücke legte, konsultierte er die Karte.

»Jetzt bin ich also nördlich von Corte«, murmelte er, »ich will aber wieder Richtung Küste. Also fahr ich jetzt nach Westen Richtung Calvi.«

Er schob sich sein Vesper in den Mund und kaute hastig. Die Reste verstaute er im Tankrucksack.

Auf dem Weg nach Calvi hielt Rainer noch einmal an und schaute in den Reiseführer. Knorrige Korkeichen und Kastanien wuchsen um ihn herum. Südlich von Calvi verlief ein Fluss namens Fango, der mit einem Ausrufezeichen versehen war. Das Ausrufezeichen bedeutete laut Legende »besonders empfehlenswert«. Da Rainer nur diese Landkarte als Führer hatte, musste er ihr wohl glauben. Die Karte war fünfzehn Jahre alt. Womöglich war der Fluss inzwischen verseucht, ausgetrocknet oder voll mit öligen Touristen, wenn das Prädikat »empfehlenswert« auf jeder Karte seit 1980 oder schon vorher zu lesen war. Trotzdem folgte Rainer der schmalen Straße, die zum Fluss führte. Der Name Fango legte nahe, dass das Gewässer eine schlammige Brühe war, aber alles war besser, als weiter in der Lederhose vor sich hinzusieden, und bis zur Küste war es noch weit.

Nach einigen Kilometern kam er an einen Parkplatz, auf dem Autos, Motorräder und ein Bus abgestellt waren. Scheint mächtig was los zu sein, dachte Rainer, aber ich wollte ja dahin, wo was los ist. Er stieg vom Motorrad und ging zum Rand der Felsen, um in die Schlucht zu blicken. Ein türkis glitzernder Fluss, unterbrochen von weißen und grauen Steinen, gesäumt von Bäumen. Auf den Felsen und im Wasser lagen und schwammen Leute in buntem Badezeug. Zum ersten Mal an diesem Tag fühlte Rainer seine Traurigkeit ein wenig weichen. Er befestigte seinen Helm am Helmschloss und schnallte die Sporttasche ab. Als er sich an den Abstieg machen wollte, sah er sich noch einmal um und merkte, dass der Tankrucksack noch auf dem Motorrad war. Wenn der geklaut wird, dachte er, sind das Werkzeug und der Müllsack alias Regenanzug eben weg. Dann stieg er mit seiner Tasche den Pfad zum Fluss hinunter. Er fand einen großen Felsbrocken, auf dem er liegend Platz hatte. Außerdem waren in der Nähe zwei Mädchen oben ohne, nicht zu nah und nicht zu weit, genau so, dass man unauffällig hinüberschauen konnte.

Er wühlte ungeduldig in der Tasche nach seiner Badehose, wobei ihm ein gelbes Heftchen in die Hände fiel: Wolfgang hatte seinen Reclam-Faust vergessen. Froh über die Lektüre, die ihn, so dachte er, vom Grübeln ablenken würde, legte er das Büchlein neben sich auf einen Stein und ging erst einmal ins Wasser.

Es war eiskalt, aber Rainer fühlte sich wie neugeboren. Die Kälte linderte die Schmerzen seines geschwollenen Knies. Wenn er unter Wasser die Augen öffnete, sah er grünlich und bläulich beleuchtete Steine, leicht verzerrt von der Bewegung des Wassers. Er hatte es nicht für möglich gehalten, dass so reines Wasser in freier Natur noch vorkam, fast war ihm, als hinterließe er, ungeduscht und schmuddelig wie er sich fühlte, eine schlierige Spur im klaren Fluss.

Der Stein, auf dem er sich nach dem Schwimmen trocknen ließ, war warm und rund, der Fluss hatte ihn in seinen Hochwasserzeiten geradezu ergonomisch für Rainer abgeschliffen.

Bequemer als ein Bett, dachte er wohlig, hier bleibe ich. Er nahm den »Faust« und begann zu lesen.

Mollad

Am nächsten Abend hatte Florence wieder Spätschicht im *Neckarschorsch.* Zwei Stunden bevor sie losgehen musste, fiel ihr ein, dass sie sich vergewissern sollte, ob das Arbeitsnachthemd nicht eventuell gewaschen werden musste. Florence öffnete ihren Kleiderschrank und spähte nach dem Rucksack. Rucksack? Es begann zu dämmern. Der Rucksack war im Kino geblieben. Florence hatte aus der Handtaschengeschichte gelernt und steckte seitdem Schlüssel, Busfahrkarte und Geld wieder wie gewohnt in die Hosentaschen. Kleider und Röcke trug sie nicht mehr und Rucksäcke und Taschen waren nur für entbehrliche Dinge. Schöner Mist, dachte sie, Lothar wird mich umbringen.

In dem Moment klopfte es an der Tür. Florence öffnete und Joe stand, grinsend wie immer, im Rahmen, den er fast ganz ausfüllte. Er trug das *Neckarschorsch*-T-Shirt, das ihm perfekt auf den Football-Körper passte, und schwenkte Florences Lederrucksack vor ihrer Nase.

»Hi Florence. You forgot something in the cinema …«

Dieser Joe hat wahrlich ein sonniges Gemüt, dachte Florence beeindruckt, ich hab ihn mit einem Psycho und vielleicht auch einer Erektion im Kino sitzen lassen und er kommt trotzdem vorbei und grinst.

»'allo Joe«, sagte sie und wartete.

»Can I come in?«

Florence ließ ihn vorbeigehen und er setzte sich auf ihr Bett. Sie stand einige Augenblicke unschlüssig vor ihm und setzte sich schließlich auf den Schreibtischstuhl.

»Donke für den Rucksack«, sagte sie, »aber was machst du mit meinö T-Shirt?«

Joe grinste wieder, dieses Mal etwas verlegen. »Ick will es behalten. Es ist eine Souvenir from Tübingen. And you wore it …«

So einer ist das also, dachte Florence, der steht auf getragene Wäsche. »Du kannst es ’abön. Isch werdö findön ein Ausrede für mein Chef …«

»Thank you.«

Sie saßen da und schwiegen.

»Wie war der Film?«, fragte Florence schließlich.

»Why did you go away?«, fragte Joe unvermittelt.

»Isch ’attö ’erzschmerzön«, sagte Florence und im selben Moment fiel ihr ein, dass man das auf Deutsch anders formulieren musste.

»Mir war schlescht«, fügte sie hinzu.

»Nag die Movie ick gehe mit Dieter to drink ein Bier und Wein in eine Italian Restaurant. Er ist so in love with you …«

Das wird ja immer besser, dachte Florence und schwieg, denn ihr fiel nichts mehr ein.

»I'm in love with you, too, and so is the cook in the restaurant. Der Italian Kock in die Restaurant is aug in dir verliebt. Alle sind in dir verliebt …«

Florence starrte auf die grau mäandernden Linien des Linoleumfußbodens und ließ die Haare vor ihr Gesicht fallen.

»Lieb du mig nigt eine ganz little bit?«, fragte Joe nun auch noch treuherzig.

Es war herzzerreißend, aber ich kann doch nicht aus Mitleid was mit ihm anfangen, dachte Florence verzweifelt, außerdem geht der sowieso in drei Tagen weg.

»Deine Herz ist kalt«, sagte Joe.

»Nein, das ist nischt wahr!«, protestierte Florence. »Isch liebe einön anderön«, fügte sie pathetisch hinzu. Bin ich im Schnulzenkino, dachte sie.

Joe seufzte laut, grinste traurig und erhob sich umständlich. »Thanks for the T-Shirt. Goodbye, Florence.«

Florence erhob sich ebenfalls und führte ihn zur Tür. Dort gab sie ihm ein Küsschen auf jede Wange. »Au revoir, Joe«, sagte sie, »en France, on fait la bise pour dire adieu.«

»When you speak French, you make me crazy«, sagte Joe noch einmal seufzend und schloss die Tür.

Jan war mit seiner Familie aus dem Urlaub zurück und Florence betreute ihn wieder zwei Mal pro Woche. Das war gut gegen die Langeweile, Grübeleien über Rainer und eine Abwechslung zum *Neckarschorsch*. Florence hatte Lothar zerknirscht gestanden, das T-Shirt in der Waschmaschine versaut zu haben. Er zog das neue kurzerhand von ihrem Lohn ab. Zwei Stunden Arbeit für so ein hässliches T-Shirt, dachte Florence, na ja, der arme Joe freut sich.

Seit dem Urlaub hatte der kleine Jan eine neue Leidenschaft: Motorräder. Er besaß zwar ein Dreirad, wenn dieses jedoch gerade nicht greifbar war, musste Florence als Ersatz herhalten. Das ging folgendermaßen: Sie legte sich seitlich auf den Boden, dann setzte er sich mit seinem knisternden Windelpopo in die Mulde ihrer Taille, nahm einen ihrer Arme, den er als Lenker benutzte, und machte brummende Geräusche. Dabei duschte er sie mit seiner Spucke beim Brummen und Prusten. Dieses Spiel konnte er ewig lang ohne Unterbrechung fortsetzen und protestierte, wenn Florence nur die Seite wechseln wollte, weil ihr die Hüfte schon wehtat. Als Helm setzte sich Jan einen roten Sandeleimer auf den Kopf. Sabine erzählte Florence, dass im Urlaub zwei junge Männer aus Tübingen mit einem Motorrad genau neben ihnen kampiert hätten und einer von ihnen Jan auf das Motorrad gesetzt hätte. Na prima, dachte Florence, wegen dieses Typen muss ich mir meinen Rücken versauen.

Als sie dann wieder einmal mit Jan auf dem Spielplatz war, gab er partout keine Ruhe und quengelte: »Mollad fahn, Mollad fahn«, bis sie sich mitten in den Sandkasten legte und als

Motorrad posierte. Die anderen Kinder waren begeistert und verlangten dasselbe von ihren Müttern, aber nur eine ließ sich dazu herab. Genau als sich Florence in dieser erniedrigenden Stellung befand – für sie war es besonders merkwürdig, da sie daran gewöhnt war, immer alles zu überblicken – sah sie Joe, an dessen Arm eine winzig wirkende Blondine hing und zu ihm aufschaute. Florence hoffte inständig, er möge sie nicht sehen. Aber es war schon zu spät, wer würde auch nicht auf eine Einsdreiundachtzig-Frau starren, die in ganzer Länge im öffentlichen Sandkasten liegt? Florence wurde rot, in Joes Gesicht erschien ein breites Grinsen, die Blondine fand es wohl nicht lustig, ihr Blick sprang eifersüchtig von Joe zu Florence und wieder zurück.

»Isch bin eine Motorrad!«, rief Florence schließlich.

Jan setzte sich mit wichtiger Miene seinen roten Eimer auf den Kopf und begann hingebungsvoll zu brummen.

»Ick wusste nigt, dass du haben ein Kind!«, sagte Joe.

Die Blondine blickte nun richtig böse und zerrte ihn weiter, bevor Florence das Missverständnis aufklären konnte. Aber irgendwie war es nun auch egal, er flog sowieso in ein paar Tagen zurück und so blieb sie als Kuriosum in seiner Erinnerung und er konnte den Amis erzählen, wie sonderbar die Französinnen seien.

Hofnarren und Bombenleger

Rainer wollte nicht aufwachen, aber irgendetwas störte. Er richtete seinen Oberkörper auf, um sofort wieder in den Sand zu sinken. Etwas zwickte an seinem Schlüsselbein. Das ist ein Sandwurm, dachte Rainer, oder ein Sandkäfer, oder ein Sandskorpion. Bei dieser Vorstellung schnellte er erneut nach oben und rüttelte panisch an seinem T-Shirt herum. Sein Kopf dröhnte. Was hatte er hier eigentlich verloren? Um ihn herum lagen ähnlich tote Gestalten in bunten Schlafsäcken wie er selbst. Das Meer war glatt und still und die Sonne stieg gerade über den Horizont.

Cocktailparty, dachte Rainer, das waren wohl ein paar Drinks zu viel. Wäre ich doch lieber beim Bier geblieben. Er legte sich vorsichtig wieder nach hinten ab. Florence kam auf einem Besen durch die Luft geritten, schnappte ihn wie ein Adler seine Beute und er schwebte über dem Wasser, verschnürt in seinem lächerlichen lila Schlafsack, zappelnd wie eine Made am Angelhaken.

Zuckend erwachte er erneut. Man sollte nicht den Walpurgisnachtstraum im »Faust« lesen und dann Cocktails trinken, dachte Rainer, das ist nicht gut.

Die Sonne goss orangefarbenes Licht über den Strand. Einige der Engerlinge bewegten sich, stöhnten und knurrten vor sich hin.

Hier wird's gleich so was von heiß, dachte Rainer, da platzt meine Birne.

Ächzend pellte er sich aus dem Schlafsack, knäulte ihn zusammen und stolperte durch den tiefen Sand Richtung Campingplatz. Dort angekommen, legte er sich an seinen Platz unter einem großen Feigenbaum. Bevor er wieder wegdöste, dachte er noch, irgendwas ist anders.

Er schreckte hoch, als die üblichen Frühstücksgeräusche zu ihm drangen, das Scheppern von Blech- und Plastikgeschirr, Gähnen, allergisches Niesen und Gesprächsfetzen. Erinnerungen schossen ihm durch den schmerzenden Kopf.

Rainer hatte sich an jenem Nachmittag am Fango-Fluss nach einer Weile an die beiden Mädels herangepirscht. Die eine hatte große, die andere eher mittlere Brüste, aber beide waren sie sehr hübsch anzusehen. Sie hatten Sonnenbrand auf dem Busen. Ich sollte sie eincremen, dachte Rainer sehnsüchtig. Er hatte bereits gehört, dass sie deutsch sprachen, also war es leicht gewesen, mit ihnen ins Gespräch zu kommen. Es erforderte jedoch eine irrsinnige Konzentration seinerseits, darauf zu achten, nicht die ganze Zeit wie gebannt auf ihre Nippel zu starren, die je nach Wind mal spitz, mal rund waren. Auch er selbst holte sich an jenem Tag einen Sonnenbrand, denn er konnte nur auf dem Bauch liegen und sich aus dieser Position schnell ins kalte Wasser fallen lassen. Er war eben in der Beziehung ausgehungert, das war einfach zu viel auf einmal.

Die Mädels waren Teil einer Zeltlagergruppe, die auf einem Campingplatz in der Nähe von L'Île Rousse im Norden Korsikas kampierte.

»Komm doch auch da hin«, schlugen sie vor, »da ist echt was los.«

Echt was los kann nicht schaden, dachte sich Rainer, jetzt, wo ich keinen Wolfgang mehr bei mir habe. Und dann kann ich das vielleicht endlich anfassen, was hier direkt vor meiner Nase herumwackelt und wo ich nicht hinsehen darf.

Als er dann am Campingplatz ankam, gratulierte er sich zu seiner Entscheidung. Er stellte die XT unter einen Feigenbaum und warf seine Sporttasche daneben. Die Gruppe mit den zwei Mädels, Ina und Barbara, reiste schon nach drei Tagen ab, doch das reichte Rainer, um sich noch ausgiebig mit Ina und ihren mittelgroßen Brüsten zu vergnügen, und am selben Tag kam ein anderer Bus mit Nachschub aus Hamburg. Außerdem wimmelte es auf dem Campingplatz von solchen Jugendgruppen.

Rainer fand schnell heraus, dass deren Betreuung eher lose, um nicht zu sagen fahrlässig organisiert war. Die Animateure saßen meist selbst schon am Mittag besoffen unter Bäumen oder am Strand und kümmerten sich im Wesentlichen um nichts. Also stellte Rainer sich mit seinem Napf an immer wieder anderen Küchenzelten in die Schlange für die Essensausgabe. Sein Image als motorradfahrender Gitarrencowboy bescherte ihm einen schmeichelhaften Andrang an Verehrerinnen, die mit ihm eine Spritztour und noch andere Dinge machen wollten. So musste Rainer zumeist nicht einmal draußen schlafen. Irgendein Zelt bot ihm immer Asyl, wobei er jedoch selbst manchmal darauf bestand, unter freiem Himmel zu nächtigen, das konnte man schließlich nur im Urlaub und im Süden.

Den zwölften August vergaß Rainer gründlich. Er wusste nie, wie spät es war, vom Datum ganz zu schweigen. Wozu auch? Er war dann einmal mit einer gewissen Monika nach L'Île Rousse gefahren, weil sie ein Eis essen wollte und ein Heuschnupfenmittel aus der Apotheke brauchte. Rainer wartete vor der Apotheke auf sie und starrte stumpfsinnig auf die Leuchtanzeige: 16:00, 15 août, 32° C.

Warten war noch nie seine Stärke gewesen, erst recht nicht in der prallen Sonne auf einem sich immer mehr aufheizenden Motorradsitz. 16:05, 15 août, 32° C. Schon Mitte August, dachte Rainer, Scheiße, der Urlaub geht bald zu Ende … 16:07, 15 août, 32° C. War da nicht irgendein Termin, dachte Rainer, was war das bloß? Mann, die könnten sich aber mal beeilen, dieser allergischen Tante ihre Heuschnupfenmedizin zu geben. 16:11, 15 août, 33° C. Heißer wird's auch noch. Was war das bloß mit dem August?

In dem Moment, als Monika aus der Apotheke trat, fiel es Rainer ein: Wolfgang und Christine, Camping le Phare, zwölfter August. Scheiße, dachte er, schon zu spät, aber jetzt isses auch vollends egal. Vielleicht haben sie's sowieso genau wie ich vergessen …

Etwa fünf Minuten lang hatte Rainer ein schlechtes Gewissen gehabt, dann vergaß er Wolfgang und Christine wieder, als er mit Monika in einem Eiscafé saß. Sie war ziemlich klein, blond, achtzehn und erzählte gerade irgendetwas. Es wäre alles ganz einfach, aber Rainer fühlte sich plötzlich unerklärlich müde. Vielleicht war es zu einfach. Das kann ja jeder, dachte er, bei Teenagern, die keine Ahnung haben und jeden bewundern, der ein bisschen unkonventionell ist, da kann man natürlich leicht landen und sich ausgiebig anhimmeln lassen. Aber warum träume ich immerzu von Florence?

O Gott ist mir schlecht, dachte Rainer, was für ein Gesöff haben die mir da gestern Abend angedreht? Schlafen konnte er nicht mehr. Er kroch auf allen Vieren zu seiner Sporttasche und wühlte nach seiner Blechtasse. Nach Essen war ihm nicht zumute. Mit pochendem Schädel schleppte er sich zur Kaffeeausgabe. Sogar das Knie begann wieder zu schmerzen, als wolle es sagen, mich gibt's auch noch, der Kopf ist nicht alles.

»Na sieh mal einer guck! Der Rainer! Der hat auch schon mal besser ausgesehen!«, sagte dieser immer widerlich gut gelaunte Jürgen, der alles stets laut kommentieren musste und dabei Beifall heischend in die Runde blickte.

Rainer schwieg.

»Die Sprache hat's ihm auch verschlagen«, trat Jürgen nach, »das muss ja ganz übel hergegangen sein, hehehehehe.«

Rainer pumpte Kaffee in seine Tasse. »Wenn's nur dir einmal die Sprache verschlagen würde«, murmelte er schließlich, »das wär ein Fortschritt für die Menschheit …«

Er setzte sich auf eine der harten Holzbänke, die ihm heute besonders hart vorkam, und nippte lustlos an dem dünnen Kaffee. Sein Magen fühlte sich leer an. Vielleicht sollt ich doch eine Kleinigkeit essen, dachte er, erhob sich ächzend und nahm sich einen Pfirsich aus dem Obstkorb. Irgendwo hatte er mal gelesen, dass Vitamine gut gegen den Kater seien.

Danach nahm er das Handtuch vom Ast des Feigenbaumes, an dem er es zum Trocknen aufgehängt hatte, wühlte nach dem Duschgel und schlich hinkend zum Waschhäuschen. Er war immer noch nicht darauf gekommen, was ihn schon seit seiner frühmorgendlichen Ankunft auf dem Campingplatz irritierte.

Als er dann aus der Dusche zurückkam, wusste er es: Das Motorrad war weg.

Diese Knalltüten, dachte Rainer, so ein Scheißwitz. Er ging als Erstes zu Jürgens Zelt, das der sich mit drei ähnlich depperten Kappen in weißen Tennissocken und Mephistosandalen teilte, die zu ihm aufschauten, als wäre er Gottvater, Sohn und Heiliger Geist. Diese Viererkonstellation hatte sich bereits mehrmals durch spaßige Aktionen hervorgetan: Sie hatten Schlafsäcke versteckt oder mit Sand angereichert, Sonnenöl in Shampooflaschen umgefüllt und Spinnen in Mädchenzelte gesetzt.

»Mann, hab ich gelacht«, sagte Rainer zu der orangefarbenen Zeltwand, die sich unregelmäßig ausbeulte, wenn sich drinnen einer bewegte. »Jetzt is aber wieder gut. Wo ist meine XT?«

Der rote Kopf und erschreckend weiße Oberkörper von Friedhelm erschien zwischen den Zeltplanen. »Waaas?« Er wandte sich zum Zeltinneren und rief hinein: »Da steht der Rainer und fragt, wo sein Motorrad ist.«

Nach und nach krochen alle vier Hofnarren aus dem Zelt.

»Er hat sein Motorrad verloren«, feixte Jürgen, »das muss man erst mal hinkriegen.«

»Hehehehehe«, lachten die anderen drei unisono.

Womit hab ich das verdient, dachte Rainer, eigentlich müsste man allen vieren eine reingeben, aber das hilft wahrscheinlich auch nichts.

»Ich weiß doch, dass ihr meine XT irgendwo versteckt habt und ich hab einen Kater und keinen Bock, auf dem ganzen Campingplatz zu suchen«, sagte er laut. »Würdet ihr nun bitte die Freundlichkeit besitzen, mir ihren Standort anzuzeigen? Dann lach ich auch noch mal, haha, dann hattet ihr euren Spaß.«

»Isch weeß net, was der will«, sagte Gunther.

»Er ist verwirrt, das macht der Alkohol«, sagte Jürgen in seinem üblich lauten Tonfall, der Rainer nun schon fast wie ein Brüllen vorkam und seine Wirkung nicht verfehlte, denn inzwischen hatte sich ein interessierter Kreis um Rainer und die Deppen gebildet.

»Wie kann einer sein Motorrad verlieren?«, fragte Heinrich mit Unschuldsmiene.

»Und dabei so dämlich aussehen?«, ergänzte Friedhelm.

»Jetzt wünscht er sisch beschdimmt, er hätt net so viel gesoffe«, ergänzte nun auch noch Martin.

Rainer wandte sich ab. »Leckt mich doch alle am Arsch«, krächzte er resigniert im Weggehen, denn die Stimme versagte ihm wegen Kopfschmerzen, Übelkeit und verschluckten Ärgers.

Er schnappte sich eine Flasche Wasser und ging langsam Richtung Strand. Das Handtuch hing sowieso noch über seinen Schultern.

Ich penn jetzt noch 'ne Runde, dachte er, dann geh ich schwimmen, und dann knöpf ich mir die vier Schwachmaten noch mal vor. Oder ich such das Motorrad selber, aber jetzt erst mal penn... Ein gehirnzermalmender Pfiff schrillte durch die heiß flirrende Luft und Rainer sprang zur Seite. Er hatte nicht bemerkt, dass er auf den Bahnschienen gelaufen war, dabei musste er diese jedes Mal überqueren, wenn er zum Strand und wieder zurück wollte. Verdattert schaute er dem davonpuffenden Zug hinterher. Mannmannmann, dachte er, das war knapp.

Mit zittrigen Knien schleppte er sich zu einem dornigen Strandgestrüpp, das einen mageren Schatten warf. Sonne ist jetzt nicht gut, dachte Rainer, während er sein Handtuch ausbreitete und einen Schluck aus der Wasserflasche nahm.

Als er irgendwann aufwachte, war der Schatten weg und Rainers Kopf fühlte sich innen und außen an wie eine einzige riesige Beule. Abkühlen, dachte er, Wasser.

Mit letzter Kraft torkelte er zum Meer und senkte sich in die blaue Kühle. Er rollte sich auf den Rücken und ließ sich treiben. Endlich überkam ihn der erlösende Brechreiz. Er schaffte es gerade noch bis zum Strand, kotzte jede Menge Zeug in den Sand, verbuddelte alles ordentlich unter einem Burghaufen und ging dann noch einmal schwimmen. Nun fühlte er sich viel leichter.

Auf dem Weg zurück zum Handtuch sondierte er zum ersten Mal an diesem Tag die Umgebung. Das glaub ich jetzt nich, dachte er, die liegen da noch immer!

Tatsächlich lagen einige der anderen Cocktailpartyüberbleibsel immer noch an der Stelle, wo sie gestern umgefallen waren inmitten von leeren Flaschen und Pappbechern, nur dass sie sich inzwischen von den Schlafsäcken befreit hatten. Rainer schlenderte zu ihnen hinüber.

»Ihr seid heute aber noch nicht weit gekommen«, sagte er zur Begrüßung.

»Was weißt du denn? Wir sind gestern Nacht noch im Meer rumgeschwommen, da hast du schon gelallt und dann geschnarcht …«, erwiderte einer der Bombenleger, die wegen ihrer langen Haare so genannt wurden.

Aha, dachte Rainer, vielleicht waren die das mit meiner XT. »Habt ihr Witzbolde mein Motorrad irgendwo versteckt?«, fragte er.

»Was? Auf so ’ne Scheißidee würden wir nie kommen. Ist doch viel zu anstrengend.«

Das ist allerdings ein Argument, dachte Rainer, denn er hatte natürlich das Lenkerschloss eingerastet. Um das Motorrad wegzuschieben, brauchte es mindestens drei Leute und enormen Kraftaufwand. Dann waren es doch die Hofnarren, dachte Rainer, ich muss das jetzt in Ordnung bringen.

Er verabschiedete sich von den Bombenlegern und ging zurück zum Campingplatz. Die vier Deppen waren nicht da, also drehte er Runde um Runde und befragte bisweilen die Leute, ob sie nicht eine silberne Enduro gesehen hatten.

»Die is weg, Mann«, sagte schließlich ein dicker Chopperfahrer. »Da kommen so ’n paar Korsen mit dem Lieferwagen, laden alles auf, was nicht bewacht ist, und knacken danach in aller Ruhe das Schloss.«

»Nee, jetzt echt?«, fragte Rainer und ihm wurde mulmig.

Er schlich noch eine halbe Stunde sinnlos über den Campingplatz, bis er es aufgab. Schöne Scheiße, dachte er, was wird Wolfgang sagen?

Waldzauber

Das muss aufhören, dachte Florence, so lange kann kein Mensch Urlaub machen, und ein armer Student schon gar nicht.

Es war der letzte Sonntag der Semesterferien, der 14. Oktober 1995. Florence hatte sich so oft es ging in der Stadt herumgetrieben und dabei ständig nach Rainer Ausschau gehalten, aber dieser Kerl war einfach wie vom Erdboden verschwunden.

Vielleicht ist er krank, dachte sie, oder gar tot? Oder er ist weggezogen, verheiratet oder schwul? Ich muss ihn mir aus dem Kopf schlagen, dachte Florence wütend, am besten mit MC Solaar. Sie wühlte in einem scheppernden Kassettenhaufen, bis sie die richtige gefunden hatte und legte sie in den Walkman ein. Dann schnürte sie ihre Laufschuhe, steckte die Stöpsel in die Ohren und drückte auf »Play«. Als sie aus dem Fahrstuhl in den Vorraum und ins Freie trat, schnitt ihr die Kälte ins Gesicht. Was ist das jetzt, dachte sie perplex, so kalt ist's bei uns vielleicht im Dezember.

Der Sommer war plötzlich vorbei gewesen. Der *Neckarschorsch* hatte geschlossen und das Freibad sowieso. Die Wochen bis zum Semesterbeginn hatten sich träge dahingezogen, nur einige neue Mitbewohner waren im Wohnheim angekommen. Das Güntherproblem wuchs sich langsam zu einer Neurose aus. Er ließ einfach nicht locker, es war ein Elend, wie begriffsstutzig er sich aufführte. Nachdem der Jazz versagt hatte, war er auf einen neuen Trichter gekommen: Er klopfte mindestens einmal, wenn nicht mehrmals am Tag an Florences Zimmertür und fragte, ob sie mit ihm Tischtennis spielen wolle. Sie hatte den verhängnisvollen Fehler begangen, einmal zugesagt zu haben, denn eigentlich spielte sie gerne Tischtennis. Aber Günther konnte einem wirklich alles vermiesen mit seiner Pedanterie. Ich werde traumatisiert, dachte Florence, wegen Günther hasse ich jetzt Livekonzerte und Tischtennis.

MC Solaar rappte angenehm im Herzschlagrhythmus in ihre Ohren. Ich laufe eben einfach schneller, dachte Florence, dann wird's mir schon warm werden. Wenigstens hatte Viktor nach dem einen misslungenen Joggingversuch nicht wieder darauf bestanden mitzukommen. Sie rannte zwischen den Hochhäusern durch. Im Studentendorf war wie gewöhnlich Sonntag morgens niemand unterwegs. Erst danach kreuzten einige Kirchgänger Florences Weg.

Sie erreichte die Bauernhöfe und Felder. Die Äste der Apfelbäume waren kahl bis auf die roten oder gelben Äpfel, so dass sie wie aufgefädelte Perlenschnüre aussahen. Die Wiesen glänzten vom Tau in der Morgensonne. Florence war nun nicht mehr kalt, obwohl ihr Atem Wölkchen bildete. In großen Schritten erreichte sie den Waldrand. Nebelfetzen hingen zwischen den dunklen Stämmen und einzelne Sonnenstrahlen beleuchteten rotglänzende Beeren und nickende Farne. Eine Gruppe Fliegenpilze stand mit weißen Füßen und roten Kappen mit weißen Relieftupfen neben einem Baumstumpf. Auf den Hüten lagen noch schwarze Erdreste und Fichtennadeln, als wären die Pilze gerade erst aus dem Boden geploppt, um Florence zu begrüßen.

Das ist ein Zauberwald, dachte Florence beeindruckt. Sie hatte bisher für den Herbst nicht viel übrig gehabt, denn in Lyon bedeutete er nichts als Nebel und matschige Platanenblätter. MC Solaar begann plötzlich zu wimmern und die Bässe zu eiern, bis sie schließlich ganz verstummten. Die Batterien waren leer.

Florence lauschte in die Stille und auf ihren Atem beim Laufen. Eigentlich war es schöner ohne Musik. Sie hielt inne. Auf dem Weg glänzten pralle rostbraune Kastanien im Laub.

Sie hob ein paar davon auf und stopfte sie in ihre Hosentaschen. Jan konnte bestimmt etwas daraus basteln. Florence lächelte unwillkürlich, als sie an Jan dachte. Er liebte es, Papierchen zusammenzukleben, »beben« sagte er dazu, am besten war es im Perfekt: »Tutt, Loaas, das hab ich bebebt …« Sie lief weiter. Morgen muss ich in die Universität, dachte Florence. Irgendwie hatte sie sich daran gewöhnt, in den Tag hineinzuleben. Außerdem hatte sie es immer wieder verschoben, an der Université Lyon anzurufen, um nach einer Zweitschrift ihrer Zwischenprüfung zu fragen. Schöne Scheiße, dachte sie, was, wenn die keine Zweitschrift ausfertigen?

Das Originalzeugnis hatte sozusagen Schiffbruch erlitten, so wie sie mit Rainer im Stocherkahn. Sie hatte irgendwann einmal ihr Zimmerfenster offen stehen lassen. Ein Gewitter hatte den Schreibtisch unter Wasser gesetzt, was Florence zu jenem Zeitpunkt nicht sonderlich aufgeregt hatte, denn da lag nur ein angefangener Brief an ihre Eltern. Als sie jedoch gestern ihre Papiere für die Tübinger Universitätsverwaltung zusammensuchen wollte und die abschließbare Schreibtischschublade öffnete, fand sie eine Papiermatsche, die schon leicht müffelte und grünhaarige Schimmelkulturen beherbergte. Wenn ich keine Zweitausfertigung bekomme und die zwei Jahre bis zur Zwischenprüfung noch mal machen muss, züchte ich lieber Radieschen, dachte Florence in einem Anflug von Fatalismus.

Der Wald wurde dichter und die Sonne erreichte den Boden nicht mehr, aber die gefallenen Blätter der Buchen waren so leuchtend gelb, als besäßen sie eine eigene Lichtquelle, die den Waldboden von unten erstrahlen ließ.

Zauberwald

Morgen muss ich in die Uni, dachte Rainer, und ich muss meine Hausarbeit bei Professor Müller abholen. Mal sehen, was das für eine Note ist.

Er schnürte seine Laufschuhe. Aus irgendeinem Grund war er früh aufgewacht und konnte nicht mehr einschlafen, also hatte er sich entschieden, eine Runde zu joggen. Dummerweise hatte er vergessen, neue Batterien für seinen Walkman zu kaufen. Uaaaahh, dachte er, als er ins Freie trat, wieso ist das auf einmal so kalt?

Ich muss mal wieder bei Wolfgang anrufen, dachte er, während er durch die Hochhausschluchten lief, aber seit Christine bei ihm eingezogen ist, ist er nicht mehr abkömmlich … Wolfgang hatte nur mit den Schultern gezuckt, als Rainer zerknirscht erzählt hatte, dass die XT gestohlen war. »Das war eh ein Schrotthaufen«, hatte er gesagt. »Ich kann jetzt sowieso immer BMW fahren, wenn ich will.«

»Wenn du darfst«, hatte Christine eingeschränkt.

Als Rainer sich endlich klar gemacht hatte, dass sein Motorrad unwiederbringlich fort war, verging ihm die Urlaubslaune. Die Hofnarren spotteten ohne Unterlass, die Bombenleger flößten ihm alkoholische Getränke ein und die Mädels fragten ständig, warum er so traurig aus der Wäsche schaue. Irgendwann ist Schluss, dachte sich Rainer, ich will nach Hause.

Er veranstaltete einen Zubehör-Flohmarkt, auf dem er seinen Helm, seine Lederhose, Regenausrüstung und Motorradhandschuhe auf dem Campingplatz verkaufte, denn er dachte pragmatisch, wozu soll ich den Krempel mit mir rumschleppen? Ich habe sowieso kein Motorrad mehr und auch kein Geld, um mir je wieder eins zu kaufen.

Am nächsten Tag stieg er, beladen nur mit seiner Sporttasche und der Gitarre, in einen Charterbus, der eine Rainbow-Tours-Reisegruppe nach Bastia brachte. Rumpelnd ging es über die engen kurvigen Straßen, die mit dem Motorrad so viel Spaß gemacht hatten und die Rainer hier in diesem Bus nichts als Übelkeit verursachten. Beim Abschied auf dem Campingplatz hatten ihm all seine Bekannten, sogar die Hofnarren, Zettel mit ihren Adressen und Telefonnummern zugesteckt. Rainer war gerührt und versprach, sich zu melden. In Bastia angekommen stieg er mit weichen Knien aus dem Bus. Tiefe graue Wolken hingen über dem Hafen und Windböen trieben Staub und Müll vor sich her. Eine Fähre nach Genua wurde gerade beladen. Die Rainbow-Tours-Gruppe hatte erst auf der nächsten Fähre gebucht. Rainer hatte keine Lust, drei Stunden am Hafen herumzustehen, und außerdem wollte er lieber alleine sein, als sich von den Rainbows volllabern zu lassen. »Du bisch doch där, wo sai Modorrad glaut worra isch«, sagte gerade einer zu ihm, der dem Hofnarren Heinrich erschreckend ähnlich sah.

»Genau der«, sagte Rainer und wandte sich ab. Ich muss auf diese Fähre, dachte er, ich halt das hier nicht mehr aus. »Pass mal auf meine Tasche auf«, sagte er zu dem Schwaben und rannte zum Kassenhäuschen.

»Esskö schö pö aleh aveck le Schip?«, fragte Rainer die Dame im Häuschen und dachte im gleichen Moment, das stimmt jetzt überhaupt nicht, wie heißt noch mal Schiff auf Französisch?

»Vous êtes à pied?«, fragte die Frau.

»Oui«, antwortete Rainer.

»Alors, donnez-moi 150 Francs et dépêchez-vous.«

Beeilen tu ich mich gerne, dachte Rainer erleichtert und zahlte. Er nahm das Ticket, rannte zu seinem Gepäck, schnappte die Tasche und die Gitarre, rief dem Schwaben flüchtig über die Schulter ein »Danke« zu, ließ ihn stehen und hastete zur Fähre, deren Autodeck bereits geschlossen wurde. Ein Matrose riss sein Ticket ein und Rainer stieg die Stufen zum Außendeck empor.

Der Wind wehte noch stärker auf dem Schiff. Rainer suchte sich einen Platz an der Reling. Genau das richtige Wetter zum Abreisen, dachte er nun doch ein wenig wehmütig. Ein feuchter Windstoß, der nach Macchia und Schiffsdiesel roch, ließ Rainer frösteln. Ich brauch meinen Pulli, dachte er, zum ersten Mal in diesem Urlaub. Er wühlte in der Sporttasche, bis er ihn ertastete. Als er ihn herauszog, kamen die Papierschnipsel mit den Adressen mit. Ein neuer Windstoß hob sie in die Luft, Rainer griff halbherzig nach ihnen, doch sie wurden bereits davongetragen. Sie schwebten noch eine Weile unentschlossen zwischen Himmel und Meer, bis sie sich sachte wie Schneeflocken in das ölige Hafenwasser senkten. Rainer schaute ihnen dabei zu und sah noch die blaue Tinte im Wasser verschwimmen.

Jetzt sind sie alle fort, dachte er, aber ich hätte mich sowieso nicht bei ihnen gemeldet. Das bringt nichts mit diesen Urlaubsbekanntschaften, zu Hause ist sowieso alles anders. Was macht wohl Florence?

Das Schiffshorn tutete traurig. Ciao, Korsika, dachte Rainer und winkte den Rainbow-Leuten, die an der Mole standen.

In Genua hatte Rainer den Fahrer eines alten Mercedes mit Stuttgarter Kennzeichen gefragt, ob er ihn mitnehmen könne. Der Typ hatte zugestimmt, verlangte jedoch fünfzig Mark Benzinbeteiligung. Immer noch besser als Zug fahren, dachte Rainer und bezahlte. Die Fahrt war grauenvoll. Der Stuttgarter namens Berthold hatte nämlich etwas gegen Schmutz. Man durfte weder essen noch trinken noch den Kopf an die Scheibe lehnen. Außerdem hatte er eine Freundin namens Gabi, mit der er sich die ganze Strecke lang stritt. Anfangs war es noch mehr oder weniger sachlich, dann hieß es irgendwann »Du bleeda Kuah«, retourniert von »Halt doch dai Maul, du Seggel«. Rainer versuchte abzuschalten. Irgendwann nahm er sogar die Gitarre und sang »Über den Wolken«.

»Was soll jetz dees?«, fragte Berthold.

»Ich singe, um euer Geschrei nicht hören zu müssen«, antwortete Rainer wahrheitsgemäß.

»Schee«, sagte Gabi.

»Was hoißt do schee?«, blaffte Berthold. »So a bleede Schnulz.«

»Besser als dai Scheißhardrock die ganz Zeit. Zom Glick isch dr Radio glaut worra …«

So ging alles wieder von vorne los. Rainer seufzte.

»Halt dai Gosch, du do henda«, sagte Berthold, zu Rainer umgewandt.

Auch diese Fahrt ging einmal zu Ende. Das ist das Tröstliche am Verrinnen der Zeit, dachte Rainer, zwar kann man das Glück nicht festhalten, aber auch das Unglück ist irgendwann vorbei.

So auch die unsägliche Hausarbeit für Professor Müller. Nach seiner Ankunft in Tübingen hatte sich Rainer einen Tag Zeit gegönnt, um seine graubraune Wäsche zu waschen und zu trocknen und die Stille zu genießen, die von keiner Gabi und keinem Berthold durchbrochen wurde. Seine Mitbewohner waren nicht da, was er ebenfalls als Segen empfand. Am nächsten Tag fühlte er sich allerdings ziemlich verloren und einsam auf der Welt, denn auch Wolfgang war nicht zu erreichen. Der ist bestimmt noch auf Korsika, dachte er, ob er wohl noch mit Christine zusammen ist?

Also gab es keine Ausrede für Aufschub. Rainer nahm das dicke Buch »Politik für Eingeweihte« und begann zu lesen. Es war grässlich. Selbst wenn er völlig ausgeschlafen und ausgeruht war, fielen ihm nach spätestens zehn Seiten die Augen zu. Er nahm sogar die lange Zugfahrt nach Düsseldorf zu seinen

Eltern auf sich, um die Müdigkeit zu überlisten: Er ärgerte sich nämlich schon seit Jahren, dass er in Zügen, Bussen, Autos und Flugzeugen nicht schlafen konnte. Die Zeitgenossen, die gleich nach dem Start in einen gnädigen Tiefschlaf fielen, betrachtete er mit Neid und Misstrauen. Also besuche ich meine Eltern mal wieder, dachte Rainer, die freuen sich vielleicht auch ein bisschen. Dann kann ich von Tante Gisela und Cousine Claudia erzählen. Und von Wolfgang, den kennen sie ja auch noch. Und dann gibt's lecker Essen, nicht so 'ne hässliche Tiefkühlpizza. Genau, und im Zug lese ich entweder das Buch oder ich schlafe über dem Buch ein. Beides wäre gut.

Leider klappte keines von beidem. Die übliche Müdigkeit überkam Rainer beim Lesen des Buches, aber der Schlaf blieb aus. Lesen ging auch nicht mehr, immer nur eine Seite, dann wieder aus dem Fenster starren, die Seite noch mal lesen, weil er sich nicht konzentriert hatte … Es war ein Elend vor dem Herrn.

Wieder zurück in Tübingen, änderte Rainer die Strategie: Er dachte sich ein Thema für seine Arbeit aus. Bei der Fachschaft Politik sah er sich alte Hausarbeiten an. Alles war schon geschrieben. Ich muss etwas Neues machen, dachte Rainer verzweifelt, aber was? Er zerbrach sich tagelang den Kopf, bis er schließlich eines Nachts völlig entnervt und schlaflos aus dem Bett sprang, die Lampe anknipste und auf ein Blatt Papier kritzelte: »Warum werden die Abgeordneten nicht nach Leistung bezahlt? Das Volk sollte über das jeweilige Gehalt abstimmen.« Sodann fiel Rainer in tiefen Schlaf. Er stand am nächsten Morgen auf, nahm das dicke Buch und fuhr zum Rechenzentrum, denn er besaß keinen eigenen Computer. In verschachtelten, umständlichen Sätzen entwickelte er seine These und schaute immer wieder in das dicke Buch, um daraus zu zitieren. Dann suchte er in der Bibliothek nach den Büchern, die in dem dicken Buch genannt wurden, um daraus ebenfalls zu zitieren. So ein Blödsinn, dachte er immer wieder, wer will den Scheiß lesen? Doch dann ermahnte er sich: Stell dir ja nicht die Sinnfrage, sonst wirst du bekloppt, wenn du es nicht schon bist.

Auf diese Weise waren die Semesterferien vergangen.

Rainer verlangsamte sein Lauftempo. Sein Knie hatte wieder zu schmerzen begonnen. Im Laub auf dem Waldweg sah er plötzlich Kastanien glänzen. Die sind schön, dachte er und hob zwei davon auf. Die fühlen sich gut an. Dann rannte er weiter. Das Knie schmerzte immer mehr und Rainer hielt im Laufen inne. Er war an eine Waldlichtung gelangt und neben dem Weg lagen gestapelte Baumstämme. Kurze Pause, dachte Rainer, bis der Schmerz nachlässt. Er setzte sich und streckte das rechte Bein aus. Von weitem hörte er das Trappeln sich nähernder Füße.

Schön hier, dachte er, die Sonne steht so schräg, dass sie den Boden nicht erreicht, aber die gefallenen Buchenblätter sind so gelb, als besäßen sie eine eigene Lichtquelle, die den Wald von unten erstrahlen lässt …

Florence lief um eine Biegung des Waldwegs. Ein taunasser Zweig klatschte ihr ins Gesicht und als sie auf die Lichtung kam, erschrak sie. Es war wie eine jener Erscheinungen, die man aus der Bibel kennt, ein brennender Busch oder ein Engel im leuchtenden Gewand im leeren Grab. Nur dass da auf dem Baumstammstapel weder ein Busch loderte noch ein Engel saß, sondern Rainer. Rainer, nach dem sie wochen-, wenn nicht monatelang Ausschau gehalten hatte, der wie vom Erdboden verschluckt gewesen war, dieser Rainer saß da nun einfach mitten im Wald auf einem Holzstapel in für diese Kälte viel zu kurzen Hosen und drückte konzentriert an seinem Knie herum.

Florence stand einfach nur da. Endlich schaute Rainer auf und erschrak fast genauso wie sie.

»Hallo«, sagte er.

»'allo«, sagte sie und sah zu Boden.

Rainer drückte immer noch an seinem Knie herum und vermied es ebenso, sie anzusehen.

Florence näherte sich zögernd und setzte sich schließlich neben ihn. »Bist du verletzt, Rainör?«

Er blickte sie von der Seite an und ihr Gesicht begann zu glühen.

»Ich hatte einen Motorradunfall in Frankreich. War aber nicht so schlimm. Du weißt ja, ich bin ein harter Kerl …«

Bei diesen Worten war es ganz flüchtig wieder da, dieses Grinsen, das Florence wahnsinnig machte.

»Ja, isch weiß, dass du bist einö hartö Kerl. Aber nischt nur …« Sie drehte sich zu ihm. »Darf isch mal se'ön?«

Rainer streckte ihr das Bein hin. Er war immer noch braun und die Härchen blond von der Sonne. Sie berührte ihn vorsichtig am Knie.

»Er ist 'eiß!«, stellte sie fest.

Plötzlich griff Rainer nach ihrer Hand, zog sie zu sich heran und küsste sie heftig.

»Das wollte ich seit Wochen machen«, murmelte er, indem er kurz von ihr abließ, nur um sie danach noch wilder zu küssen. »Mir scheißegal, ob da jetzt dieser Riese aus Colorado um die Ecke schlappt und mich zu Hamburgern verarbeitet.« Er umschlang sie und zog sie auf der rauen Baumrinde zu sich heran.

Florence machte sich kurz von Rainer los und sah ihn an: »Rainör, isch bin nischt mit Joe zusammen. Und er 'at misch nischt angöfasst. Wirklisch. Isch 'abö disch den ganzön Sommer lang gesucht …«

Rainer wurde heiß und kalt vor Glück. Er nahm Florence in den Arm und küsste ihre Halsbeuge. »Dann is ja gut, dass du mich jetzt gefunden hast …«

Die Welt blieb stehen. Der Augenblick dehnte sich und wurde unendlich.

Rainer und Florence hielten ihn fest und kosteten ein Stück Ewigkeit …

Nachwort

Auch wenn jemand glaubt, sich oder andere wiederzuerkennen: Dem ist nicht so. Die Autorin hat eine blühende Phantasie.

Ebenso wenig wird beabsichtigt, irgendwelche Institutionen, kulinarische Spezialitäten, Etablissements, Kunst- und Musikrichtungen zu diskreditieren.

Abfällige Äußerungen aus dem Mund der Romanfiguren entsprechen keinesfalls der Wahrheit oder der Meinung der Autorin.